La collection « Eloik »
est dirigée par Michel Lavoie

Eloik, combattant des cauchemars
Tome I : L'éveil du rêveur

Les auteurs

Né à Québec en 1970, Martin Bois s'intéresse très tôt à la littérature de science-fiction grâce aux récits imaginaires de Jules Verne. Dès l'âge de huit ans, il écrit ses premières histoires et prend rapidement goût à cette forme d'expression qui lui permet de libérer son imagination. *L'Éveil du rêveur* est son premier roman.

Sébastien Lévesque, né à Rimouski, possède une formation en télévision et en cinéma. Passionné depuis toujours par le fantastique et la *fantasy*, il est le premier créateur du personnage d'Eloik et de son merveilleux Monde des rêves. Il habite maintenant Québec, et son plus grand rêve est de rendre heureuses sa conjointe et sa petite fille, les amours de sa vie.

Site Internet
www.eloik.com

Martin Bois et Sébastien Lévesque

Eloik, combattant des cauchemars

1. L'éveil du rêveur

Catalogage avant publication de Bibliothèque et Archives Canada

Bois, Martin, 1970-

Eloik, combattant des cauchemars

Sommaire: t. 1. L'éveil du rêveur -- t. 2. À la recherche de la source.
Pour les jeunes de 12 ans et plus.

ISBN 978-2-89537-128-1 (v. 1)
ISBN 978-2-89537-125-0 (v. 1)
ISBN 978-2-89537-126-7 (v. 2)

I. Lévesque, Sébastien, 1972- . II. Titre. III. Titre: L'éveil du
rêveur. IV. Titre: À la recherche de la source.

PS8603.O367E46 2007   jC843'.6   C2007-940116-3
PS9603.O367E46 2007

Nous remercions le Conseil des Arts du Canada de l'aide accordée à notre programme de publication. Nous reconnaissons l'aide financière du gouverne-
ment du Canada par l'entremise du Programme d'Aide au Développement de
l'Industrie de l'Édition (PADIÉ) pour nos activités d'édition. Nous remercions également la Société de développement des entreprises culturelles ainsi
que la Ville de Gatineau de leur appui.

Dépôt légal -   Bibliothèque et Archives nationales du Québec, 2007
                 Bibliothèque et Archives Canada, 2007

Révision : Raymond Savard
Correction d'épreuves : Renée Labat
Illustrations intérieures (pages 13 à 23) : Martin Bois
Illustrations intérieures : Frédérik Lévesque et Christian Bougie

Éditions Vents d'Ouest
185, rue Eddy
Gatineau (Québec) J8X 2X2
Courriel :   info@ventsdouest.ca
Site Internet :   www.ventsdouest.ca

Diffusion Canada : PROLOGUE INC.
Téléphone :   (450) 434-0306
Télécopieur :   (450) 434-2627

Diffusion en France : Distribution du Nouveau Monde (DNM)
Téléphone :   01 43 54 49 02
Télécopieur :   01 43 54 39 15

Sébastien tient à remercier…

David Tessier, de laurentien.ca, pour son temps ;
Me Chantale Coulombe, de Ogilvy Renault, pour sa
    générosité ;
Marie-Ève, pour son amour, sa compréhension et ses
    encouragements ;
Ema, pour son amour et son rire ;
Stéphane, pour avoir été le premier à croire au projet ;
Martin, pour son engagement, son imagination, son
    temps, son talent… Merci Martin, sans toi Eloik ne
    serait pas ce qu'il est ;
Vincent, le premier à avoir écarquillé les yeux ;
Roger, Marie-France, Sonya, Éric, Luc, Réjeanne,
    Michel, Matthias, pour leur temps, leur écoute et
    leur appui.

Martin désire remercier…

son frère Robert, pour son encouragement ;
Andrée Fortin, pour ses critiques constructives.

Venez visiter le site Internet d'Eloik Combattant des
Cauchemars à eloik. com pour les récentes nouvelles du
Monde des rêves et les produits dérivés.

Tout le monde rêve, c'est un besoin vital. Si l'être humain ne rêvait pas, il serait incapable de décharger sa conscience de veille dans la partie inconsciente de son esprit et sombrerait progressivement dans la dépression et la folie.

Les recherches récentes sur les rêves ont permis de mettre en lumière un fait surprenant : le cerveau qui, à l'état de veille normal, n'utilise qu'entre 10 à 15 % de son potentiel, atteint des pointes d'activité phénoménales lors de certaines phases du sommeil.

Mais il n'y a pas que les milieux scientifiques qui s'intéressent de près aux mystères du sommeil. Les Sénois, une société tribale de la Malaisie, regroupant six ethnies dispersées dans les provinces intérieures de Perak, Kelantan et Pahang, entretiennent des rapports particuliers avec le monde des rêves. Ils croient que ce qui se produit dans la réalité quotidienne a des répercussions dans le monde onirique et vice versa.

Ils encouragent leurs enfants, dès qu'ils atteignent l'âge de la parole, à raconter leurs rêves et à les relier aux événements qui se produisent dans leur vie. Par ailleurs, lorsqu'ils sont confrontés à des cauchemars ou à des créatures terrifiantes nées de leurs songes, on leur recommande de leur tenir tête et de les affronter pour éventuellement les intégrer et s'en faire des alliés spirituels.

Les ethnologues occidentaux ont remarqué que les enfants élevés de cette manière parvenaient à l'adolescence sans le moindre trouble psychotique ou psychologique que ce soit. Ainsi, sur une population totalisant un peu moins de cinquante mille personnes, on n'a recensé aucun cas de dépression et toutes, sans exception, étaient équilibrées, vives et saines d'esprit.

Le rêve est un univers accessible à tous. L'éveil de la conscience onirique, quoique demandant une certaine préparation et de la patience, l'est tout autant. Le rêve nous habite tous et son exploration est une chose saine en soi. Rien, à part la mauvaise volonté, ne devrait l'empêcher de cohabiter avec les impératifs matériels d'une société hautement technologique. Un équilibre est possible et souhaitable.

Mais entremêlé au rêve, il y a le cauchemar…

B&L

Zone centrale du Rêve

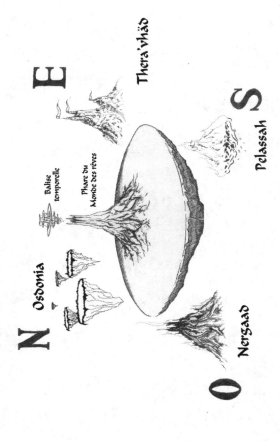

N

Osdonia

Balise temporelle

Phare du Monde des rêves

E

Thera'vhäid

O

Nergaad

S

Pelassah

Natsa'ir Natsahima
La Première Conflagration

1: 1-11

1

I. À L'ORIGINE, LA TERRE S'APPE-
LAIT HÉSED : « LA PERLE. »

ISSUE DES ROYAUMES D'AT'SILÛT,
FORMÉE À L'IMAGE MÊME DU FEU
ÉTERNEL, PUIS ENFOUIE AU PLUS
PROFOND DE L'OCÉAN PRIMORDIAL,
HÉSED SE REFROIDIT LENTEMENT
DANS LE SILENCE SECRET PRÉCÉDANT
L'ÉMERGENCE.

EN PAIX, PROTÉGÉE ET NOURRIE
PAR L'ACTION COMBINÉE DES QUATRE
FORCES, SOUMISE À LA LOI, ET
PARFAITEMENT ALIGNÉE SUR LES SIX
DIRECTIONS, HÉSED FUT FAÇONNÉE À
L'IMAGE D'UNE SPHÈRE DE LUMIÈRE
SOLIDE.

PUIS, ELLE FUT ÉLEVÉE ET PLACÉE
EN SON LIEU, AU CENTRE DE L'ABÎME,
POUR ÊTRE RÉVÉLÉE AU GRAND JOUR
ET HONORÉE PAR LES DOUZE
VEILLEURS DU CERCLE : LES MAÎTRES
DU TEMPS.

11. Un tel joyau n'avait jamais existé. Rien de tout ce qui avait été arraché auparavant au néant et porté à l'existence ne possédait une grâce et une beauté pareilles. Et tous les Veilleurs du Cercle se prosternèrent et adorèrent cette sublime manifestation de la Volonté. Mais le Onzième des Premiers-Nés, Celui que l'on nommait Mûlhi'Aanväyill, — le Portail Nord — voyant la ressemblance d'Hésed avec sa propre forme, fut blessé dans son orgueil, et en son cœur naquit un amer ressentiment. Toutefois, il se garda bien de révéler son trouble devant l'Assemblée des Veilleurs.

Lorsque les Douze se relevèrent, ils virent que Sept Astres de Feu étaient apparus dans le sillage d'Hésed. Lentement, les Sept Pierres furent placées en leur lieu par les Andrevals de la Gravité et, au moment décrété par la Loi, Elles se mirent en mouvement.

ALORS LE TEMPS FUT COMPTÉ POUR HÉSED.

III. SOUMISE AU JOUR SOLAIRE ET À LA NUIT STELLAIRE, HÉSED S'ÉVEILLA ET S'ASSOUPIT POUR LA PREMIÈRE FOIS. COMME L'ONDE QUI PASSE DE LA CRÊTE AU CREUX EN RELIANT LE CENTRE, ELLE S'ENDORMIT ET TRAVERSA LE PORTAIL LUNAIRE POUR S'ENFONCER PROFONDÉMENT DANS L'ÉTHER LUMINESCENT.

ALORS HÉSED CONNUT LE RÊVE ET LES PEUPLES QUI L'HABITAIENT.

ET SON ENCEINTE SACRÉE, QUI LE JOUR ÉTAIT UN FEU ARDENT, PRIT EN CETTE PREMIÈRE NUIT L'APPARENCE DE L'EAU. ET LE RÊVE S'ÉTENDAIT AU-DELÀ DE CES EAUX. LES DOUZE VEILLEURS, PROFITANT À TOUR DE RÔLE DU PASSAGE DU PORTAIL LUNAIRE, ENSEIGNÈRENT À HÉSED DURANT LA NUIT LEUR ART RESPECTIF QU'ELLE FAISAIT FLEURIR EN SON SEIN LE JOUR VENU. LORSQUE LES TRENTE PREMIÈRES NUITS FURENT TERMINÉES ET QUE LES DOUZE LUI EURENT INCULQUÉ TOUT CE DONT ELLE AVAIT BESOIN DE CONNAÎTRE POUR

ACCUEILLIR LA VIE INTELLIGENTE SUR SA SURFACE, IL Y EUT UNE LONGUE ACCALMIE, PUIS SURVINT LA PREMIÈRE ÉCLIPSE QUI MARQUA LE DÉBUT DE L'ÈRE PRIMORDIALE.

IV. PROVENANT DES ROYAUMES SUPÉRIEURS D'AT'SILÛT, ORDRE FUT ALORS DONNÉ AUX QUATRE FORCES DE S'UNIR AUX QUATRE PORTAILS DU CERCLE DES VEILLEURS ET DE DESCENDRE SUR HÉSED EN UN POINT PRÉCIS POUR Y ÉRIGER UN PILIER QUI SERVIRAIT DE PONT ENTRE ELLE ET LE CIEL. DE LEUR UNION, QUATRE AVATARS FURENT CRÉÉS. ACCOMPAGNÉS DE PARÈDRES QUI LES SERVAIENT, LES AVATARS SE POSÈRENT SUR HÉSED À L'ENDROIT CHOISI ET COMMENCÈRENT LA CONSTRUCTION DU PILIER.

LE PREMIER DE CES AVATARS, SAMYÄZAH, FUT ENGENDRÉ PAR L'UNION MYSTIQUE DE L'AIR ET DE MÛLHI'AANVÄYILL, LE PORTAIL NORD. C'EST EN LUI QUE FUT TROUVÉE PLUS TARD LA RANCŒUR EMPOISONNÉE DE SON PÈRE, QUI CORROMPIT LA PERFECTION D'HÉSED.

Le Portail Sud du Cercle, nommé Urûliol'Ampherosh, s'unit au Feu et engendra Fasnère l'ardent.

Le Portail Est, nommé Vyllindri'Scerzöl, mélangea sa substance à l'Eau et engendra le puissant Bamonphé.

Finalement, le Portail Ouest, nommé Meggelenmorl, s'unit à la Quatrième Force, celle de la Terre, et engendra Haramyah.

Les huit autres Veilleurs, n'ayant pas été sollicités pour s'unir directement aux Quatre Forces, furent invités à présenter chacun une émanation faite à leur image. Celles-ci furent groupées deux par deux et envoyées sur Hésed par l'entremise des Quatre Portails du Pilier. Au moment de franchir le seuil, ces émanations se mélangèrent aux quatre Avatars créés précédemment et donnèrent naissance aux trois cent soixante formes humaines primordiales.

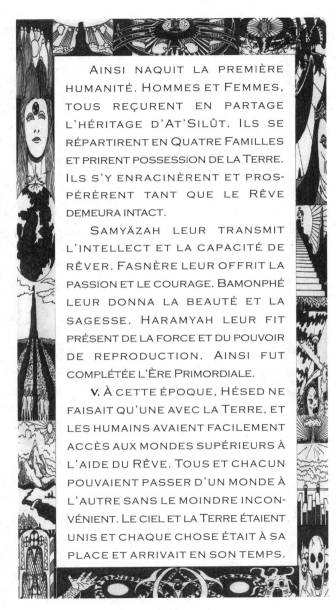

AINSI NAQUIT LA PREMIÈRE HUMANITÉ. HOMMES ET FEMMES, TOUS REÇURENT EN PARTAGE L'HÉRITAGE D'AT'SILÛT. ILS SE RÉPARTIRENT EN QUATRE FAMILLES ET PRIRENT POSSESSION DE LA TERRE. ILS S'Y ENRACINÈRENT ET PROSPÉRÈRENT TANT QUE LE RÊVE DEMEURA INTACT.

SAMYÄZAH LEUR TRANSMIT L'INTELLECT ET LA CAPACITÉ DE RÊVER. FASNÈRE LEUR OFFRIT LA PASSION ET LE COURAGE. BAMONPHÉ LEUR DONNA LA BEAUTÉ ET LA SAGESSE. HARAMYAH LEUR FIT PRÉSENT DE LA FORCE ET DU POUVOIR DE REPRODUCTION. AINSI FUT COMPLÉTÉE L'ÈRE PRIMORDIALE.

V. À CETTE ÉPOQUE, HÉSED NE FAISAIT QU'UNE AVEC LA TERRE, ET LES HUMAINS AVAIENT FACILEMENT ACCÈS AUX MONDES SUPÉRIEURS À L'AIDE DU RÊVE. TOUS ET CHACUN POUVAIENT PASSER D'UN MONDE À L'AUTRE SANS LE MOINDRE INCONVÉNIENT. LE CIEL ET LA TERRE ÉTAIENT UNIS ET CHAQUE CHOSE ÉTAIT À SA PLACE ET ARRIVAIT EN SON TEMPS.

PENDANT SEPT CENT TRENTE-CINQ MILLE ANS, LA PAIX RÉGNA SOUS LA GOUVERNE PARTAGÉE DES AVATARS ET DES QUATRE FAMILLES.

VI. PUIS VINT LE TEMPS OÙ HÉSED COMMENÇA À SE SÉPARER PROGRESSIVEMENT DE LA TERRE POUR REMONTER VERS SON ORIGINE. À L'IMAGE D'UNE GRAINE QUI LAISSE LA PLACE AU FRUIT QUI ÉCLÔT, ELLE AVAIT REMPLI SA FONCTION PRINCIPALE. DÈS LORS, IL DEVINT BEAUCOUP PLUS DIFFICILE POUR LES HUMAINS DE REJOINDRE LES MONDES SITUÉS AU-DELÀ DU RÊVE. LES AVATARS ET LEURS PARÈDRES FURENT EUX AUSSI RAPPELÉS VERS LES ROYAUMES SUPÉRIEURS, MAIS ILS LÉGUÈRENT À L'HUMANITÉ LE CONSEIL DES PUISSANCES DONT LES DOUZE MEMBRES PERMANENTS FURENT CHOISIS PARMI LES PEUPLES ONIRIQUES LES PLUS SAGES. CE CONSEIL, ASSEMBLÉ SELON LA FORME PARFAITE DES DOUZE VEILLEURS DU CERCLE, SIÉGEAIT EXCLUSIVEMENT À L'INTÉRIEUR DU RÊVE. DE L'AUTRE CÔTÉ, SUR TERRE,

LES HUMAINS ASSIGNÈRENT QUATRE EMPEREURS POUR RÉGNER SUR EUX ET MAINTENIR LE LIEN AVEC LE CONSEIL DES PUISSANCES ET LES ROYAUMES SUPÉRIEURS.

VII. AINSI DÉBUTA L'ÈRE IMPÉRIALE. LES HUMAINS CONTINUÈRENT DE SE MULTIPLIER À LA SURFACE DE LA TERRE AINSI QUE SUR LES SEPT AUTRES MONDES INITIAUX ET PERPÉTUÈRENT LE SOUVENIR DES AVATARS PENDANT DE NOMBREUX SIÈCLES. DE SOMPTUEUSES CITÉS FURENT ÉRIGÉES ET DE GRANDS TRAVAUX ENTREPRIS. LA SCIENCE, LES ARTS ET LA PHILOSOPHIE ATTEIGNIRENT DES NIVEAUX IMPRESSIONNANTS, QUI NE FURENT JAMAIS PLUS ÉGALÉS. CELA PERDURA AINSI JUSQU'AU JOUR FUNESTE OÙ ARMODH, FILS D'AZETNER, THAUMATURGE DÉVOUÉ AU CULTE DE SAMYÄZAH, DEVINT INVESTI DU POISON QUI AUTREFOIS AVAIT PRIS NAISSANCE DANS LE CŒUR DE MÛLHI'AANVÄYILL, ET CRÉA LA DÉCHIRURE. SOUMIS CORPS ET ÂME À SON MAÎTRE INVISIBLE, IL PERVERTIT SCIEMMENT LE RAYONNEMENT DE LA MÛDRAHTI, LA

GEMME DE SAVOIR ET, DANS SA FOLIE, LAISSA PÉNÉTRER LE CAUCHEMAR À L'INTÉRIEUR MÊME D'HÉSED.

VIII. ALORS DÉBUTA LA PREMIÈRE CONFLAGRATION, QUI ENTRAÎNA DANS LA GUERRE LES PEUPLES ONIRIQUES ET FORÇA LE CONSEIL DES PUISSANCES À SCELLER LES QUATRE PORTAILS DU PILIER AFIN D'ÉPARGNER À LA TERRE LE GROS DE L'INVASION QUI S'ENSUIVIT. MAIS LE CAUCHEMAR, LA LÈPRE NOIRE, PARVINT TOUT DE MÊME À S'IMMISCER DANS LE RÊVE ET À L'INFECTER. L'HUMANITÉ COMMENÇA ALORS À PERCEVOIR DES CHANGEMENTS INQUIÉTANTS DANS LA TRAME DU MONDE DES RÊVES, MAIS AUSSI DANS LE COMPORTEMENT DES EMPEREURS DIVINISÉS QUI RÉGNAIENT SUR L'ENSEMBLE DES QUATRE FAMILLES. CEUX-CI, DONT LE POUVOIR S'ÉTENDAIT JUSQU'AUX LIMITES PHYSIQUES DU MONDE, À LA FRONTIÈRE DE L'OCÉAN LUMINESCENT, ÉTAIENT COMME DES REMPARTS PLACÉS DEVANT LES HABITANTS DE LA TERRE. ILS REÇURENT DE PLEIN FOUET LES ASSAUTS DU CAUCHEMAR LANCÉS PAR-DELÀ LE

GRAND ABÎME. PUIS, PEU À PEU, NUIT APRÈS NUIT, LEUR PUISSANCE ANTIQUE S'INFLÉCHIT ET ILS DEVINRENT FINALEMENT FOUS DE DOULEUR. ILS COMPRIRENT QU'ILS AVAIENT ÉTÉ INFECTÉS ET QU'À PRÉSENT, SEUL LE SANG DES HOMMES POURRAIT LES MAINTENIR EN VIE DANS CE MONDE SOUDAINEMENT DEVENU HOSTILE À LEUR PRÉSENCE.

IX. COMMENCÈRENT ALORS LES SACRIFICES HUMAINS ET LES GUERRES FRATRICIDES ENTRE LES TENANTS DE SAMYÄZAH ET LES FIDÈLES DE LA LOI. C'EST À CETTE ÉPOQUE QUE SURVINT LA SÉPARATION DÉFINITIVE ENTRE HÉSED ET LA TERRE, LORSQUE LA MORT FIT SON APPARITION DANS LES RANGS DES HOMMES. À CET INSTANT, LE DERNIER FILAMENT RELIANT LA TERRE AU PASSÉ GLORIEUX FUT ROMPU.

MAIS LES HOMMES REÇURENT NÉANMOINS L'AIDE DES ANDREVALS ROYAUX, QUI LEUR ENSEIGNÈRENT L'ART D'ANSHELETH'SAIR – CELUI DE FORGER DES ARMES VIVANTES – POUR QU'ILS PUISSENT SE DÉFENDRE

CONTRE LA FOLIE SANGLANTE QUE FAISAIENT RÉGNER LEURS EMPEREURS DÉCHUS SUR LEURS FAMILLES ET SUR LA TERRE ENTIÈRE.

X. AU POINT CULMINANT DU CONFLIT, LES QUATRE EMPEREURS SE CONCERTÈRENT ET UNIRENT LEURS PUISSANCES RESPECTIVES DANS LE BUT DE DÉTRUIRE DÉFINITIVEMENT L'HUMANITÉ.

ALORS, LE CONSEIL DES PUISSANCES SE RÉUNIT ET DÉCRÉTA UNE MESURE EXTRÊME POUR METTRE FIN RAPIDEMENT AU CONFLIT.

XI. IL FUT DÉCIDÉ DE CRÉER UNE ARME VIVANTE QUI SERAIT ENVOYÉE À L'EXTRÉMITÉ OPPOSÉE DE LA COURBE TEMPORELLE POUR QU'ELLE OUVRE LES QUATRE PORTAILS DU PILIER. CE FAISANT, ELLE OUVRIRAIT UNE BRÈCHE SUR TERRE ET PERMETTRAIT AU CAUCHEMAR DE S'Y RÉPANDRE, MAIS CELA DONNERAIT AUSSI AUX VEILLEURS ET À LEURS ARMÉES L'OCCASION DE DÉBARQUER RAPIDEMENT ET MASSIVEMENT POUR ATTAQUER LE CAUCHEMAR PAR LE FLANC GAUCHE.

Prologue
L'arrivée de la Reine

BALAYÉES par l'impitoyable vent provenant des déserts de glace situés au-delà du Val, les herbes jaunies des steppes d'Avolontis bruissaient dans la nuit naissante.

Au loin, déformées par les violentes bourrasques, les plaintes mélancoliques d'une mivre cendrée tournoyaient dans l'air comme une malédiction. Ses petits cris rauques aux sonorités déchirantes semblaient annoncer l'ouverture du Passage. Ce qui était le cas puisque voilà que là-haut, à mi-chemin entre l'horizon et le zénith, après des Cycles de dérive erratique dans le ciel, les trois lunes s'étaient finalement rapprochées et disposées oblique- ment à la manière d'un jeu de perles. La conjonction ne se produisait qu'une fois toutes les quatre-vingt-huit Révolutions et marquait la brève période où les trois plans de réalité étaient temporellement alignés.

Kyrr était le plus gros mais aussi le plus lumineux des trois astres. Placé au centre de la formation, son disque plein renvoyait dans l'espace une lumière rougeâtre qui faisait concurrence à celle qui se réfléchissait sur les minces croissants blancs de ses deux sœurs jumelles, Vynn et Synn, beaucoup plus éloignées. La première, avec les pointes tournées vers le haut, paraissait couronner Kyrr, tandis que la seconde les orientait dans le sens inverse. La symétrie de l'ensemble donnait l'illusion d'un gigantesque sablier incliné flottant au beau milieu de la voûte céleste, égrenant simultanément le temps pour Hésed, le Rêve et la Terre.

Bien qu'aucune loi de la physique ne puisse expliquer pourquoi trois lunes, quand bien même elles eussent été éclairées par trois soleils, étaient en mesure de présenter en même temps trois phases distinctes l'une de l'autre, il ne fallait pas s'en étonner outre mesure. Le Rêve regorgeait de tels paradoxes. En fait, toute la formidable malléabilité de sa structure reposait sur de tels non-sens.

Pourtant, malgré l'instabilité chronique de ce monde, la nuit du Passage se répétait de façon régulière. Rien ne s'y opposait. En elle, les forces éparses du temps onirique se rassemblaient et devenaient rigides pendant un bref moment.

Seule la nuit du Passage pouvait permettre aux fantômes du passé de parcourir à nouveau les sentiers oubliés qui reliaient autrefois les trois mondes. Son nom variait d'un endroit à l'autre, mais tous reconnaissaient les signes de son arrivée. Tous avaient appris à s'en méfier.

Loin vers l'est, une nuée d'étoiles filantes creva un gros nuage violacé chargé d'électricité statique. Ce dernier fut parcouru d'inquiétants spasmes bouillonnant de couleurs et parut se tordre comme une larve piquée par une aiguille chauffée à blanc. Des éclairs aveuglants jaillirent en gerbes arachnéennes et vinrent fouetter le sol avec une violence inouïe.

Le Passage était sur le point de s'ouvrir.

L'essaim d'aérolithes disparut rapidement derrière la double cime enneigée du formidable Horost, en prenant soin d'illuminer au passage la muraille de pins géants qui s'étendaient autour de sa base évasée.

La noire silhouette de roc, rappelant vaguement les formes en biseau des frontons qui couronnaient les forteresses de jadis, se découpait nettement contre le bleu indigo qui s'attardait encore à l'horizon. Autrefois, l'Horost incarnait à merveille la grandeur et la majesté des anciens souverains, et c'est pourquoi il fut pendant longtemps un lieu de pèlerinage recherché. À présent, plus personne n'y venait. Le Cauchemar s'en était progressivement rendu maître, ainsi que de la totalité des terres oniriques de cette région.

Il y avait à cet endroit, enfoncé profondément dans le flanc rocheux de la montagne, un cratère érodé par le vent et l'eau de ruissellement, qui défigurait toute la largeur d'un plateau escarpé. C'était un lieu mort et froid, désert comme une solitude sans nom.

Pourtant, cette nuit-là, en son centre, se trouvaient deux hideuses créatures.

Quoique jouissant d'une solide charpente humanoïde, ces êtres possédaient néanmoins des caractéristiques physiques exclusives aux reptiles. La plus évidente était cette impressionnante queue écailleuse qui contrebalançait le poids de leur tête oblongue et qui s'étirait loin vers l'arrière. Parfois utilisée comme point d'appui lorsqu'ils étaient au repos, cette queue devenait rapidement une arme meurtrière lors d'un combat rapproché. Leur épiderme, qui luisait faiblement dans la lumière lunaire, était formé d'écailles noires qui saillaient en pointes acérées au niveau de leurs vertèbres cervicales, de leurs coudes et des premières phalanges de leurs doigts crochus. Ces créatures étaient mieux connues sous le nom de « Narkhys » (ce qui, en langage commun, se traduit par « Lézard des Ombres ») et leur sinistre réputation n'était plus à faire dans les contrées infinies du Rêve.

La nature première des Narkhys, horriblement pervertie par l'influence du Cauchemar, avait cessé d'être depuis fort longtemps. La Lèpre noire en avait fait peu à peu des êtres violents, cruels, vicieux, aimant se vautrer dans le mal le plus abject et prenant quotidiennement plaisir à instiller la terreur parmi tous les habitants du Rêve. Celle-ci émanait d'eux à l'état brut comme un poison foudroyant.

À la différence des Sans-Visages, leurs lointains cousins des montagnes, les traits des Narkhys ne disparaissaient complètement que lorsqu'ils gardaient le silence. Mais à l'instant même où ils proféraient le moindre son, aussi inintelligible fut-il, leurs abominables gueules émergeaient soudainement. L'épouvante produite par un tel mécanisme physionomique chez le malheureux confronté à ces créatures pour la première fois était instantanée.

En les regardant émerger, on aurait pu croire à l'apparition d'êtres remontant des abysses infernaux dont la seule vision aurait suffi à salir irrémédiablement l'âme. Leurs yeux jaunes impitoyables, un faciès s'étirant vers l'avant, des os protubérants et anguleux, ainsi que deux solides mâchoires serties de crocs luisants dans lesquelles se déversait un venin noir semblable à un mélange d'huile et de bave, complétaient leur portrait.

Patientant au fond du cratère depuis le lever des trois lunes, le visage complètement lisse sauf pour les fentes de leurs yeux, les deux silhouettes massives étaient au garde-à-vous, attendant docilement l'arrivée de leur maîtresse. Reev, le plus grand des deux, trahit sa nervosité et son appréhension grandissantes, pourtant rares chez ses semblables, en levant la tête vers le ciel. Il sentait le poids de ses responsabilités se figer progressivement en une boule douloureuse au creux de son abdomen. Comment allait-il lui expliquer que, encore une fois, leurs recherches avaient été infructueuses ? Comment réagirait Küwürsha devant la navrante absence de résultats satisfaisants ? Qui sait ? Peut-être serait-elle clémente ? Elle était si imprévisible.

Malgré une vie entière à servir au sein de son armée, malgré son incroyable habileté dans le maniement mortel de la lance de combat, Reev pâlissait de façon ridicule devant l'étendue des pouvoirs de sa Maîtresse. Lui, tout autant que son acolyte, savait parfaitement bien que peu d'ennemis avaient la volonté ou le pouvoir de la confronter, encore moins de la vaincre. Et il était bien connu dans les rangs de ses frères d'armes que même la Source, qu'ils cherchaient tous depuis l'origine des rêves humains, ne pourrait espérer la terrasser, le jour où elles seraient finalement mises l'une en face de l'autre. Qui était-il donc pour ainsi espérer survivre à la colère de sa Reine ?

Tandis qu'il remuait ces sombres visions, son attention fut attirée par l'éclat orangé d'une demi-douzaine de météorites enflammées qui n'avaient rien à voir avec ceux qui traversaient le ciel depuis le début de la soirée. Ceux-ci étaient groupés en forme hexagonale et plongeaient droit vers le sol, en direction des régions désertiques situées au nord de leur poste de garde. Reev les suivit du regard jusqu'à ce qu'ils disparaissent derrière un pan de roc du cratère. Ses sens se mirent instinctivement en alerte lorsqu'il sentit le sol vibrer sous ses pieds et qu'un grondement métallique familier emplit l'air des environs. Pendant un bref instant, tout être vivant se figea d'effroi. Küwürsha, leur Maîtresse, avait de nouveau franchi l'océan céleste et posé son pied sur les terres du Rêve.

Même si elle n'était encore qu'à des dizaines de kilomètres, les deux sentinelles ressentirent immédiatement la présence vibratoire hostile de la Reine. Elle devait être en train de remonter les régions accidentées menant au flanc nord de l'Horost, laissant derrière elle les débris incandescents de son navire de feu.

Avec une soudaineté angoissante, l'air se chargea d'échos sinistres évoquant des cris de souffrance. Le Mal originel, pur et intense, se mit à ramper, à se gonfler tel un voile, jusqu'à toucher le ciel. Reev pouvait même sentir son souffle funèbre éteindre une à une les étoiles. Et, bien que le Mal fut le centre de son existence, la terreur que lui inspirait sa confrontation directe le fit se cramponner encore plus solidement à la hampe de sa lance. Comme pour confirmer son appréhension, les ondes de peur qui émanaient des couches externes du rayonnement onirique de la Reine le percutèrent en plein ventre. Ce n'étaient que les premières. D'autres suivirent en succession rapide. Les pulsations maléfiques s'intensifièrent et se mirent à balayer la nuit avec une force si impitoyable que la trame même du réel sembla perdre de sa cohésion.

Un vent glacé ne tarda pas à se lever et à rugir au-dessus de leurs têtes. La Reine arrivait, telle une furie, prête à dispenser la douleur et la mort. Dans le cratère, la terreur et le désespoir augmentèrent encore d'un cran et les traits monstrueux des deux soldats émergèrent soudainement dans un hurlement de panique pure.

C'est alors que, drapée de tempêtes, elle leur apparut. C'était celle que vénérait leur race depuis les jours anciens, Küwürsha, la « Veuve-aux-Mille-Visages ». Elle resta suspendue dans l'espace pendant un bref instant, sa nudité à peine dissimulée sous l'acier luisant d'une evkhêre garnie de lames aux épaules et aux cuisses. Les paumes de ses mains se tournèrent vers le sol, puis elle vint se poser doucement devant eux, en marchant d'un pas léger, comme si un nuage se dissipait sous ses pieds. Elle s'arrêta à moins d'un mètre de ses deux serviteurs tétanisés par la peur.

– *Küwürsha, ma-oor-vûrû. Von kour ma-ta hiri* », osa finalement Reev en s'inclinant respectueusement.

Les yeux d'ambre de la Reine se posèrent avec mépris sur celui qui venait de lui adresser la parole. Il puait l'échec. Ces deux misérables avaient une fois de plus failli à la tâche. Comme leurs pères avant eux et leurs aïeux les plus lointains qui avaient servi sous le règne des Thaumaturges de sa lignée ; tous, de génération en génération, du plus haut gradé au plus simple fantassin, s'avéraient incapables de mener à bien cette mission cruciale.

De sa main délicate, d'une blancheur surnaturelle, Küwürsha releva lentement la tête de son serviteur et plongea son regard dans le sien.

— *Si kou, van la defrs'a ?* demanda-t-elle d'une voix chaleureuse, presque maternelle, en se doutant qu'il lui répondrait encore la même chose que par le passé.

Reev hésita. Beaucoup trop longtemps. De toute évidence, quelque chose n'allait pas...

— *Shaur laoth!* cria-t-elle en l'empoignant brusquement par l'extrémité pointue de sa tête. La douleur fusa immédiatement dans son crâne.

— *Amodien, vog'r sinsifug'r...*

Le reste se perdit dans un gargouillis.

— *VOG'R SIN DANQUETH AT SON QUINTA!*

La beauté sublime du visage de Küwürsha se flétrit soudainement sous l'effet de la colère, laissant apparaître pendant une fraction de seconde le monstre véritable qu'elle était. Ces deux incroyables crétins avaient réussi à se faire voler l'Indice du Mur de foudre. Celui-là seul capable de capter le faible signal émis par la Source.

Ce vol aurait des répercussions horriblement néfastes, dans un avenir rapproché, sur le bon déroulement de ses plans. Déjà, dans le passé, elle avait été obligée de sacrifier sa troupe d'élite préférée dans la bataille pour récupérer cet Indice tant convoité et voilà qu'elle se voyait forcée de revenir à la case précédente à cause de leur incompétence. Les deux Narkhys le savaient eux aussi et ils attendaient maintenant la mort.

— *Noks'r von taur souta*, balbutia Sneg, le plus petit, convaincu qu'il venait de prononcer là ses dernières paroles.

Küwürsha, relâcha l'appendice cervical du premier Narkhys et porta son attention sur celui qui venait de prononcer ces quatre mots. Elle était visiblement décontenancée. Pendant un moment, elle resta silencieuse, puis elle ferma les yeux. « *Noks'r von taur souta* » (« Nous n'avons pu le lire ») ; ces mots s'inscrivirent en lettres de feu sur la pierre qui lui tenait lieu de cœur. Elle prit le temps d'en digérer toute l'amertume en les laissant résonner longuement dans son esprit. Puis, en un éclair, elle vit le destin se modifier sous ses yeux et perçut alors l'ampleur désespérante des complications qu'ils annonçaient pour l'issue qui la mènerait vers l'ultime bataille.

Coupables d'avoir perdu le précieux Indice, ils avaient de surcroît échoué dans le décryptage des symboles qui le composaient. Des Cycles d'efforts se trouvaient réduits à néant. Que faire à présent ? Par quel moyen pourrait-elle localiser la Source du Rêve ? Les Gemmes du Pouvoir ? Oui, elles auraient été idéales pour cette tâche, mais elles avaient toutes quitté ce monde, sauf la Mûdrahti que son ancêtre Armodh avait corrompue et qui servait exclusivement à maintenir la Déchirure ouverte. Le seul espoir résidait maintenant dans la possession et le contrôle d'un des douze dangereux artefacts fondateurs provenant de l'ère primordiale, tel l'Indice du Mur de foudre. Mais pour cela, il fallait savoir où chercher... et surtout venir à bout des défenses à replis érigées autour d'eux ; ce qui n'était pas une mince affaire.

La puissance emmagasinée dans de tels objets transcendait les limites du Rêve et ils devaient être manipulés avec la plus grande prudence. Une seule erreur et l'on se retrouvait avec une catastrophe onirique d'une ampleur sans précédent. Bien qu'un tel accident ne se soit jamais produit, les lois de la thaumaturgie prédisaient que l'utilisation inconsidérée de ces artefacts était capable de détruire des pans entiers de la réalité sur le vaste spectre dimensionnel. C'est pour cette raison qu'il fallait être en mesure de lire parfaitement les symboles qui les ceinturaient avant de pouvoir seulement penser à les utiliser.

Ces symboles de pouvoir, incrustés en torsades compliquées dans la matière adamantine des artefacts fondateurs, avaient été sculptés par les Douze Veilleurs du Cercle en personne, bien avant l'arrivée sur Terre des Avatars et de leurs cohortes de Parèdres. La seule chose que l'on savait sur leur compte était qu'ils avaient été taillés dans les gemmes les plus pures qui soient. Les Veilleurs les avaient assemblés de manière à ce qu'aucun Céleste ne puisse y poser le regard ni en comprendre la signification sans le concours d'un mortel. C'était l'unique raison pour laquelle Küwürsha en avait confié le décryptage aux castes scientifiques et thaumaturgiques de ses troupes de Narkhys. Et voilà qu'ils avaient échoué sur toute la ligne.

Elle contint néanmoins sa fureur. Son heure viendrait, pensa-t-elle. Les signes de la fin ne se multipliaient-ils pas dans le ciel ? Les Oracles du Rite étaient tout à fait clairs à ce sujet. La

Prophétie ciselée dans le jaspe noir des Oracles lui garantissait l'imminence de l'ultime rencontre. Même Kyrr la sanglante rougeoyait plus qu'à l'accoutumée et semblait proclamer sa victoire prochaine. Oui, le temps de son règne universel était proche désormais, elle le sentait. Quoi qu'il puisse arriver, la Source finirait par la confronter directement. Alors, Indice ou non, le destin s'accomplirait.

Sans trop savoir pourquoi, elle eut soudainement l'impression de se trouver au sommet d'une vague gigantesque. Son esprit largua les amarres avec une facilité déconcertante et elle se laissa emporter par la vision qui prenait naissance en elle.

On aurait dit que le temps était en train de se figer et que l'Histoire du monde se déployait à la façon d'une tapisserie miroitante. L'intervalle devint éternité et elle put s'attarder sur les détails qui lui étaient présentés.

Elle vit surgir, de la gueule de centaines de tourbillons sanglants, ses millions de soldats tombés au combat ; des Narkhys pour la plupart, mais aussi des mercenaires recrutés parmi des races oniriques trop nombreuses pour être dénombrées. Ils semblaient se tordre sous l'effet d'horribles tortures et criaient tous d'une même voix. Ils réclamaient, à force d'abominables hurlements, qu'on leur accordât la vengeance méritée. La furie incantatoire de leur clameur la submergea entièrement et pendant un moment son cœur frémit sous l'intensité de ce déluge de haine pure. C'est alors qu'ils disparurent. La vision l'emporta ailleurs.

Elle se revit en train de pénétrer le Bois d'Ulbior, au lever du jour, pour y rencontrer ses deux complices siégeant au Conseil des Puissances : Uriyah et Mahawë. Elles s'y étaient donné rendez-vous afin de préparer les plans devant mener à l'ouverture d'un passage permanent dans la ligne d'Erden tenue par l'infanterie ukkthas. Les remparts de la Cité-forteresse des Ukkthas, ainsi que les obstacles naturels qui se dressaient de chaque côté de celle-ci, interdisaient l'accès aux immenses richesses oniriques du Nord qu'elles convoitaient. Une fois percée cette ligne de défense, le Cauchemar aurait enfin son pied à terre dans les Quatre Quadrants.

Elle s'observa en train de leur recommander vivement de patienter encore, mais ses deux compagnes, grisées par les succès récents, voulaient profiter du choc psychologique favorable que le général Imkatho avait réussi à créer dans le Quadrant Est, en anéantissant la ville flottante des Caméléommes, et pousser l'offensive sans perdre de temps. Le général n'était-il pas la créature de Küwürsha ? Elle devait le rappeler du front Est et le mettre à la tête des troupes stationnées dans le Nord. Elles argumentèrent ainsi jusqu'au milieu de la matinée et se quittèrent après lui avoir arraché son consentement pour forcer ses troupes à prendre d'assaut la fameuse ligne. Küwürsha resta néanmoins inflexible sur un point : ce serait elle qui commanderait l'offensive.

Son attention se porta sur la gauche. Une tache sombre prenait rapidement de l'expansion, s'ouvrant comme une fleur ensorcelée pour envahir tout son champ de vision. Elle vit bientôt apparaître les ruines cyclopéennes de Séboïm. À ses pieds, l'Erden, aux flots tumultueux, coulait vers le sud en direction du Val. Elle revit ses pièces d'artillerie disposées en demi-cercle sur le flanc de la pente menant à l'antique cité. Elle s'entendit hurler un ordre. Les canons à effet de champ se mirent à cracher leurs salves mortelles et jetèrent bientôt la confusion parmi les rangs serrés des guerriers ukkthas qui occupaient l'autre rive. Elle hurla à nouveau et ses unités d'infanterie, stationnées à bord de péniches d'assaut, entamèrent la traversée du large cours d'eau. Vingt mille soldats la formaient.

La bataille allait bon train et ses appréhensions de la veille faisaient peu à peu place à un sentiment de victoire. C'est alors que des rayons de lumière déchirèrent la nuit au-dessus de sa tête. Elle se retourna et aperçut le plus incroyable des spectacles qu'il lui eût été donné de voir. Des créatures de légendes, que l'on croyait disparues depuis plus de huit mille ans, se matérialisaient subitement derrière elle. Une phalange complète d'Andrevals Royaux, aux armures éclatantes comme des soleils, jaillissaient littéralement des ruines de Séboïm et s'élançaient très haut dans le ciel. Ils avaient creusé sous le lit de l'Erden, jusqu'aux fondations de la ville, afin de prendre ses troupes dans un étau.

Une pluie de feu s'abattit sur sa flotte, ses canons et son arrière-garde, qui ne tarda pas à se disloquer en proie à la plus grande panique. Les Ukkthas les avaient attirés dans un piège dont la seule issue était la mort. Elle sonna la retraite, mais cela n'empêcha pas le massacre. Les Andrevals anéantirent tout...

C'est à cet endroit précis, songea-t-elle, que leur grand plan d'ensemble avait dérapé subtilement. À l'époque, elle et ses compagnes avaient pensé que la perte de la région s'étendant à l'est de cette cité en ruine ne pèserait pas lourd dans l'issue de la guerre. Le territoire pourrait être reconquis. Et même si l'ouverture de la voie du Nord, au-delà de l'Erden, demeurait un objectif prioritaire, l'échec subi ne faisait, somme toute, que repousser un peu plus loin dans le temps l'inévitable victoire. Il y avait d'autres points instables sur les terres oniriques où le Cauchemar pourrait faire pression sur le Rêve et obtenir, par des moyens détournés, les mêmes résultats qu'une attaque massive. Il s'agissait de savoir tirer les bonnes ficelles au Conseil des puissances. Et pour ce faire, il fallait savoir cultiver l'art de la patience.

C'est du moins ce qu'elles se dirent pour se rassurer. Elles refusaient tout simplement d'admettre leur erreur.

Leur aveuglement les entraîna encore plus loin dans un enchaînement déplorable de fautes stratégiques, en apparence anodines, mais aux conséquences graves. Par chance, Imkatho, dans un accès de colère sans précédent, finit par leur ouvrir les yeux sur l'étendue des dégâts.

En effet, Séboïm et ses environs, une fois reconquis par l'ennemi, devinrent le pivot de la contre-offensive. Des troupes, qui normalement auraient dû servir de renforts dans des zones névralgiques situées plus au sud, durent être déplacées pour contenir la menace issue de l'ancienne cité impériale. Ses compagnes, ainsi qu'elle-même, obnubilées par la longue série de victoires que leur avait offertes leur terrible général samatobryn dans les territoires orientaux, négligèrent trop longtemps ce détail dans l'écheveau de leurs tactiques et bientôt, le rapport de force fut renversé à leur désavantage. Treize Révolutions à peine après la bataille de Séboïm, voilà que leur grand plan, si adroitement tissé au cours de longs siècles, était en train de s'embourber dans des eaux dangereuses.

Küwürsha pénétra encore plus profondément au cœur de la vision. Des volutes blanches dansèrent devant ses yeux et s'assemblèrent pour former une enceinte monochrome. Son père, Khéômon, le Grand Ensorceleur, prit forme devant elle. Il portait l'evkhère de combat rouge sang, son armure de guerre favorite. Il s'approcha d'elle et lui murmura à l'oreille les paroles exactes qu'il avait prononcées juste avant que son esprit ne soit morcelé par les lames de la Guunta : « *Tu dois La retrouver, sinon Sa lumière avalera le Monde et ce sera la fin de tout…* »

La vision prit fin brutalement, ne lui laissant que l'écho des paroles de son père.

Elle regarda autour d'elle et vit que les trois Lunes étaient hautes dans le ciel. À ses pieds, les deux Narkhys étaient agenouillés et tenaient la pointe de leur lance appuyée sur leur gorge en signe de soumission totale.

Elle se détourna d'eux sans leur accorder la moindre importance et reprit de l'altitude. Elle savait maintenant ce qui lui restait à faire. Elle allait rompre ses serments d'allégeance et se mettre à la tâche elle-même en n'usant que de ses propres stratégies. Au diable Uriyah et Mahawë et toutes leurs stupides intrigues de palais ! Elle leur avait trop fait confiance et avait perdu un temps précieux à essayer d'influencer les décisions du Conseil par leur intermédiaire.

Küwürsha ne pouvait plus attendre que ses complices lui livrent enfin la Source : celle-ci menaçait de disparaître. Il lui fallait passer en vitesse supérieure.

Un plan se forma dans son esprit. Elle devait impérativement profiter de l'ouverture du Passage pour se mettre en relation immédiate avec le seul Dormeur humain dont elle respectait l'opinion. Le seul homme assez fou pour se consumer d'amour pour elle. Il lui avait offert son âme, sa vie et toute sa volonté en sacrifice. Elle répondrait enfin à ses désirs. Cette nuit même, elle irait l'interroger en détail sur la nature de ses récents rêves prémonitoires.

Des tourbillons pourpres l'enveloppèrent, moulèrent son corps aux courbes généreuses dans un vêtement de velours, puis des nuages d'orage s'amoncelèrent sous ses pieds.

Portée par une tornade qui se mit rapidement à croître en fureur, elle s'éleva dans la nuit suivie du regard ahuri des deux Narkhys qui ne se rendaient pas encore compte que leurs insignifiantes existences venaient d'être miraculeusement épargnées. Tandis qu'ils la regardaient prendre son envol vers les espaces infinis, ils virent son enveloppe corporelle se dilater de façon grotesque, puis se fendre et partir en lambeaux sanguinolents pour finalement laisser place à une créature repoussante rongée par les vers : la véritable apparence de leur Maîtresse.

Küwürsha, la Reine Noire, l'Héritière du Cauchemar, ouvrit une bouche grouillante d'asticots et fit tonner sa voix profonde comme l'abysse de la mort :

« Je La retrouverai et je La terrasserai jusqu'à ce qu'Elle en meure ! »

Chapitre premier
La prisonnière

É COSSE, Halloween 2006
Des enfants costumés arpentaient en petits groupes disparates les rues de Tranent. Du deuxième étage de la vieille maison de pierre appartenant à sa tante Sylvia, Eloik, par la fenêtre ouverte de sa chambre suivait noncha-lamment des yeux les cabrioles d'une de ces bandes. Ils s'amusaient avec les faisceaux de leurs lampes de poche, décrivant des arcs de cercles désordonnés tout en poussant des cris d'excitation. Puis, tout bonnement, l'un d'entre eux entama l'air et les rimettes enfantines du traditionnel *Hey-how for Hallowe'en* et le reste du groupe se joignit à lui.

Hey-how for Hallowe'en !
A' the witches tae be seen,
Some are black, an' some green,
Hey-how for Hallowe'en !

Eloik recula, soudain mal à l'aise. L'air et les paroles de la comptine, que répétaient les enfants, lui donnaient la chair de poule sans qu'il sache pourquoi. C'était comme si une terreur enfouie au plus profond de son esprit venait de remuer et lui rappeler sa présence. Déconte-nancé, il ferma la fenêtre et les rideaux pour atténuer le son. « Pourvu qu'ils ne se pointent pas ici », pensa-t-il en retournant s'asseoir à son bureau pour se calmer. Même s'il savait bien que ce n'était que des enfants déguisés, il ne pouvait s'empêcher de frissonner à l'idée de devoir descendre au rez-de-chaussée pour leur ouvrir la porte et affronter leurs masques. Cette peur était idiote, il s'en rendait compte, mais il ne pouvait la contrôler. Il patienta cinq bonnes minutes. Rien ne se produisit.

Reprenant le travail qu'il avait délaissé, il saisit une pince à sourcil et approcha une minus-cule hélice de plastique sous la lampe fixée à son bureau. Il vérifia que la fine couche d'apprêt gris était sèche et qu'elle n'avait pas goutté sur les extrémités. Satisfait du résultat, il prit un pinceau numéro 2 dans un grand bocal de verre et le plongea dans le pot de peinture noir mat placé devant lui. Délicatement, il le déposa sur le bout d'une des quatre pales de l'hélice et glissa lentement vers le centre.

Au commencement, il avait cultivé son intérêt pour le modélisme un peu par dépit. Tout cela avait débuté parce qu'il souffrait d'insomnie et que les rares nuits où il arrivait à fermer l'œil, d'horribles cauchemars venaient le tourmenter. Il s'était donc résigné à se trouver une activité pour combler ses heures sans sommeil. Les modèles réduits d'avions lui avaient semblé un choix naturel. Non seulement demandaient-ils une bonne dose de concentration, mais surtout, il était fasciné par l'aéronautique. Il aurait tant voulu voler, devenir pilote et s'élancer vers le ciel complètement libre... mais ses peurs le clouaient au sol.

Il passa à la pale suivante en prenant soin de ne pas déborder sur le centre. Le modèle sur lequel il travaillait était un *North American P-51D Mustang*, équipé de six mitrailleuses de 12.7 millimètres : un chasseur américain légendaire de la Seconde Guerre mondiale. Il lui rappelait la base aérienne de Fort Peterson au Colorado tout près de laquelle il avait grandi. Que de batailles à couper le souffle avaient dû livrer ces avions !

Une sonnerie retentit dans ses oreilles. Ce n'était pas le carillon vibrant annonçant des enfants trépignant sur le seuil à l'affût de friandises. Non, le timbre en était résolument électronique et provenait de la pièce située en face de la sienne. Le bruit était tellement agressant qu'il n'était pas encore parvenu à s'y habituer. Chaque fois qu'il l'entendait fendre le silence, il avait l'impression qu'une aiguille de glace se plantait dans le creux de sa poitrine. Même les voisins éloignés, emmitouflés sous leurs couvertures, quelque part dans les Highlands, devaient l'entendre !

Eloik déposa sa pièce sur un morceau de papier journal et laissa glisser son pinceau dans le dissolvant, puis il sortit de sa chambre au pas de course. Il traversa le large passage qui faisait le tour complet du second étage pour se rendre jusqu'à une porte entrebâillée. Il posa la main sur la poignée de laiton et prit une profonde inspiration avant d'entrer.

C'était une pièce de grande dimension, peinte dans des tons de sable et pratiquement dépourvue de mobilier. Autrefois, elle avait servi de salon privé. Elle était munie d'une cheminée en briques à une extrémité et percée à l'autre de grandes fenêtres donnant sur une rivière au parcours sinueux. Pourtant, malgré ces larges surfaces vitrées, elle ne gardait rien de cette beauté ni de toute cette clarté, qui le jour s'y déversaient à profusion. Quelque chose de malsain aspirait la vie en ce lieu. Dès qu'il y entrait, le froid l'assaillait et une sensation de vide horrible prenait possession de lui.

Eloik se dirigea vers le fond de la pièce, côté cheminée, là où était disposé un grand lit à baldaquin en merisier finement ouvragé. Semblable à un gisant de pierre, sa mère, Sophia, y était étendue dans une immobilité presque parfaite. Enfin presque, car ses yeux, sous ses paupières, bougeaient sans cesse.

Il s'approcha d'elle et coupa le système d'alarme. En temps normal, Paige, l'infirmière qu'avait embauchée sa tante pour prendre soin de sa mère, s'en serait occupé, mais elle ne travaillait pas ce soir-là. Tendrement, il épongea le front couvert de sueur de sa mère avec une serviette qui trempait dans un bol d'acier. Le capteur de signes vitaux branché à son index droit bipait régulièrement, tandis que le tracé du moniteur permettant de visualiser son activité cérébrale flirtait dangereusement avec la zone critique. Sa mère traversait une autre crise, mais il était condamné à la regarder souffrir sans pouvoir rien faire de plus que de lui offrir sa présence.

Eloik savait qu'elle se débattait dans un enfer intérieur depuis qu'elle était tombée dans ce mystérieux coma au début de l'été. En quelques mois, son apparence physique était passée de celle d'une jeune femme au milieu de la trentaine, à celle d'une femme de cinquante ans. Sa force vitale s'étiolait comme aspirée dans un trou sans fond.

Le docteur Dodridge, qui venait la voir de temps à autre, était incapable d'en expliquer la raison. Les scanners de son cerveau montraient une activité anormalement élevée au niveau du lobe frontal, mais aussi des patterns caractéristiques associés aux phases de sommeil paradoxal. Pour lui, la seule hypothèse plausible était que le cerveau de sa mère avait perdu momentanément la faculté de se réveiller. C'était, disait-il, comme si elle était entrée par mégarde dans les marécages d'un quelconque cauchemar et s'y était embourbée à force d'essayer de s'en échapper. Enfin, pas tout à fait en ces termes, mais c'est ce que Eloik avait compris des sous-entendus perceptibles dans les propos du docteur. Le vieil homme se voulait rassurant, mais son inquiétude transparaissait dans ses yeux.

Il prit la main pâle de sa mère dans les siennes. La peau s'était fragilisée à un point tel qu'elle avait pris l'apparence du papier de soie ; elle était pratiquement translucide. En son for intérieur, des vagues de colère vinrent se briser sur des récifs imaginaires en voyant l'état déplorable dans lequel elle s'enfonçait. Sa petite main froide, aussi légère qu'une plume, suffit à lui rappeler douloureusement qu'à ce rythme elle ne serait plus longtemps de ce monde… et que lui deviendrait orphelin.

Son cœur se gonfla sous l'effet de la tristesse et l'angoisse monta en lui. Des larmes lui embuèrent les yeux sans qu'il puisse faire quoi que ce soit pour les réprimer.

– Maman… maman…

Il chuchotait, la tête posée près de la sienne.

– Réveille-toi, maman.

Un grincement provenant de l'autre bout de la pièce attira son attention.

Sylvia Linton, la sœur aînée de Sophia, venait de franchir le seuil de la porte. Sa mine préoccupée et son souffle court témoignaient de la rapidité avec laquelle elle venait de gravir l'escalier menant à l'étage.

Elle arrivait visiblement de l'extérieur, car une bouffée d'automne s'engouffra dans la chambre lorsqu'elle y fit irruption. Elle avait dû passer la soirée sous le porche à lire, pendant que les gamins du village faisaient leur ronde annuelle de collecte de bonbons. Grâce à elle, Dieu merci, il avait été dispensé de se farcir toute la panoplie de petits revenants.

Sylvia était une belle femme au début de la quarantaine. Son visage au teint hâlé, encadré par une masse de cheveux bruns lui descendant jusqu'aux épaules, était éclairé par de magnifiques yeux verts dénotant un esprit vif.

Elle s'approcha du lit et vint se poster derrière son neveu. Elle lui posa la main sur l'épaule en un geste rassurant.

— C'est la deuxième crise en trois jours, murmura Eloik sans se retourner. Encore une autre et j'ai bien peur qu'on devra l'hospitaliser à nouveau.

Elle s'approcha davantage de sa sœur. Sa petite rêveuse de sœur. Elle ne pouvait s'empêcher de songer que celle-ci avait fini par être victime de ses propres chimères. À trop vouloir vivre dans les rêves, elle avait vu son souhait exaucé de la manière la plus ironique qui soit.

— Elle n'est pas fiévreuse, c'est au moins cela. Veux-tu être aimable et aller changer l'eau ? demanda-t-elle en lui tendant le bol d'acier.

Eloik sécha rapidement ses larmes et sortit de la pièce en direction de la salle de bains.

Sylvia regardait sa sœur cadette avec tristesse, caressant ses longs cheveux devenus gris. Elle aurait tant voulu pouvoir sortir avec elle ; faire une promenade matinale ou à la brunante sur les terres que leur avaient léguées leurs parents. Peut-être même seulement lui parler ; la dérider par des pitreries comme elle en faisait lorsqu'elles étaient enfants, seulement pour le plaisir de la voir sourire. Mais c'était impossible. Elle était clouée dans ce lit, prisonnière de son propre esprit, à mi-chemin de l'éternité.

Parfois, Sylvia regrettait de ne pas avoir maintenu un contact plus étroit avec sa sœur après qu'elle eut quitté l'Écosse pour aller faire sa vie en Amérique. Bien sûr, il y avait les lettres qu'elles s'échangeaient pour leur anniversaire ou à Noël, et aussi Internet, mais, quand même, elles ne s'étaient vues que deux fois depuis son mariage en 1987.

Elle avait traversé l'Atlantique une première fois en 1988, lorsque Eloik était né. C'est à cette occasion qu'elle avait fait la connaissance de Craig, le mari de Sophia, pilote de l'U.S. Air Force, un grand gaillard blond, plein de charme, qui était venu la chercher à l'aéroport. Eloik, qui n'était âgé alors que de trois semaines, était son portrait craché. Cette ressemblance n'avait fait que s'accentuer avec le temps. Malheureusement, Craig était mort noyé cinq ans plus tard, dans des circonstances plutôt étranges.

De nouveau, elle avait repris l'avion pour Colorado Springs, afin d'assister aux obsèques de son beau-frère et soutenir Sophia dans cette terrible épreuve. Elle s'était fait remplacer à l'école primaire où elle enseignait, puis avait pris deux semaines de congé pour lui prêter main-forte, tant au niveau moral que dans les soucis d'ordre pratique.

Malgré la douleur qu'éprouvait Sophia, celle-ci avait suffisamment de ressources intérieures et de force pour reprendre le dessus ; ce qui n'était pas le cas d'Eloik, son neveu. Elle avait rapidement constaté qu'il prenait ce drame beaucoup plus mal que sa mère, même s'il n'extériorisait pas sa peine de façon aussi flagrante. Elle n'était pas experte en la matière, mais il lui apparaissait évident que son comportement allait au-delà d'un état de choc ordinaire. Le garçon essayait désespérément de s'accrocher à l'esprit de son père pour le retenir ici-bas et, ce faisant, c'était toute sa personnalité naissante qui s'engouffrait dans les ténèbres. Elle le revit, petit enfant blond d'à peine cinq ans, courant à la fenêtre du salon en criant « Papa ! Papa ! », tandis que le rugissement d'un avion, sur le point d'atterrir, se faisait entendre au-dessus de la ville.

Eloik revint dans la chambre avec le bol. Il le déposa sur la table de chevet, puis essuya de nouveau le front et les joues de sa mère. Sylvia le regarda faire sans rien dire, se contentant d'écarter la fine mousseline du baldaquin pour qu'il puisse s'exécuter sans gêne. Il y avait toujours de la sollicitude dans ses gestes, pourtant devenus coutumiers. L'amour qu'il lui portait transparaissait dans le soin qu'il prenait pour tenter de soulager ses souffrances.

– Je crois que la crise est terminée. Nous devrions la laisser.

Eloik embrassa sa mère sur le front avec le secret espoir de la voir battre des paupières, mais elle resta de marbre.

– Tu as raison, dit-il. Il remonta l'édredon capitonné sur les frêles épaules de Sophia pour la protéger du froid, malgré le feu qui brûlait dans l'âtre.

Sylvia lui toucha la main.

– Viens. Allons dehors. Il faut discuter. Je vais éteindre la citrouille. Nous pourrons parler sans être dérangés.

L'incongruité de cette requête éveilla immédiatement la curiosité d'Eloik. Sylvia avait quelque chose d'important à lui dire, c'était évident. Après une fraction de seconde d'hésitation, il lui emboîta le pas en prenant soin de refermer la porte derrière lui.

Une fois arrivés au rez-de-chaussée, ils débouchèrent dans une pièce cossue, pleine de souvenirs de famille. C'était le salon.

Accrochée au mur du fond, on pouvait admirer une toile de J.W. Waterhouse, représentant un jeune homme, près d'un étang, entouré de cinq Naïades. La reproduction était faiblement éclairée par une lampe munie d'un abat-jour à franges perlées dont la lumière orangée, combinée à la tendresse qui se dégageait naturellement du tableau, contribuait à donner au reste de la pièce une atmosphère accueillante.

Tandis que Sylvia s'éclipsait en direction de la cuisine, Eloik jeta un coup d'œil à la toile qui lui rappelait immanquablement les affiches peintes d'Alfons Mucha, que l'antiquaire du coin avait placardées devant sa boutique. Une fois par semaine, lorsqu'il se rendait à la gare pour s'en aller rejoindre l'Institut, il passait devant cette boutique. Mucha avait le don sublime de peindre les femmes avec un magnétisme érotique qui transcendait en quelque sorte l'élégance rigide des canons artistiques de l'époque. Il s'en dégageait un charme difficile à expliquer, presque hypnotique, qu'il retrouvait dans l'intensité des regards des Naïades qui convergeaient vers le jeune homme penché au-dessus de l'eau.

Il était appuyé contre le chambranle de la porte d'entrée, contemplant le tableau, lorsque Sylvia revint avec un plateau sur lequel étaient disposés quelques biscuits au beurre et deux tasses sentant bon le chocolat chaud.

Il lui ouvrit la porte et elle alla poser le plateau sur le bord de la table ronde qui meublait la galerie. Eloik en profita pour soulever le couvercle de la citrouille posée au pied de l'escalier et éteindre, d'un souffle bref, la flamme qui brûlait à l'intérieur.

— C'est un peu frisquet, tu ne trouves pas ? demanda-t-il en remontant l'escalier. Tu ne préfères pas discuter à l'intérieur ?

— Allons ! Allons ! L'air frais, c'est la santé. Goûte-moi plutôt ce chocolat. Ça va te réchauffer.

Avec un grand sourire, elle lui tendit une tasse, qu'il accepta de bon cœur.

Ils s'assirent côte à côte, le regard tourné vers les feux éloignés d'Édimbourg. Sylvia prenait son temps, sirotant son breuvage, étirant le silence comme si elle répétait intérieurement ce qu'elle allait dire. N'y tenant plus, Eloik se décida à briser la glace.

– De quoi veux-tu donc me parler ?

Sylvia posa sa tasse sur la soucoupe nichée au creux de son giron et sortit de sous sa veste de laine une enveloppe décachetée.

– J'ai reçu cette lettre ce matin ; une lettre de l'Institut Coylton.

– Ah bon…

Sylvia lui tendit l'enveloppe.

– En gros, elle dit que les frais d'inscription vont être augmentés dès le début de l'année prochaine. Avec ta mère qui est malade, je ne pourrai pas continuer à payer les honoraires du médecin, l'infirmière privée et tes séances, même avec ce que nous verse l'assurance. Il va falloir faire un choix.

Eloik n'eut pas besoin qu'elle lui fasse un dessin.

– Il n'y a pas de choix à faire. Tu le sais aussi bien que moi.

Sa voix se voulait neutre, mais il ne parvint pas à masquer complètement sa déception.

– Je ne te dis pas d'y renoncer. Il y a peut-être une solution. Tout dépend de ton désir de continuer cette démarche. De toute façon, tu es en âge de travailler, n'est-ce pas ?

Un silence lourd de sous-entendus s'installa momentanément entre eux. Eloik reprit la parole :

— Oui, bien sûr. Mais il faut être réaliste, ce n'est pas avec un boulot de fin de semaine que je vais pouvoir me payer les séances.

— Ce sera au moins un début. L'argent ainsi gagné nous donnerait une chance.

L'argent n'était pas la véritable raison, il le savait bien. Sylvia essayait de lui passer un message en douce, mais il continua néanmoins sur cette ligne de pensée pour voir où elle voulait en venir. Il décida d'en rajouter un peu.

— C'est certain. Bon, et admettons que je me trouve un emploi et que je ramène quelques livres de plus dans le budget, je ne vois toujours pas comment je vais pouvoir fonctionner normalement en milieu de travail avec mes crises de panique qui se pointent sans crier gare. Imagine un peu la photo et le titre en première page des tabloïds : « Un caissier fou sème la terreur dans une boutique du centre-ville. »

Sylvia ne put s'empêcher de rire en entendant le ton faussement alarmé avec lequel son neveu avait prononcé cette remarque à peine tirée par les cheveux. Les crises d'Eloik ne manquaient pas de surprendre lorsque l'on n'y était pas habitué.

— Écoute, dit-elle, je ne te parlerais pas de cela si je n'avais pas une idée derrière la tête. Il y a une femme que je connais depuis plusieurs années, qui habite Netherley dans l'Aberdeen-shire. C'est elle qui m'a initiée à l'horticulture lorsque j'étais adolescente. Une femme remarquable, vraiment exceptionnelle. Je suis sûre que si je lui passe un coup de fil, je pourrai la convaincre de t'engager pour l'aider dans sa serre. Ce serait un environnement idéal pour toi. Tout ce qu'il y a de plus tranquille. De plus, tu serais à deux minutes de l'Institut.

– Et que fais-tu du Collège ? Je devrai quand même me taper des allers-retours en train pour m'y rendre. On parle de quatre fois par semaine ; ce qui revient assez cher.

– Au contraire ! Tu es un bon élève. Tes notes sont suffisantes pour que tu puisses te faire transférer facilement dans un collège d'Aberdeen. Tu n'aurais plus à te soucier des trains et des autobus.

– Possible. Mais une fois rendu là-bas, il va quand même me falloir un endroit où loger. Je ne serai pas bien avancé s'il faut que je flambe tout mon salaire pour un loyer.

Sylvia ne répondit rien, mais son regard et son expression étaient sans équivoque.

Eloik saisit le message.

– Donc, si je comprends bien, cela signifie que je devrai aller habiter avec elle ?

– Évidemment. Allez, qu'est-ce que tu en dis ?

La proposition, quoique loin d'être concrétisée, paraissait pleine de bon sens.

– D'accord, fit-il, après quelques secondes de réflexion. Je veux bien essayer. Mais tu es sûre qu'elle va m'accepter comme ça sous son toit ? Elle ne me connaît même pas.

– Ne t'en fais pas pour cela, elle a l'habitude des pensionnaires. D'ailleurs, si son rythme de vie n'a pas changé depuis l'année dernière, elle devrait en héberger un ou deux en ce moment même. Ils prennent soin de la propriété, font les courses et entretiennent le jardin, en échange de quoi elle leur offre le gîte et les repas ; elle leur verse même un salaire pour le travail qu'ils accomplissent dans la serre. Avoue que c'est une combinaison difficile à battre.

– J'ai déjà vu pire, c'est vrai. Au fait, comment s'appelle-t-elle cette femme au cœur si généreux ?

– Nilianna. Nilianna Kerouani. Tu vas voir, tu vas l'adorer.

– Avant de s'emballer, tu devrais peut-être lui téléphoner ?

– C'est comme si c'était fait. Nilianna et moi sommes restées très proches. Je suis certaine qu'elle va t'accueillir à bras ouverts.

Eloik sourit devant son enthousiasme. Sa tante avait gardé un côté gamin qui l'étonnait chaque fois qu'elle le laissait s'exprimer. Il prit une gorgée de son breuvage chocolaté qui commençait à tiédir et, après un moment, lui tapota gentiment le bras.

– Une chance que tu es là pour moi.

Sylvia but à son tour, un sourire satisfait accroché aux lèvres.

– Oui, ça, tu peux le dire.

Au loin, le sifflement d'un train se fit entendre.

Ce soir-là, après avoir souhaité bonne nuit à sa tante, Eloik s'offrit le luxe d'une longue douche brûlante. Là, sous le jet d'eau, il repensa à la proposition qu'elle lui avait faite. Il comprenait les raisons qui l'avaient poussée à lui faire envisager de quitter Tranent. Sylvia était d'une grande générosité, mais elle n'était pas une Institution financière. Il comprenait aussi qu'il était temps qu'il cesse de se cacher derrière ses peurs pour justifier son manque d'initiative. N'était-ce pas justement pour cette raison qu'il s'était inscrit à l'Institut ? Prendre le taureau par les cornes, au risque de se faire encorner. Tôt ou tard, il devrait faire le plongeon dans l'incertitude de la vie et mieux valait que ce soit maintenant que dans un avenir éloigné. Il devait prendre le risque de tout perdre s'il voulait avoir la possibilité de recevoir les fruits de son audace. De toute évidence, Sylvia comprenait cela ; probablement mieux que lui. C'était en fait la véritable raison qui avait motivé leur petite discussion sous le porche.

Oui, elle avait raison. Il devait partir.

Il sortit de la douche, s'essuya et alla s'enfouir sous les draps avec une confortable sensation de détente. La lumière spectrale de la lune baignait sa chambre dans un camaïeu bleu qui lui fit immédiatement penser à la mer.

Tournant la tête vers la fenêtre pour regarder le spectacle nocturne, ses pensées se mirent à dériver. Peu à peu, l'engourdissement s'empara de lui et il se sentit glisser inexorablement au sein des profondeurs aquatiques d'un rêve silencieux. Il coulait comme une pierre, tandis qu'au loin, bien au-delà de la surface, une étoile se mettait à briller. Elle apparaissait de plus en plus souvent ces derniers temps. Il tendit la main vers elle et crut l'entendre prononcer doucement son nom. Cette voix si légère était comme une corde qui lui était lancée, mais il ne parvint pas à l'atteindre. Il coulait tout simplement, disparaissant dans la nuit.

Chapitre II
La Sphère

*L'ORIGINE DU RITE PREND RACINE
DANS LA PAROLE DE SAMYÄZAH.
IL DIT : « JE SUIS LA LOI. PAR LE FEU, LE SAVOIR ET LE
FER, VOUS M'HONOREREZ. »
NOUS, SERVITEURS DU POUVOIR UNIQUE,
ACCOMPLISSONS LE RITE SELON LE TEMPS ÉTABLI PAR LES
ÉTOILES ET MONTRONS NOTRE SAPIENCE À NOTRE MAÎTRE.
TELLE A ÉTÉ LA MANIÈRE DE FAIRE DE NOTRE PEUPLE
DEPUIS LES JOURS ANCIENS DE LA PREMIÈRE
CONFLAGRATION ET AINSI SERA-T-ELLE AU JOUR OÙ LES
HOSTILITÉS REPRENDRONT.*

*IL EN SERA DE LA FIN COMME IL EN FUT DU
COMMENCEMENT.*

**Kêrikeion Vates
Ouverture de la Première Prière**

E LOIK fut secoué par un spasme et ouvrit les yeux. Pendant un court instant, il fut désorienté et se demanda sincèrement où il se trouvait. Soulagement... il était dans sa chambre. Il s'étira et regarda par la fenêtre. Bon

Dieu ! Le soleil était levé. Il avait dormi comme un loir et il avait complètement oublié son train pour Aberdeen. C'était sûr qu'il serait en retard pour son rendez-vous à onze heures avec Raymond Hill, son thérapeute. Le prochain train à destination de la ville portuaire était prévu pour huit heures trente. Il regarda sa montre. Il ne lui restait que dix minutes pour se rendre à la gare. Il s'habilla en vitesse, fourra ses affaires dans son sac à dos et dévala l'escalier. Il fit un saut à la cuisine pour attraper une pomme et une tablette d'avoine grillée, puis, en moins de deux, il se retrouva dans la rue courant comme un damné.

Le train sortit d'Édimbourg et s'engagea sur le Forth Bridge à huit heures cinquante exactement. Ce n'est qu'une heure cinquante-quatre minutes plus tard qu'il s'immobilisa dans la gare d'Aberdeen.

Eloik tremblait seulement à imaginer le savon que lui passerait Raymond lorsqu'il se pointerait à son bureau et lui présenterait ses excuses. Il balança son sac à dos par-dessus son épaule droite et sortit du wagon en évitant le plus possible de bousculer les gens qui se pressaient autour de lui. L'arrêt d'autobus se trouvait à deux pas de la gare, sur Guild Street, mais il avait quand même affaire à se grouiller pour attraper le bus de moins dix en direction de Dunecht, sinon il devrait patienter trente minutes supplémentaires.

Heureusement, l'autobus semblait l'attendre. Son moteur diesel ronronnait tranquillement comme une bête de somme s'accordant
un peu de repos avant de reprendre son labeur.
Il gravit la volée de marches et montra sa
Flexipass au conducteur, qui lui fit signe de
monter à bord.

Évitant les regards, Eloik s'avança dans
l'allée centrale jusqu'à ce qu'il repère une place
isolée pratiquement au fond. Pour rien au
monde, il ne serait allé s'asseoir entre deux
inconnus ou, pis encore, face à face avec quelqu'un. Il serait resté debout, accroché fermement à un poteau plutôt que de subir le supplice
de la confrontation directe avec ses semblables.
Par chance, cette place était à l'écart et personne
ne viendrait le déranger.

L'autobus n'était rempli qu'au tiers lorsqu'il
se mit en branle. Il consulta sa montre : dix heures
cinquante. Le trajet jusqu'à l'Institut, situé aux
abords du Loch of Skene, prenait environ quinze
minutes. Avec un peu de chance, il ne manquerait
que les cinq premières minutes de la séance ; mais
le docteur Hill allait tout de même l'écorcher
vif. Ce n'était pas pour rien si on le surnommait
« Docteur Horreur » dans son dos.

Cet homme était certes compétent en tant
que psychiatre, mais pour ce qui était de
répandre la joie et la bonne humeur autour de
lui, un croque-mort aurait sans doute mieux fait
l'affaire. Il ne manquerait sûrement pas une
occasion, tout au long de la journée, de lui

rappeler qu'il le tenait à l'œil. « Vraiment, songea-t-il, voilà une journée qui s'annonce des plus joviales ! » Pourquoi fallait-il donc que certaines gens soient aussi intransigeants pour des vétilles pareilles ? Ce n'était pas comme s'il avait embouti sa Jaguar ou scalpé son caniche ; ce n'était que quelques malheureuses minutes de retard. Il pourrait toujours lui dire qu'il était au chevet de sa mère (ce qui était vrai, en partie), mais en son for intérieur, il savait que ce n'était pas très honnête d'essayer de couvrir ses arrières en se servant de demi-vérités. Il était en retard parce qu'il ne s'était tout simplement pas réveillé à l'heure.

Tandis qu'il réfléchissait, les yeux perdus dans le brouillard multicolore des façades qui défilaient, un éclat doré attira son attention sur la gauche. La lumière du soleil venait de faire briller la chevelure blonde d'une fillette assise près d'une femme, qui semblait être sa mère. Au moment où il s'apprêtait à détourner la tête, l'enfant tourna la sienne dans sa direction et lui fit un sourire éclatant tout en plongeant son regard limpide dans le sien. Une onde de choc passa entre eux et vint le frapper droit au ventre. Effrayé, il regarda ailleurs.

Cette petite fille avait senti le regard qu'il avait posé sur elle, comme si elle n'attendait que cela pour se retourner. Malgré son sourire, qui paraissait chaleureux, elle lui avait immédiatement donné froid dans le dos. Ce n'était pas naturel.

Il laissa quelques minutes s'écouler, puis osa regarder de nouveau dans sa direction. Bon sang ! Elle le fixait toujours aussi intensément, mais, cette fois, son sourire avait disparu. Il se força à l'ignorer, essayant de se concentrer sur la silhouette crénelée des installations portuaires d'Aberdeen, mais il se rendit bientôt compte que son cœur battait à tout rompre dans sa poitrine.

〰

À cette période de l'année, au temps où l'automne cesse d'être cette magnifique saison parée d'ocres et de rouges et fait progressivement place à la décomposition précédant l'hiver, les arbres n'arrivaient plus à masquer la forme à la fois massive et élancée de l'Institut.

Le bâtiment datait du milieu du XIIe siècle, mais il avait été si bien restauré qu'il en paraissait beaucoup plus récent. En fait, à l'origine, il avait servi de château à la famille du comte Marischal, qui en possédait un second au sud de Stonehaven. Ce dernier fut le théâtre d'événements sanglants qui s'étaient déroulés pendant la période tumultueuse où William Walace et Robert DeBruce, futur roi d'Écosse, faisaient la guerre aux Anglais. Le château, sur les ruines duquel s'érigeait aujourd'hui l'Institut, avait connu lui aussi sa part d'horreurs et de batailles, qui avait eu finalement raison de ses épaisses murailles. Longtemps laissé à l'abandon, pratiquement effacé de la mémoire populaire, il devint un lieu hanté par les spectres du passé et les chats-huants. Ce n'est qu'en 1889 que les lieux inspirèrent un projet à un certain Lord Coylton, un explorateur issu des cercles aristo-cratiques qui, vers la fin de sa vie, s'était découvert une âme de philanthrope. Il avait acheté le vieux château abandonné pour une somme dérisoire et l'avait fait remettre à neuf afin de le convertir en centre de soins pour les jeunes souffrant de troubles de la personnalité.

À l'époque, on s'entendait pour dire à mots couverts que c'était un asile. Néanmoins, cette perception se modifia lorsqu'il apparut assez rapidement que le taux de guérison des patients qui étaient reçus dans l'Institut du richissime lord, était supérieur aux statistiques habituelles. La réputation de l'Institut Coylton avait alors peu à peu fait le tour du monde.

Depuis, même si l'architecture gothique d'origine avait été rajeunie, l'âme du lieu n'avait presque pas changé. On en avait fait un centre de recherche des plus sophistiqués, mais ses origines médiévales n'en avaient pas souffert le moins du monde. C'est dans cet esprit de conti-nuité avec le passé que le conseil d'adminis-tration qui le dirigeait à présent s'était fait un point d'honneur de conserver la devise que Lord Coylton avait formulée au début de son projet : « Soigner l'esprit ; maîtriser la peur. »

Eloik se leva et remonta l'allée menant à la porte de l'autobus sans prendre le temps de vérifier si la petite fille, qui lui avait fait si peur, le fixait encore. Il avait presque réussi à gommer l'incident de sa mémoire, mais au moment de descendre, il ne put résister à la tentation de jeter un dernier coup d'œil pour voir si elle jouait encore à son petit jeu. Il ne la vit pas ; même la femme qui occupait le siège à côté d'elle n'était plus là. Pourtant, l'autobus n'avait effectué aucun arrêt durant tout le trajet.

Il frissonna. « Encore un mauvais tour de mon esprit », se dit-il.

De toute façon, le temps filait et le docteur Hill était sûrement en train de péter les plombs. Il remercia le chauffeur et s'en fut vers l'allée de gravier menant aux portes grillagées de l'Institut.

La plazza s'étalait en un demi-cercle argenté devant le bâtiment élancé aux assises massives, comme enracinées dans le sol. Ici et là, on voyait des îlots de verdure passablement fanés par l'automne et qui respiraient néanmoins encore la sérénité et la beauté, mais aujourd'hui Eloik n'avait vraiment pas le temps de déambuler rêveusement parmi les sentiers du jardin. Il traversa en courant une arche en fer forgé sur laquelle s'étalait ostensiblement le nom de *Coylton Institute* en grosses lettres dorées.

L'architecture néogothique de la bâtisse évoquait un mélange de puissance brute et d'élévation intellectuelle. Les douze fines tourelles d'albâtre, aux enchevêtrements complexes de bas-reliefs illustrant des scènes de batailles médiévales, formaient une sorte de garde d'honneur autour de la tour principale. Elles y étaient reliées par de minces arcades élancées, d'une blancheur sans pareille, semblables à de la dentelle de Bruges.

La grande tour centrale, qui combinait à sa base, enfouie sous terre, la bibliothèque de l'Institut et à son sommet, le dôme métallique de l'observatoire astronomique, composait le treizième élément de cette figure. Elle était taillée dans une variété très sombre de granit et l'ombre qu'elle projetait s'étendait jusque sur le dallage de la plazza, là où une mosaïque représentant les divisions d'un cadran solaire géant se déployait discrètement.

Vu à vol d'oiseau, l'ensemble formait une représentation parfaite du système zodiacal géocentrique.

Eloik avait été admis à l'Institut au début de septembre pour suivre le programme « Endurance et Catharsis. » On y faisait alterner une thérapie-choc, censée combattre la peur par la peur et des séances de méditation zen. Mis à part le fait qu'il ne fréquentait l'Institut que le mercredi, il aurait facilement pu se croire admis à temps plein dans une version moderne du temple de Shaolin. L'approche prônée par l'Institut était différente de tout ce qu'il avait connu jusqu'à présent. Ici, on partait du principe que la guérison passait par l'action et la mobilisation des forces intérieures du patient.

En Amérique, on voyait les choses différemment. Là-bas, c'étaient la science et la pharmacopée qui détenaient la solution. Pendant neuf ans, il était passé entre les mains d'une légion de thérapeutes, qui s'étaient tous plus ou moins cassé les dents sur son cas. L'hypnose s'était avérée utile pendant quelque temps, mais elle n'était pas arrivée à percer le voile opaque qui dissimulait la source de ses phobies irrationnelles. Des psychiatres, soupçonnant un début de schizophrénie, lui avaient prescrit des médicaments – du diazépam et de la doxépine surtout – qui eux aussi avaient semblé porter leurs fruits, mais les effets secondaires étaient si importants qu'il se retrouvait continuellement dans les vapes. Sa mère avait mis fin au traitement après six semaines.

Ce fut elle d'ailleurs qui, à l'hiver 2001, entendit parler pour la première fois d'un Institut réputé situé en Écosse, sa terre natale, qui se spécialisait dans les cas problématiques comme le sien. On y pratiquait une forme de psychiatrie s'apparentant à un entraînement militaire. Cette combinaison pour le moins intrigante s'avérait suffisamment efficace pour que le distingué *British Journal of Psychology* daigne lui consacrer un long article élogieux. Sophia en prit note mentalement.

Les attentats du 11 septembre étant encore frais dans la mémoire des gens, Sophia jugea alors qu'il était peut-être temps de renouer avec le climat plus gris de l'Écosse, mais certainement moins chargé de menaces que celui des États-Unis à cette époque. Ils ne quittèrent toutefois le pays qu'en juin 2003, son contrat de travail ne prenant fin qu'à cette date.

Étant donné qu'elle possédait déjà la nationalité britannique, il lui fut facile d'obtenir le visa d'Eloik. Ils allèrent donc s'établir en banlieue d'Édimbourg, dans la vieille maison ancestrale, qui l'avait vue naître, où sa sœur Sylvia habitait maintenant seule.

Comme elle avait travaillé pendant treize ans aux Archives de l'État du Colorado, Sophia n'eut pas trop de difficulté à se faire embaucher par l'un des musées de la capitale.

Eloik, quant à lui, fut inscrit à l'école publique dès son arrivée. Il tenta de réprimer ses phobies et d'interagir normalement avec les autres élèves de son école. Au mieux, il ne réussit qu'à se faire remarquer par son caractère taciturne ; au pire, on l'évitait comme la peste. Tout ce qu'il avait connu de l'autre côté de l'Atlantique était en train de se répéter.

Il n'était pas stupide, il se rendait bien compte que le problème n'émanait pas des autres, mais bien de son attitude. Il n'arrivait tout simplement pas à établir des contacts humains normaux. Son calvaire dura deux ans. En 2004, il s'inscrivit au Morey House College et sa mère put enfin réunir la somme pour lui permettre de fréquenter l'Institut Coylton.

Après être passé en trombe à sa case pour y laisser son sac à dos, Eloik estima qu'il serait plus sage de se rendre directement à la salle de simulation, dans l'aile ouest du bâtiment, au lieu d'aller vérifier si le docteur Hill l'attendait dans son bureau, ce qui, d'ailleurs, était peu probable.

Il avait quinze bonnes minutes de retard. Tant pis pour les gros yeux que lui ferait le docteur : il y avait pire que cela dans la vie. Il accéléra tout de même le pas.

La salle de simulation se trouvait au bout d'un long couloir en dalles de pierre où s'élevait une porte en chêne massif. Bien que d'allure médiévale, avec ses charnières de fer, elle était discrètement munie d'artifices modernes. Au niveau de la serrure, là où aurait dû se trouver un trou pour enfoncer une clé, il y avait une plaque de métal carrée, à la patine terne, dotée de capteurs biométriques. Eloik y apposa sa paume droite et les loquets cliquetèrent à l'intérieur de la serrure magnétique. Il poussa la lourde porte et pénétra directement dans un couloir incurvé aux parois recouvertes de panneaux de polymère blancs. La porte se referma derrière lui et les loquets se remirent en place. Des sources lumineuses soigneusement encastrées dans le plafond éclairaient le corridor qui s'incurvait vers la gauche. Eloik ne perdit pas de temps et se dirigea presque au pas de course vers le sas d'entrée de l'antichambre situé sur sa gauche, au bout de la coursive. Lorsqu'il vit le docteur Hill, qui l'attendait, les bras croisés et la mine réprobatrice, il modéra son allure, ne sachant trop s'il devait feindre l'essoufflement ou se confondre en excuses.

L'homme, vêtu d'un sarrau blanc, portait des lunettes aux épaisses montures de bakélite noire dans le plus pur style « apparatchik ». Son long visage de patricien, qui aurait pu être beau, était malheureusement barré par une cicatrice, qui lui relevait légèrement le coin gauche de la lèvre supérieure. Celle-ci lui donnait en permanence l'allure d'un doberman en train de grogner, ce qui, en vérité, faisait toujours son effet lorsqu'on le savait contrarié.

Voyant Eloik venir à lui, il ne se fit pas prier pour l'apostropher :

— Monsieur MacMillan, vous savez ce que je pense des retards ? Il n'y a pas que vous dans cet Institut. J'ai d'autres patients qui attendent d'être traités.

— Oui, docteur. Je suis vraiment désolé. J'ai raté mon train, ce matin et...

— Nous en reparlerons plus tard, coupa-t-il. Pour l'instant, les machines tournent et je n'ai pas besoin de vous rappeler qu'elles consomment beaucoup d'énergie et d'argent. Vous savez ce que ça signifie « de l'argent », n'est-ce pas ?

La pointe de sarcasme toucha droit au but. Eloik sentit la honte l'envahir.

— Oui, réussit-il à balbutier.

– Alors, enfilez-moi ces bracelets que l'on puisse enfin commencer cette séance !

Son ton n'appelait pas la réplique. Penaud, Eloik tendit la main et effleura une commande circulaire dissimulée dans la paroi, à droite du sas. Un plateau, semblable à celui d'un lecteur de CD-ROM, émergea du panneau de polymère. Placés côte à côte, deux bracelets de métal, l'un gris, l'autre cuivré, étaient posés dans des niches adaptées. Leur circonférence intérieure était tapissée de capteurs électroniques destinés à transmettre les signes vitaux de celui qui les portait. L'ordinateur de la Sphère ajusterait l'intensité de la simulation en fonction des données physiologiques transmises en continu par les bracelets.

Il s'en empara et le plateau retourna se confondre avec la paroi lisse du mur. Tandis qu'Eloik les enfilait, le docteur gravit les marches d'un escalier pour se retrouver sur une passerelle qui courait sur tout le pourtour extérieur de la Sphère. Il s'en allait rejoindre la salle de contrôle.

– La simulation va débuter dans quelques minutes, passez donc dans l'antichambre, lui lança-t-il tout en s'éloignant. Vous avez sérieusement intérêt à être prêt, monsieur MacMillan, car le niveau d'intensité a été augmenté et je n'ai pas besoin de vous rapp…

WHOOMPH !

Une violente déflagration pulvérisa le mur d'enceinte, juste devant le psychiatre, dans un maelström de flammes et de débris. Raymond Hill fut instantanément déchiqueté par la pluie de shrapnels qui s'abattit sur lui, envoyant gicler son sang et projetant ses os et sa chair sur la blancheur immaculée des murs.

Le souffle puissant de l'explosion souleva Eloik du sol pour l'envoyer choir contre le mur extérieur du corridor. La violence du choc lui fit perdre connaissance presque aussitôt. Mais avant de fermer les yeux, il eut le temps de voir des arcs électriques briller au travers de la fumée et du feu qui s'échappaient de la Sphère éventrée.

Il revint à lui dans une pénombre vacillante. Sa tête le faisait atrocement souffrir. Il y porta instinctivement la main pour sentir immédiatement un liquide chaud et poisseux lui couler entre les doigts. C'était son sang. Il était vraiment en piteux état, mais ce n'était rien en comparaison de ce qui était arrivé au docteur.

Une alarme hurlait à n'en plus finir, tandis que des foyers d'incendie dispersés en éventail autour de la brèche faisaient fondre ici et là le plastique recouvrant les parois arrondies du couloir principal. Une épaisse fumée noire et nauséabonde, certainement toxique, s'en dégageait, chassant rapidement le peu d'oxygène qui restait. Il allait perdre conscience et mourir asphyxié s'il ne réagissait pas immédiatement. Pris de panique, respirant par à-coups, Eloik parvint à soulever le torse avec un effort qui lui arracha un gémissement de douleur.

Le plafond du couloir, qui s'était effondré à quelques mètres derrière lui, tout en condamnant la sortie sous une montagne de débris, l'avait partiellement enseveli. Il pria pour que ses jambes aient été épargnées. Poussé par l'instinct de survie, il rassembla ses forces et tenta de se dégager en se tortillant comme un ver. La manœuvre porta fruits, car, en moins d'une minute, il réussit à se mettre debout.

Le spectacle qui s'offrait à lui était horrible. Malgré le peu de lumière, il put distinguer les restes mutilés de son thérapeute, qui, pour la plupart, s'étaient éparpillés juste devant l'entrée de l'antichambre.

Il réprima une violente envie de vomir et essaya de se concentrer pour trouver un moyen de fuir ces lieux. Peut-être que les secours étaient déjà en train de se frayer un chemin pour venir le sauver, mais avec toute cette fumée, il serait mort avant qu'ils n'arrivent. Il ne lui restait que deux options : la sortie de service à l'intérieur de la Sphère ou bien essayer d'atteindre la salle de contrôle, là où se trouvait certainement une porte. Étant donné qu'un mur de feu traversé de décharges électriques imprévisibles s'élevait entre lui et la salle, ses chances de réussite étaient plutôt minces de ce côté. Il opta donc pour la Sphère, en sachant parfaitement que s'il n'arrivait pas à trouver la sortie, il se réfugierait ni plus ni moins dans un cul-de-sac. Avec un peu de chance, il y aurait toutefois davantage d'oxygène et il pourrait tenir assez longtemps jusqu'à ce qu'on vienne le secourir.

Le sas d'accès de l'antichambre s'était descellé dans sa partie supérieure et n'assurait plus l'étanchéité de la petite cabine. Mais, malgré tout, il semblait avoir mieux résisté à l'explosion que le reste de la paroi. « Pourvu qu'il fonctionne », pensa-t-il. Eloik posa sa main sur la plaque biométrique déverrouillant l'entrée de la pièce minuscule où, d'habitude il se préparait mentalement avant chaque séance dans la Sphère. Son cœur fit un bond quand le scanner balaya sa paume de haut en bas et de bas en haut. Le sas était ouvert. Sans perdre une seconde de plus, il se faufila à l'intérieur de l'antichambre et referma la lourde porte du mieux qu'il put.

L'air était plus respirable que de l'autre côté, mais cela ne durerait pas longtemps. Il prit plusieurs bonnes inspirations pour se calmer et s'assit sur le siège moulé à même le mur.

Qu'allait-il faire une fois à l'intérieur ? Comment allait-il trouver la sortie ? Tout dépendrait de ce qui l'attendait de l'autre côté du second sas. Si l'ordinateur, situé dans la salle de contrôle, avait survécu à la déflagration (ce qui était probablement le cas), il devrait avoir lancé à présent la simulation puisqu'il avait pénétré dans l'antichambre. C'était automatique. Quant à savoir si c'était la bonne, la question restait entière. Raymond Hill étant mort, l'ordinateur n'avait pas reçu les commandes nécessaires pour démarrer le programme prévu ; il y avait donc de fortes probabilités pour qu'il ait choisi aléatoirement une simulation parmi le vaste registre de sa banque de données. Si c'était le cas, il pourrait tout aussi bien se retrouver au beau milieu d'une mer déchaînée, accroché à un bout d'épave, que dans le chaos infernal d'un champ de bataille.

Si cela avait été possible, il se serait roulé en boule pour faire écran entre lui et le reste du monde afin qu'il oublie tout ce désastre qui venait de lui tomber dessus. Mais il était trop tard pour se réfugier dans l'inaction. Déjà, la fumée commençait à s'insinuer par le haut du sas : il n'avait plus le choix, il fallait affronter la Sphère et son cortège de cauchemars.

Eloik expira pour se vider les poumons. Cela l'aida à contrôler sa nervosité, tout en lui permettant de se mettre instinctivement sur la défensive. Sans hésiter, il se releva et appuya sur la commande d'ouverture de la porte. Une forte bouffée de chaleur vint l'assaillir, le faisant presque basculer vers l'arrière. Devant lui, à perte de vue, s'étendait un océan de feu hérissé ici et là de pointes rocheuses. C'était une illusion, mais une illusion d'une telle perfection, qu'elle mystifiait les sens et la raison. Il reprit son équilibre et avança prudemment. Il était sur une petite corniche d'à peine un mètre carré de surface, qui dominait un précipice au fond duquel se déversaient des torrents de lave crachés du haut de sommets éloignés. Ces escarpements s'élevaient de part et d'autre de son champ de vision comme de formidables murailles de roc.

Dans un vacarme assourdissant, des milliers de poutrelles d'acier tombèrent d'un ciel pourpre zébré d'éclairs et vinrent se positionner à ses pieds. Elles se rivetèrent comme par enchantement pour former un pont vertigineux enjambant les flammes jusqu'à la paroi abrupte d'un pic. C'était un pont formé d'une seule arche dont la travée ne faisait pas plus de cinquante centimètres de largeur.

Eloik distingua au loin, à travers les ondulations de l'air brûlant, la forme en ogive d'une porte dont les rebords laissaient filtrer une lumière d'un bleu azur. C'était, à n'en pas douter, la sortie. Sa douce lumière, qui contrastait avec la violence du rouge et du noir, semblait lui promettre la fin de ses tourments. Mais comment l'atteindrait-il, lui qui craignait le vide presque autant que la mort ? Déjà, il sentait ses jambes ramollir et ses pieds s'enfoncer dans la pierre, comme si le gouffre, qui s'ouvrait devant lui, allait l'aspirer.

« Je n'y arriverai jamais. Je ne suis pas prêt pour ça ! »

La panique commença à le gagner, même s'il faisait des efforts pour penser à autre chose. Il devait impérativement trouver un appui pour se sécuriser, sinon il tomberait dans le feu, il en était sûr. Il tenta bien un instant de se raisonner devant l'inévitable traversée du pont, mais ses pensées n'arrivaient plus à s'agencer logique-ment dans son esprit. Pris de vertiges, il tendit la main droite vers l'arrière pour s'agripper au rebord du sas d'accès, mais il ne rencontra rien et tomba à la renverse. La Sphère l'avait avalé : l'illusion s'était refermée sur lui.

C'est alors que le son strident produit par un instrument à vent retentit derrière lui. Il se retourna et vit un long défilé rocheux, légère-ment incliné vers le haut, dans lequel s'entas-saient en rangs serrés des cavaliers montés sur des chevaux de bataille monstrueux. Ceux-ci étaient chargés de lourdes chaînes au bout desquelles pendaient des crânes humains.

En tête de la procession, un démon aux allures de triton porta une conque à ses lèvres de batracien et souffla avec force dans l'instrument pour produire à nouveau le mugissement sinistre. Lorsqu'il eut terminé, ses yeux globu-leux, d'un gris sale, croisèrent ceux d'Eloik et le fixèrent avec intensité. Il le montra du doigt.

– **Ôte-toi de notre chemin, morveux !** lui ordonna-t-il. **Ôte-toi ou nous allons te piétiner.**

Sa voix rauque, qui ressemblait davantage à un croassement, fit effet sur Eloik.

Il se releva, mais n'osa pas aller plus loin. Il était incapable de décider de la marche à suivre pour faire face à cette nouvelle menace. S'il fuyait vers le pont, il tomberait à coup sûr et qui sait dans quel nouveau cauchemar il ressurgirait. S'il restait planté là, il serait effectivement piétiné et probablement jeté par-dessus bord. D'une façon ou d'une autre, il ferait le plongeon...

Tâchant de gagner un peu de temps, il chercha du regard, par-delà l'imposant personnage, un moyen de l'éviter lorsque lui et sa horde de barbares se précipiteraient dans sa direction. Le sas d'entrée ne devait pas être très loin. Bien que les gyroscopes et la Sphère elle-même se mettaient en rotation pour créer le mouvement à l'intérieur de la simulation, il avait si peu bougé depuis son entrée que la porte ne pouvait se trouver à plus de trois ou quatre mètres de sa position. Il scruta attentivement le décor dans l'espoir d'y déceler une anfractuosité qui l'aiguillerait vers la bonne voie.

Le démon comprit ce qu'Eloik essayait de faire.

– **Oublie cela. Tu ne passeras pas. Nous te tuerons bien avant que tu aies retrouvé cette foutue porte !**

Exaspéré, Eloik tourna résolument le dos à l'apparition. Au moins, il n'aurait pas à contempler son horrible gueule et il pourrait concentrer toute son attention sur la sortie située de l'autre côté du pont.

Le son de la conque retentit une troisième fois et la surface rocheuse sur laquelle il se tenait se mit à vibrer de façon inquiétante. Des fissures apparurent dans la pierre, sous ses pieds. Derrière lui, semblables au tonnerre qui gronde, des milliers de sabots se mirent à marteler le sol en cadence. Les cavaliers chargeaient. Il se força à les ignorer et focalisa son attention sur la tâche à accomplir.

Cette Sphère, pensa-t-il, était une invention diabolique. Il maudit intérieurement le sadique qui avait mis au point un tel instrument de torture mentale.

Péniblement, la vue à moitié brouillée par des larmes de frustration, il s'avança jusqu'au bord déchiqueté de la falaise, là où commençait la structure virtuelle du pont. Car, en fait, c'est ce qu'elle était : virtuelle. Eloik avait pourtant beau se répéter que tout cela n'était qu'une falsification de la réalité : la pierre qui s'effritait, la chaleur étouffante, la clameur terrifiante des monstres qui se ruaient dans son dos, même l'odeur de soufre qui se dégageait des profondeurs de la fournaise, tout cela contribuait à tenir son esprit sous le joug d'un charme puissant.

Il jeta un second coup d'œil par-dessus son épaule et vit que la cohorte de démons serait sur lui dans moins d'une minute. À cette vitesse, s'ils ne freinaient pas bientôt, ils se précipiteraient tous dans l'abîme brûlant, l'emportant du même coup dans leur chute. Rassemblant son courage, il avança le pied droit et le posa sur la travée.

Ça y était, il avait accompli l'impensable !

À présent, il s'agissait de répéter ce petit geste en restant concentré sur le but à atteindre. Eloik avait envie de rire et de pleurer en même temps. Il continua quand même de progresser lentement sur la mince poutre d'acier tout en essayant de ne pas penser à ce qui se produirait s'il glissait ou perdait subitement l'équilibre. Il se força à visualiser dans son esprit une ligne droite et d'y centrer toutes ses pensées.

Il avait presque franchi le tiers de la distance que deux murailles de feu liquide s'élevèrent subitement de part et d'autre du pont en un rugissement si terrible, qu'il ne put s'empêcher de crier sous l'effet de la surprise. La rivière rougeoyante, qui coulait tout au fond du précipice, crachait à présent deux monstrueux geysers. Il sentit ses jambes flageoler et son courage, qui quelques instants plus tôt semblait pouvoir le mener sain et sauf de l'autre côté du gouffre, le quitter d'un seul coup. Il se figea et se contenta de garder l'équilibre.

Autour de lui, émergeant ici et là des remous bouillonnants, des visages aux traits tordus hurlaient et grimaçaient. Ils remontaient à la surface du magma, puis retournaient dans les profondeurs brûlantes pour aussitôt être remplacés par d'autres apparitions tout aussi grotesques. Au-dessus de sa tête, des spectres, saisis de violentes convulsions, tournoyaient en poussant des gémissements qui se réverbéraient tout autour de lui jusqu'à ressembler aux lamentations chuintantes de mammifères marins. Eloik se rendit compte subitement que c'était son nom qu'ils scandaient ainsi.

— **Qu'est-ce qui se passe ?** gronda une voix sépulcrale provenant des profondeurs. **Tu ne reconnais plus ton nom ?**

La voix se mua en un rire tonitruant aux échos surnaturels. Il explosa dans la salle, à travers les centaines de sources audio dissimulées dans les parois invisibles de la Sphère. Le volume des basses fréquences était intentionnellement amplifié pour stimuler la zone abdominale, là où se nichaient les centres physiques liés à la peur.

– **Allez, vermine !** reprit la voix semblable au fracas de l'orage, **traverse ce pont. C'est ton unique chance de ne pas finir dans le feu avec nous !**

La voix diabolique laissa planer un silence pour qu'Eloik saisisse bien ce que cela signifiait, puis elle reprit avec un plaisir pervers :

– **Seuls les faibles ou les lâches échouent à cette épreuve.**

Le vacarme général l'empêchait de penser. Tout arrivait trop vite. Il jeta un regard derrière lui : les cavaliers avaient atteint la corniche et s'élançaient dans le vide.

L'instinct de survie fit le reste. Il se précipita vers l'avant, complètement paniqué à l'idée de se faire piétiner. Il réussit à courir sur une dizaine de mètres lorsqu'il dérapa brutalement sur la surface lisse du pont. Sa cheville droite se tordit, l'envoyant valser par-dessus l'abîme de feu. Tout espoir de retrouver la sortie s'envola aussitôt en fumée.

La chute parut se dérouler au ralenti. Les cris sauvages des démons cessèrent d'exister dans son esprit. Seul le sifflement de l'air dans ses oreilles captait son attention. Au moment de frapper la surface du fleuve de lave, Eloik ferma les yeux.

Il n'y eut pas de choc. Rien ne se produisit. Seulement l'écho du vacarme infernal se dissipant graduellement dans d'épaisses ténèbres. Il était accroupi à même la surface poreuse des panneaux de projection de la Sphère. Il prit le temps de souffler, puis releva la tête.

— Ohé! Il y a quelqu'un?

Une lueur blanche perça l'obscurité. Dans le rectangle de lumière qui se découpait ainsi devant lui, une silhouette fit son apparition. Des bruits de pas résonnèrent, tandis que la Sphère s'illuminait doucement.

Raymond Hill s'avançait vers lui, le sourire aux lèvres. Eloik avait envie de lui enfoncer son poing dans la gueule.

— Vous trouvez ça drôle, espèce de malade! Je n'étais pas prêt pour une simulation aussi intense! Qu'est-ce qui vous a pris?

L'homme de science leva un sourcil devant cette démonstration d'agressivité peu commune de la part de son patient, mais il ne se laissa pas impressionner pour autant.

— Calmez-vous. Restons civilisés. Tout cela fait partie du programme. Vous vous rappelez? *Endurance et Catharsis.* Comment voulez-vous confronter vos peurs si vous savez d'avance à quoi vous attendre?

Il lui prit les poignets et désactiva les bracelets, qu'il récupéra et fit disparaître dans les poches de son sarrau.

– Si cela peut vous rassurer, je peux vous dire que vous vous en êtes assez bien tiré pour quelqu'un d'aussi peu expérimenté.

Eloik ne se sentit pas flatté le moins du monde par cette remarque.

– Bien sûr, j'ai triché un peu sur le protocole habituel en faisant commencer la simulation au moment où vous avez mis les bracelets, mais avouez que l'effet de surprise était total. Soyez honnête.

Le jeune homme le fusilla du regard et se retint pour ne pas lui lancer des insultes au visage.

– Est-ce que l'on peut au moins sortir de cette satanée Sphère maintenant ?

L'homme de science éclata de rire et l'entraîna vers la sortie.

– Bonne attitude. Votre combativité est en train de réapparaître. À présent, faites-moi plaisir : allez déjeuner et prenez le temps de décompresser. Je veux vous voir dans mon bureau à treize heures… et tâchez de ne pas être en retard cette fois-ci.

Eloik, la mine basse, ne répondit rien et prit le chemin des casiers pour aller chercher ses affaires.

Chapitre III
Imkatho

IMKATHO, général en chef des armées de Küwürsha, vint poster sa monture sur un tertre élevé qui donnait sur le lit asséché et vitrifié de l'ancienne Mer d'Athor, là où au début de sa carrière, il avait anéanti la capitale flottante des Caméléommes.

Étrange qu'il se retrouve devant ce paysage pour une seconde fois. Les circonstances de la guerre avaient changé, mais non la haine qu'il vouait à cette race maudite d'amphibiens philosophes, gardiens de la Loi qu'il exécrait tant. Son seul regret avait été de ne pas avoir pu les exterminer tous d'une seule traite.

Il laissa son regard dériver vers une dizaine d'énormes rochers rouge brique semblables à une procession d'éléphants qui s'enfonçaient dans le désert. Ils s'étaient érodés depuis la dernière fois qu'il les avait vus et une partie de leur surface, directement exposée au Feu, avait fondu, mais il en reconnaissait les contours et la disposition générale. Ils avaient jadis formé la base d'une série d'arches soutenant un pont qui menait directement au cœur de la cité aquatique.

Il n'en restait plus grand-chose à présent, de cette fameuse cité. À peine quelques vestiges difficilement reconnaissables d'édifices crevant ici et là la surface striée du verre.

Nikraïll, le chef avilith des Éclaireurs, fit stopper sa bête ruisselante de sang juste à côté de celle de son Seigneur et Maître. Ses ailes noires membraneuses, hérissées de pointes osseuses, se replièrent en craquant, dévoilant derrière lui une poignée de généraux narkhys qui gravissaient la colline. Quant au reste de l'état-major et des troupes, ils avaient reçu la permission de se reposer dans la jungle.

Les deux animaux aux crocs acérés et aux muscles surdéveloppés, renâclèrent en se toisant du regard. À l'état sauvage, il n'aurait pas été surprenant de voir ces créatures s'entre-déchirer pour établir leur suprématie territoriale. Les montures respectives de l'officier et de son Seigneur portaient des cicatrices rougeoyantes sur leurs flancs maculés de sang noirci. Ces marques dans leur chair étaient en fait des runes de commandement thaumaturgiques, qui apparaissaient grossièrement ébauchées chez les poulains exposés aux influences du Cauchemar. Elles ne se formaient pleinement qu'après que les bêtes, fraîchement capturées, eussent séjourné dans les fosses sanglantes des Sorloks pour devenir des monstres assoiffés de violence. Ces marques fonctionnaient de concert avec les entailles runiques que portaient leurs maîtres au visage et sur les mains, décuplant ainsi leurs propres pouvoirs et donnant aux bêtes une endurance hors du commun. Une fois leur volonté et leur vie unies par le sang et par le Rite à celles de leur cavalier, elles devenaient d'une docilité absolue.

— Sire, la distorsion provient d'en dessous de cet amas de pierre, fit l'officier en montrant du doigt un demi-cercle de mégalithes arrondis émergeant du sol vitreux. D'après mes Éclaireurs, elle n'est pas encore pleinement formée, mais devrait être opérationnelle d'ici neuf Cycles. Voulez-vous envoyer une sonde fraîche ?

Imkatho jeta un coup d'œil vers l'endroit que lui désignait son subalterne.

— Non. Faites venir les Pénétrateurs. Forcez l'entrée s'il le faut, mais je veux qu'une brèche soit ouverte avant le lever des Lunes.

— Sire, le plateau est très instable. Il est possible que tout le sous-sol se désagrège si nous forons trop rapidement.

— Obéissez ! rugit Imkatho. Une fois la distorsion accomplie, nous aurons perdu toute synchronisation avec la Terre. Allez me chercher ces Pénétrateurs !

— À vos ordres !

L'Avilith fit rebrousser chemin à sa monture, croisant une demi-douzaine de généraux qui le regardèrent avec étonnement. Sans leur accorder la moindre attention, il dévala la pente jusque sous le couvert épais de la jungle.

Nikraïll traversa comme un ouragan l'aire de campement que ses soldats avaient dégagée de toute végétation encombrante.

— Préparez les commandos ! Préparez les commandos ! cria-t-il, sans ralentir.

Un groupe de combattants Narkhys, qui étaient en train de dépecer un prisonnier ukkthas pendu à un arbre par les pieds, vociférèrent une série de jurons lorsqu'il les bouscula dans sa cavalcade et fit choir leur prise au sol. Il devina, plus qu'il n'entendit, leurs récriminations, et d'ailleurs il se moquait bien des plaintes de cette bande de rustres tout juste bons à recevoir des ordres. Que ça leur serve de leçon ! La prochaine fois, ils se serviraient de leur cervelle avant de débiter le gibier en plein milieu d'une route d'accès.

Ses Éclaireurs, tous de la même race que la sienne, s'étaient juchés dans les hauteurs situées sur le pourtour du camp, là où ils pouvaient maintenir une surveillance relative des environs. Comme on ne voulait pas d'eux parmi la troupe, qui, davantage par habitude que par véritable crainte, se méfiait de tout ce qui possédait des ailes, les Éclaireurs avaient élu domicile dans les cimes. Tant et aussi longtemps que les Narkhys ne viendraient pas les provoquer sur leur territoire, les Aviliths resteraient parfaitement à l'aise avec cette ségrégation.

— Corsherosh ! Atkalob ! cria Nikraïll en direction des airs. Formez vos unités ! Réveillez les Pénétrateurs ! Vous allez forcer l'entrée de l'anomalie. Bougez-vous !

L'instant suivant, un bruissement de feuilles lui parvint des sommets et voilà qu'une soixantaine d'énormes soldats d'élite se posèrent sur le sol presque simultanément. Ces spécimens d'Aviliths étaient des géants si on les comparait au reste de leurs frères.

Chacun d'entre eux portait, entre les racines musculeuses de leurs ailes, de gros ovoïdes gris faits de filaments gluants. C'étaient en fait les cocons de stase contenant les Pénétrateurs symbiotes que leur avaient greffés les Prêtres du Rite. Ceux-ci étaient reliés au thorax et à la nuque de leurs hôtes par des tubes chitineux, qui s'enfonçaient sous le cuir épais de leur épiderme.

Corsherosh et Atkalob, deux mastodontes encore plus imposants que les autres, ordonnèrent à leurs hommes de former autour d'eux le cercle rituel. Les deux chefs se placèrent dos à dos, ailes contre ailes, et sortirent de leurs fourreaux deux poignards aux manches compliqués, munis de lames dentelées, qu'ils levèrent vers le ciel. D'un geste vif, ils s'entaillèrent le torse en une longue diagonale puis, d'une seule voix, prononcèrent les syllabes saccadées de l'incantation d'éveil :

« Ikrtr'thoiuku. Igth-voïkyu. D'hrtr'ak-thêbeth. Najjah ! »

Les cocons se mirent aussitôt à pomper les fluides vitaux de leurs hôtes respectifs. Les tubes cervicaux et thoraciques presque transparents laissaient voir le sang et la lymphe remonter vers les œufs en gros bouillons écœurants. Les Aviliths, quoique habitués à la métamorphose, chancelèrent quand même sous l'effet de cette vampirisation soudaine de leurs énergies.

Pour éviter de mourir subitement, les créatures ailées se ruèrent sans pitié sur les corps ensanglantés de leurs chefs et n'hésitèrent pas à les déchirer à coups de griffes et de crocs afin de se repaître de leur vie.

La métamorphose des Pénétrateurs était un spectacle à la fois grotesque et impressionnant.

Nikraïll, qui s'était reculé afin de pouvoir assister sans danger à la scène, ne vit bientôt plus qu'un amas grouillant de chair inondée de sang. Tandis que des soubresauts féroces agitaient les corps en tous sens, des bruits d'éclatements visqueux résonnèrent dans l'air : les cocons se fendaient pour libérer leur monstrueuse cargaison.

Émergeant des cocons fendus, dégoulinant de sucs acides, qui se mirent aussitôt à liquéfier la montagne d'Aviliths en transe orgiaque, des larves d'aspect laiteux aux anneaux joufflus se précipitèrent sur leurs hôtes pour les dévorer à leur tour en couinant de plaisir. Rien n'était épargné : cartilage, graisse, hémoglobine et muscle, tout disparaissait à vue d'œil. Les larves, à peine plus grosses qu'une tête humaine au début, se mirent à enfler de façon obscène jusqu'à recouvrir complètement leur festin. Leur appétit vorace ne semblait pas pouvoir se satisfaire.

Quand il ne resta plus rien des soldats d'élite, les larves gargantuesques se mirent à fusionner à la manière de bulles de savon. Le processus parvint à l'équilibre lorsqu'il n'en resta plus que deux monstrueuses, à peine capables de bouger tellement elles étaient devenues énormes.

Nikraïll retint son souffle : cet instant était déterminant dans la transformation. Il se pouvait, en théorie, que l'une d'entre elles se jette sur l'autre et la dévore, ce qui lui ferait perdre d'un coup trente de ses meilleurs éléments. C'était rare, mais cela s'était déjà vu.

Flocc!

Huit longues pattes noires, fines comme des aiguilles, transpercèrent de l'intérieur les flancs d'une des deux larves. L'instant suivant, ce fut au tour de l'autre de subir le même sort. Les larves se débattirent de douleur, mais les pattes effilées se plantèrent solidement dans le sol pour les empêcher de trop s'exciter. Puis, un feu extrêmement puissant et concentré fit exploser leur dos, révélant le corps noir et luisant de deux grosses araignées sur lesquelles deux cavaliers enflammés se dressaient fièrement.

Corsherosh et Atkalob étaient ressuscités. Le Rite, le sang, et finalement le feu, les avaient transfigurés du tout au tout.

– Suivez-moi! hurla Nikraïll en éperonnant sa monture.

Les deux cavaliers tapèrent sur l'arrière-train des Pénétrateurs, qui s'élancèrent à la suite de Nikraïll. Cette fois, lorsqu'il retraversa le campement des Narkhys, personne ne se mit en

travers de son chemin. La seule vue des Pénétrateurs accourant derrière lui fut suffisante
pour éloigner le plus téméraire de tous les
soldats présents sur les lieux.

Il ne gravit pas de nouveau la colline où
s'était juché Imkatho, mais préféra emprunter
un défilé menant directement aux sables du
désert qui bordaient la mer de verre. En quelques dizaines de bonds, les Pénétrateurs,
conduits par ses deux lieutenants, le dépassèrent
sans trop de difficulté, croisant un peu plus loin
le commando de Narkhys, qu'il avait hélé plus
tôt dans le camp et qui avait pris un peu
d'avance. Les deux énormes araignées leur
firent avaler un épais nuage de poussière en se
ruant vers l'objectif. Peu de temps après, ce fut
au tour de Nikraïll de faire de même... avec un
certain plaisir.

Le cercle de pierre comptait huit monolithes
encore debout et quatre autres ensevelis sous les
débris de l'Histoire. Autrefois, ce site avait dû
servir de relais avec la Terre, lorsque les humains
des anciennes générations venaient encore s'y
aventurer avec leurs airs de grands seigneurs.
C'était une excellente chose que Küwürsha ait
mis un terme à leur arrogance démesurée. À
présent, les Dormeurs humains étaient coupés
de leur passé et plongés dans la plus profonde
amnésie quant à leur véritable origine.

– Vous devez forcer cette anomalie et la
maintenir ouverte coûte que coûte juste assez
longtemps pour que les Narkhys y glissent leurs

sales carcasses ! vociféra Nikraïll, à l'intention d'Atkalob et de Corsherosh.

Ceux-ci, sans hésiter, positionnèrent leurs bêtes gigantesques de part et d'autre de la source lumineuse encore floue. Un sifflement strident emplit l'air du désert lorsqu'elles s'attaquèrent à l'épaisse surface de verre avec leurs seize rayons d'énergie thaumaturgique issus de l'extrémité acérée de leurs pattes.

Satisfait, Nikraïll tourna la tête et jeta un coup d'œil rapide vers les soldats qui arrivaient au pas de course. Il éperonna sa monture pour se porter à leur rencontre. Déployant ses deux immenses ailes membraneuses, il leur intima l'ordre de s'arrêter.

– N'allez pas plus loin. Les Pénétrateurs sont en train de forer et les blocs de verre ne vont pas tarder à voler dans tous les sens. Allez vous mettre à l'abri derrière les monolithes.

Le Narkhys qui se tenait à l'avant du commando fit émerger son visage de reptile.

– Nous, les Narkhys, n'avons pas l'écaille aussi fragile que celle des soldats que vous avez l'habitude de commander. Nous patienterons près de l'anomalie.

Le ton frisait l'insulte et Nikraïll se mit debout dans ses étriers pour dominer l'insolent.

– Écoutez-moi bien, bande d'attardés ! Si vous croyez que je m'en fais pour votre sécurité, vous pouvez toujours courir. La seule raison pour laquelle je vous ordonne de rester à l'écart, c'est que le général vous veut en un seul morceau pour remplir votre mission ! Suis-je assez clair ou est-ce qu'il vous faut des explications ?

— Nous n'obéissons qu'au général, et seulement à lui, reprit le Narkhys sans se laisser intimider. Quant à toi… Avilith… Fais attention qui tu traites ainsi d'attardés. Nous ne sommes sous ton commandement que le temps d'une mission. Ne l'oublie pas.

Un silence lourd de menaces flotta un bref instant entre les deux chefs de clan. Aucun d'entre eux n'avait l'intention de perdre la face devant l'autre. Ironiquement, comme il se tenait silencieux, le visage du Narkhys s'estompa, ce qui faillit faire éclater l'Avilith de rire, mais il se retint. Par chance, avant que la situation ne s'envenime, une série de lézardes provoquées par l'effritement du verre se propagea dans le sol et vint leur rappeler qu'ils avaient une mission à accomplir en priorité.

— Assez discuté. Le sous-sol est instable. Tenez-vous près des rochers, c'est plus sûr. Exécution !

Cette fois-ci, les Narkhys obtempérèrent sans rechigner. De toute façon, ils avaient passé leur message.

Tandis qu'ils prenaient position autour de l'un des huit monolithes et qu'ils s'absorbaient dans la contemplation des Pénétrateurs à l'œuvre, Nikraïll leur rappela leurs ordres de mission :

— L'anomalie ne sera pas entièrement formée lorsque vous y entrerez, alors elle sera très difficile à maintenir ouverte. Vous n'aurez que quelques instants pour trouver et marquer la cible. Toutes les méthodes à votre disposition sont permises pour l'atteindre, mais comme vous ne serez pas matérialisés, le moyen le plus sûr sera l'obscurcissement mental.

– Nous allons l'épingler sur un mur et lui siphonner la bouillie grise qui lui sert de cervelle, dit l'un des Narkhys d'un air belliqueux. Les autres émirent des grognements d'approbation.

– Non, abruti ! La Reine veut un esprit intact. Vous devez vous contenter de l'anesthésier et de le marquer. C'est tout.

Nikraïll était découragé. Il ne comprenait pas pourquoi sa Reine avait choisi de confier cette mission à ces stupides Narkhys. Ils étaient trop instables, trop sanguinaires et simplement trop fous pour qu'on puisse leur accorder la moindre confiance. Ses troupes d'Aviliths parfaitement disciplinées auraient, selon lui, été un choix plus judicieux.

De fortes vibrations secouèrent de nouveau le sol. Sa monture se cabra et faillit le jeter par terre. Il appliqua la paume de sa main couverte de runes sur la marque triangulaire scarifiée à la base de son cou musculeux. La bête se calma aussitôt. Les Narkhys, quant à eux, se resserrèrent autour du monolithe. Eux aussi, malgré leur lenteur d'esprit, avaient fini par percevoir le danger de la situation.

Les choses continuèrent ainsi pendant encore un bon moment. Les Pénétrateurs rencontraient plus de difficulté à percer la brèche vers l'anomalie que Nikraïll ne l'avait estimé au départ. S'ils continuaient à cette allure, il serait obligé de les pousser au maximum de leur capacité et il se doutait bien que cela entraînerait une réaction en chaîne dans le sous-sol. Imkatho, dans son aveuglement, avait décidé que c'était un risque à courir. Songeant au dilemme qui s'imposait graduellement à lui, l'Avilith remarqua que le firmament onirique s'assombrissait à vue d'œil. Il commença à s'inquiéter et se mit à guetter de plus en plus souvent l'horizon pour voir si Vynn, la première Lune, commençait son périple dans le ciel. Une fois les trois Lunes levées, il serait trop tard et Imkatho lui en ferait payer le prix. Résolu à ne pas exiger la puissance maximale avant l'apparition de Kyrr, il finit par opter pour une mesure intermédiaire.

– Augmentez la puissance d'un cran ! Pas plus ! cria-t-il pour couvrir le son strident des rayons d'énergie. Il ne nous reste plus beaucoup de temps.

Presque au même moment, le disque argenté de Vynn creva la ligne d'horizon.

La densité de l'air se modifia sensiblement. Un nouveau Cycle débutait. Nikraïll poussa un soupir de soulagement en constatant que celui-ci était dominé par l'Eau. Aussitôt, le sol devint plus fluide, sans toutefois perdre totalement sa consistance solide. À sa grande joie, il vit le verre se mettre à fondre littéralement sous la puissance des jets d'énergie qui eux, n'avaient pas faibli. À ce rythme, l'anomalie serait atteinte avant le lever de la Lune suivante.

—Tenez-vous prêts à plonger. Ce ne sera plus très long.

Les Narkhys s'approchèrent de la fosse de verre incandescent en prenant soin de rester derrière le Pénétrateur monté par Corsherosh. Ils formèrent une file et prirent appui sur leurs lances afin de ne pas glisser prématurément dans la cavité.

Ils guettèrent les derniers moments du forage jusqu'à ce que l'insupportable stridulation passe subitement des aiguës aux graves.

L'anomalie était enfin exposée à l'air libre. Sa surface bouillonnait de façon chaotique, mais on pouvait deviner qu'un faible apport d'énergie serait suffisant pour lui faire amorcer son mouvement giratoire normal.

Atkalob enfonça les talons dans le thorax de l'araignée et celle-ci fit gicler de son postérieur un filament soyeux qui s'enroula solidement autour de la base du monolithe le plus proche. Sans attendre les ordres de Nikraïll, le cavalier de feu et sa monture arachnéenne plongèrent dans le puits qu'ils avaient dégagé. Le Pénétrateur ne perdit pas de temps et, d'un rayon issu d'entre ses mandibules, commença à exciter l'anomalie en même temps qu'il effectuait sa descente. Celle-ci parut se calmer, mais en fait sa structure était en train de s'orienter dans l'espace. Avant que le Pénétrateur n'ait atteint la surface brillante, un vortex s'était formé.

– Tous en formation ! ordonna Nikraïll. »

Le Pénétrateur monté par Corsherosh s'amarra à son tour à un pan de roche et fila tout droit vers l'ouverture naissante. Tandis que l'autre araignée s'arc-boutait latéralement pour laisser passer sa compagne entre ses pattes, les huit Narkhys s'accrochèrent au filin luisant et se laissèrent glisser à la suite de Corsherosh. Tel le héraut du Cauchemar, le Pénétrateur plongea dans l'œil noir situé au centre du tourbillon pour se frayer un chemin à travers les dimensions inférieures et annoncer le début des hostilités.

Nikraïll regarda disparaître les Narkhys à la suite de Corsherosh, puis ses yeux se posèrent de nouveau sur l'horizon.

Kyrr la sanglante se levait.

Chapitre IV
La voûte secrète

ENCORE sous le choc de sa défaite aux mains du docteur, Eloik se mêla aux autres pensionnaires, qui sortaient de leurs salles d'entraînement pour se rendre au réfectoire, là où le repas du midi les attendait. Quelques-uns murmuraient sur son passage ou pouffaient de rire, mais il n'en avait cure. Il était complètement absorbé dans ses pensées.

Il dévala une volée de marches dans le même état, regardant à peine devant lui. La marée humaine qui se pressait tout autour le guidait aussi sûrement que le courant d'une rivière.

Le réfectoire s'étirait sur plus de trente mètres : de l'entrée jusqu'aux cuisines dissimulées derrière un large comptoir en acier inoxydable. Cette pièce métallique était la seule concession faite à l'esprit moderne ; le reste des surfaces de la salle étant soit en chêne, soit en pierre. Les jeunes pensionnaires se placèrent en deux longues files parallèles pour aller se servir. Les discussions allaient bon train et Eloik remarqua avec un certain amusement que le brouhaha général formait une espèce d'entité en soi, qui se réverbérait sur les murs de l'immense salle. Il n'accordait déjà plus d'attention aux conversations ; il laissait seulement son esprit voguer avec le son qui enflait, puis redescendait pour repartir de plus belle en suivant un rythme aléatoire. Sur sa droite, touchant presque au plafond cathédrale, quatre vitraux enchâssés dans de minces ogives laissaient entrer la lumière du jour selon un angle prononcé. Il s'amusa à regarder les grains de poussière danser de façon nonchalante, complètement à la merci du moindre remous dans l'air. Toutes ces particules insignifiantes aux yeux du monde, flottant sans but précis, transportées d'un bout à l'autre de la salle par des forces contre lesquelles elles ne pouvaient offrir de résistance, exerçaient sur lui une étrange fascination. Il ne pouvait s'empêcher de penser qu'il était aussi vulnérable que l'un de ces grains. La vie le ballottait au gré de ses caprices sans qu'il puisse faire quoi que ce soit.

Tout au fond de lui-même, il savait que ce blocage résultait d'une peur de se lancer à corps perdu dans la vie. Il craignait tout simplement de vivre et d'interagir en société. Il s'en rendait compte, mais cela ne réglait pas son problème.

Une grosse main potelée le bouscula.

– Eh ! MacMillan ! Tu vas te décider à avancer ? éructa une voix.

Eloik jeta un coup d'œil rapide par-dessus son épaule droite et marmonna des excuses. Il connaissait bien ce type : un gros ours pas très jovial nommé Ned Conroy. Vraiment pas le genre de gars à embêter à l'heure du déjeuner ! Confus, il rattrapa le reste de la file en vitesse tout en essayant vainement de passer inaperçu. Il se sentait tellement ridicule.

Une fois son repas servi, il fila vers le coin le plus isolé pour enfin méditer en paix. Ici, dans son petit univers, il était le maître. Personne n'oserait venir le déranger ou lui dire qu'il devrait se trouver un autre endroit pour s'asseoir parce qu'il prenait la place de quelqu'un. L'ombre et la solitude étaient ses gardiennes.

Son déjeuner, à défaut d'être original, était mangeable : un filet de sole accompagné d'une purée de pommes de terre, de quelques légumes râpés et d'une sauce à l'estragon. L'Institut avait beau regorger de machines extravagantes et se targuer d'une réputation de pionnier dans son domaine, la nourriture que l'on y servait ne gagnerait jamais de concours culinaire. Bien sûr, il aurait été déplacé d'exiger du personnel de préparer des repas gastronomiques pour trois cent trente pensionnaires, mais un peu d'originalité aurait parfois été appréciée.

Tandis que les pensionnaires allaient s'asseoir en petits groupes autour des longues tables en bois, il entama son repas. De temps à autre, il relevait les yeux pour attraper au vol une expression fugace qui passait sur le visage d'un quidam choisi au hasard. Personne ne le remarquait : il ne soutenait jamais assez longtemps le regard pour éveiller l'intérêt.

La plupart des gens semblaient absorbés dans des conversations passionnantes ; sur sa droite un petit maigrichon à lunettes, dont le nom ne lui revenait pas, essayait de dissuader Kurt Stiller de pirater l'ordinateur de la Sphère pour y insérer sa propre simulation. Avec son jargon d'informaticien du dimanche, les arguments du petit binoclard ne faisaient pas le poids contre la résolution de Stiller. Et à voir la manière dont Kurt fronçait les sourcils, une engueulade ne tarderait pas à éclater si l'autre continuait à lui faire la morale.

Un peu plus loin, Conroy, le lourdaud qui l'avait bousculé dans la file d'attente, se tira une chaise pour venir s'installer aux côtés de ses deux comparses de toujours : Malcolm Hamilton et Dale Kilberry. Bien que moins massifs que leur idole, ils compensaient ce désavantage par une dose accrue de méchanceté. Le trio ainsi formé était des plus détestables ; il s'en était rendu compte à ses dépens pratiquement dès son arrivée à l'Institut.

Néanmoins, il se désintéressa rapidement d'eux : Lynn MacPherson était en train de traverser l'allée centrale et se dirigeait vers une place libre située juste devant lui... Deux tables plus loin.

Lynn MacPherson. Impossible de la manquer. La plus belle, la plus désirable de toutes les filles. Son rire clair, légèrement voilé, remplit soudainement l'espace. Cette fille était tout simplement une créature céleste ! Dana Warden, la rousse qui tournait le dos à Eloik, devait être en train de raconter une anecdote particulièrement drôle, car plusieurs regards convergeaient vers sa petite silhouette. Les éclats de rire fusèrent de nouveau, encore plus forts. Il n'avait d'yeux pourtant que pour Lynn et, un moment, il oublia qu'il était en train de la fixer sans vergogne.

Ses grands yeux bruns, sombres comme sa longue chevelure soyeuse qui tombait en cascade sur ses épaules, avaient momentanément perdu cette tristesse si coutumière et brillaient d'un éclat qui faisait plaisir à voir. Il aurait accepté sur-le-champ de se faire casser les deux jambes en échange du courage nécessaire pour lui adresser la parole… Et les deux bras en prime juste pour la serrer contre lui. Quoique cela eût été plutôt compliqué avec les deux bras dans le plâtre !

Soudain, quelque chose d'inattendu se produisit derrière elle. Il sentit immédiatement la peur naître dans son ventre. Peut-être étaient-ce ses yeux qui lui jouaient des tours, peut-être aussi que les effets de la séance de la matinée ne s'étaient pas encore tout à fait dissipés, quoi qu'il en soit, il vit se former un tourbillon d'ombre au-dessus de la tête de la jeune fille. La chose sortait directement du sommet de son crâne, prenant son essor, gagnant en hauteur, tout en s'opacifiant rapidement jusqu'à masquer l'arrière-plan. Le vortex finit par s'évaser et c'est alors qu'une chose incroyable se produisit : une araignée géante, dotée d'une carapace noire et luisante, montée sur huit longues pattes acérées comme des aiguilles, se hissa hors de l'embouchure du tourbillon. Un être mesurant environ soixante centimètres était assis sur son dos. Son petit corps d'apparence humaine était complètement recouvert de feu sans que cela ne semble le gêner. Il commandait à l'insecte par des caresses et de petites tapes rapides sur sa grosse tête garnie d'ocelles pourpres.

Personne ne semblait remarquer quoi que ce soit, à part lui. Le cavalier enflammé posa fermement ses deux mains sous la tête de l'araignée et tira : l'insecte se redressa et finit par émerger entièrement du vortex. Sa taille se mit aussitôt à doubler puis à tripler. Simultanément, elle commença à s'activer de façon horrible derrière Lynn, déplaçant rythmiquement ses deux paires de pattes antérieures autour de sa tête. Ses mouvements, rigoureusement symétriques, donnaient l'impression qu'elle pianotait un message codé sur les tempes de l'adolescente. Chaque fois que les stylets, qui lui tenaient lieu de pattes, entraient en contact avec la peau de Lynn, de petits éclairs roses brillaient à la surface de celle-ci.

Si c'était l'un de ses cauchemars qui se pointait à l'improviste, alors jamais il n'avait semblé aussi réel qu'en cet instant. De nouveau, Eloik vérifia rapidement si quelqu'un était témoin du même phénomène que lui, mais tous continuaient à manger et à discuter dans l'ignorance de ce qui se produisait à quelques mètres d'eux. Il commença à se lever tranquillement pour avoir une meilleure vue sur l'araignée qui avait cessé d'agiter ses pattes et les enfonçait à présent dans la gorge, les joues et le front de la jeune fille. Il voulut lui crier de se sauver, de quitter son siège au plus vite, mais il se figea et les mots s'étranglèrent dans sa gorge. La peau de Lynn était en train de se racornir comme un vulgaire bout de papier jeté au feu. Ses yeux, si beaux, viraient au jaune.

Il devait faire une tête vraiment inquiétante, car la voisine de Lynn lui donna un coup de coude et lui fit signe de regarder dans sa direction. Plus personne ne riait à présent.

Pendant une fraction de seconde, la nouvelle apparence physique de Lynn vacilla, faisant disparaître du même coup l'apparition cauchemardesque. Ses yeux, qui avaient retrouvé leur apparence normale, se fixèrent brièvement sur lui, toujours debout, l'air complètement ahuri, et lui en dirent long sur la piètre opinion qu'elle avait de ce pauvre Eloik MacMillan.

Sentant le poids des nombreux regards qui se posaient tout à coup sur lui, Eloik se rassit.

« Quel con ! », pensa-t-il. Se lever en plein déjeuner pour dévisager une fille comme une espèce de maniaque. S'il avait cru pouvoir garder un profil bas durant son séjour à l'Institut, c'en était maintenant fini de ses espoirs.

Pourtant, il avait bel et bien vu cette araignée. Aussi impossible que cela puisse être, il avait vu une araignée sortir de la tête de Lynn. Le docteur Hill aurait peut-être réponse à cela. Il devrait absolument lui en parler après le déjeuner.

Une giclée de purée de pommes de terre vint s'écraser avec force sur sa joue droite. Tout le monde éclata de rire. À l'autre bout de sa table, Ned Conroy le salua, cuiller à la main, avec son grand sourire idiot.

– Hé! Ça va, ducon?

Humilié, Eloik s'essuya le visage et s'isola davantage dans sa bulle. Répondre à cette grosse brute de Conroy aurait mis en branle une série d'incidents dont il aurait facilement perdu le contrôle au profit de Ned et de sa bande d'allumés.

Ignorant les rires et les sarcasmes, il se remit à manger. Les conversations reprirent bientôt leur cours normal et il put se perdre à nouveau dans l'anonymat.

Pas longtemps.

Une série de grognements vint briser l'uniformité de la rumeur générale. Eloik releva la tête et aperçut alors huit nouveaux vortex, qui apparaissaient au sommet de la tête d'un nombre équivalent de jeunes filles et de garçons attablés et complètement insouciants de ce qui leur arrivait. Des créatures d'apparence reptilienne, au visage complètement lisse, s'extirpaient tant bien que mal des corps de ces pauvres gens. Les monstres, armés de lances, semblaient chercher quelque chose, car ils scrutaient la salle en tous sens. Lorsqu'il comprit qu'ils n'étaient pas à la recherche de quelque chose, mais bel et bien de quelqu'un et que ce « quelqu'un » était lui, il faillit s'étouffer. Les créatures poussèrent leurs cris de guerre.

Cette fois-ci, Eloik se releva d'un bond en laissant échapper un cri. Son plateau valsa dans les airs, tandis qu'il tombait à la renverse par-dessus le banc et que les restes de son repas terminaient leur course sur son chandail noir.

Les prédateurs se mirent à converger vers lui, passant aisément au travers des tables en bois et de leurs occupants.

Était-ce réel ? Était-il encore une fois victime de son propre esprit ? La seule chose dont il était certain, c'était que l'adrénaline courait dans ses veines et que son instinct lui commandait de déguerpir sur-le-champ. Eloik ne se fit pas prier. Il attrapa son sac à dos et sortit du réfectoire en courant, à peine conscient de la stupeur qu'il venait de provoquer parmi les pensionnaires.

La porte d'entrée était grande ouverte. Devant lui, se dressait l'escalier qu'il avait emprunté un peu plus tôt. À gauche, le couloir se terminait sur un mur tapissé des photos des anciens membres du personnel. L'issue la plus proche se trouvait à l'extrémité droite du couloir. De là, il pourrait sortir à l'air libre.

Eloik fonça. Derrière lui, les grognements féroces des monstres se rapprochaient, mais il n'eut pas le courage de vérifier la distance qui le séparait d'eux. Tout ce qui comptait en ce moment, c'était de courir aussi rapidement qu'il le pouvait. Une intuition lui disait qu'une fois sorti à la lumière du jour, il serait débarrassé de ses poursuivants.

Le bout du couloir n'était plus qu'à quelques mètres et la sortie donnant sur les jardins de l'Institut était en vue. C'est alors qu'un éclat doré attira son regard. La petite fille qu'il avait vue dans le train pour Aberdeen se tenait près de l'escalier menant aux étages inférieurs. Elle lui faisait des grands signes pour l'inviter à la suivre.

– Vite ! Par ici. Il y a un moyen de leur échapper.

C'était du pur délire. Que faisait-elle là, cette petite ? Était-il en train de perdre l'esprit ? Pourtant, elle avait l'air réelle. Ne sachant plus trop à quoi ou à qui se fier, il faillit refuser, mais quelque chose dans son regard implorant et dans le ton avec lequel elle l'avait interpellé lui dit qu'elle voulait son bien. Sans perdre une seconde de plus, il bifurqua dans sa direction. Il réalisa rapidement qu'elle le menait vers la bibliothèque souterraine de l'Institut.

Il tenta de la rattraper, mais elle devait courir très vite, car, une fois rendu au bas de l'escalier, Eloik s'aperçut qu'elle avait déjà traversé le long corridor vitré longeant la bibliothèque et l'attendait aux portes de cette dernière. C'était pour le moins intrigant, mais il n'y avait pas de temps à perdre en questions de ce genre : ses poursuivants n'avaient pas abandonné la chasse.

Il reprit sa course et atteignit l'entrée de la bibliothèque juste au moment où deux monstres tournaient le coin. L'un d'eux, en l'apercevant, poussa un hurlement sauvage et projeta sa lance vers lui avec une force impressionnante. Eloik n'attendit pas pour voir où l'arme irait se ficher. Il se précipita à l'intérieur de la salle de lecture pour se perdre dans l'un des nombreux rayons perpendiculaires à l'allée principale.

La bibliothèque de l'Institut était immense. Une véritable cathédrale où un néophyte pouvait aisément s'égarer. Elle devait égaler en superficie la moitié de la partie apparente de l'Institut, ce qui n'était pas peu dire si l'on considérait que le bâtiment, à la surface, était un château de taille tout à fait respectable.

Par chance, le lieu était vide. Tout le monde devait être en train de manger au réfectoire. On ne voyait que la bibliothécaire qui était assise derrière le comptoir de prêts et un ou deux rats de bibliothèque que la faim n'avait pas réussi à arracher à leurs recherches, mais on pouvait, somme toute, affirmer que l'endroit baignait dans une ambiance monacale.

Sur sa droite, au fond d'une rangée de livres traitant de géographie, il remarqua un chariot à roulettes surchargé de bouquins laissé là par la bibliothécaire. C'était un endroit parfait pour se dissimuler. Il passa derrière lui et se tapit dans l'ombre du mieux qu'il le put.

– Eloik, reprit la voix de la fillette, relève-toi et sors de là. Ils vont te flairer encore plus facilement dans l'obscurité. Dépêche-toi et va au fond de l'allée centrale. Je t'y attends.

Sa voix avait quelque chose de bizarre. On aurait dit qu'elle chuchotait à l'intérieur de sa tête… mais c'était impossible. Tout autant que le fait qu'elle connaisse son prénom. Cette petite, aussi secourable qu'elle puisse être, devrait lui fournir des réponses convaincantes dans les plus brefs délais.

Il hésitait toutefois à sortir de sa cachette. S'il se mettait à courir dans l'allée centrale, il serait repéré pour sûr.

Soudain, les pas lourds de ses poursuivants martelèrent le plancher. Ils étaient à l'entrée et trois autres de leurs congénères les avaient rejoints. À travers le minuscule espace séparant deux livres, Eloik les observa. Celui qui était posté à l'avant du groupe reniflait l'air, cherchant une piste. Il émit une série de grognements et fit signe aux autres de se disperser à l'intérieur de la bibliothèque. Ils se mirent à avancer prudemment, passant aisément au travers des livres et des étagères.

Peut-être que la fillette avait raison après tout. Peut-être pouvaient-ils vraiment le repérer dans le noir. Tout à coup, il se sentit moins sûr de lui.

– Eloik ! Sors de là. Vite !

Au moment même où elle lui intimait cet ordre, l'un des monstres situés du côté opposé au sien fixa ses yeux jaunes sur lui et se mit à hurler. Il était cuit.

Avec un regain d'énergie, il bondit de derrière le chariot et se précipita dans l'allée principale. Les reptiles glapirent de rage, rendus fous par la chasse et la vue de leur proie en train de fuir. Eloik avait trop tardé à sortir de sa cachette et son avance sur ses agresseurs était mince. Des picotements de panique vinrent lui chatouiller la nuque. Il osa un bref regard vers l'arrière et aperçut la meute à moins de trois mètres de lui. Celui qui se trouvait directement sur ses talons exécuta un saut prodigieux dans le but de lui retomber dessus et de le clouer au sol.

C'était trop tard, il le savait. Ses ennemis étaient trop rapides et beaucoup trop puissants. Néanmoins, comme il n'avait plus rien à perdre, il donna tout ce qu'il lui restait de forces dans le dernier sprint. Au bout de l'allée, comme elle le lui avait dit, la petite fille l'attendait. Elle se tenait devant une sorte de rotonde en marbre placée entre deux candélabres et lui tendait les bras avec une expression angoissée.

Désespéré, Eloik plongea littéralement vers elle.

CLAANG !

Le monstre qui s'apprêtait à lui briser les vertèbres vint s'écraser contre un mur invisible. Stoppé en plein vol comme un oiseau percutant une fenêtre, il alla choir lamentablement sur le plancher et tout le reste de ses compagnons se butèrent contre lui. Eloik, étendu de tout son long aux pieds de la fillette, se retourna pour contempler l'impossible scène, mais avant qu'il n'ait pu lâcher un soupir de soulagement ou émettre le moindre commentaire, elle lui désigna du doigt une grande dalle carrée qui se trouvait juste derrière la base de la rotonde.

— Relève-toi. Cette barrière ne tiendra pas longtemps. Les Narkhys ont l'air stupides, mais ils vont vite comprendre qu'elle est déjà en train de se désintégrer. Il faut que nous descendions dans la voûte. Là, nous serons en sécurité.

— Un instant. Il va falloir que tu m'expliques un peu. Je n'y comprends rien…

— Soulève plutôt cette dalle. On pourra discuter en bas.

Sur ces mots, elle lui fit signe de se presser. Comme il n'avait pas trop le choix, il obtempéra et se rendit compte qu'elle disait vrai : il y avait bel et bien un escalier qui s'enfonçait sous le plancher de la bibliothèque. La petite fille passa devant lui et Eloik s'aventura à sa suite en prenant soin de replacer la dalle au-dessus d'eux.

L'escalier de pierre était à peine plus large que ses épaules, ce qui lui rappela combien il détestait les endroits clos.

— Pas très spacieux, cette cachette… et en plus on n'y voit rien.

— Ne t'inquiète pas. Tu verras que la salle où nous nous dirigeons est immense.

Une faible fluorescence émanait du pavage qui composait les marches de l'escalier. Eloik se dit que cela devait être dû à la présence de lichen, mais il eut un peu plus de difficulté à expliquer pourquoi les longs cheveux de son guide brillaient de la même lumière irréelle. Il garda toutefois le silence et se contenta de la suivre. En temps normal, il aurait frissonné à la seule idée de devoir descendre sous terre, mais les circonstances l'avaient enhardi en quelque sorte.

Ils continuèrent de descendre dans l'obscurité quasi totale pendant presque une minute entière. Eloik se rappela qu'il avait des questions à poser à cette fillette.

— Au fait, j'ai remarqué que tu connaissais mon prénom. Comment est-ce que je dois t'appeler ?

— Appelle-moi Laura. Si je connais ton prénom, c'est que je m'intéresse beaucoup à toi.

— Et pourquoi ça ? Je ne me souviens pas de t'avoir rencontrée auparavant. Je veux dire… avant ce matin dans l'autobus. Pourquoi me viens-tu en aide au juste ?

Elle se contenta d'émettre un rire plein de légèreté qui l'intrigua.

— Disons que j'ai un faible pour les âmes en détresse.

Son rire reprit de plus belle. Au même moment, des lueurs bleues dansèrent devant eux, illuminant faiblement les parois de pierres humides qui s'étiraient de part et d'autre de l'escalier. C'était en fait une double rangée de flammes directement issues de fentes verticales pratiquées à même les pierres. Elles devaient être alimentées en gaz naturel probablement.

Ce nouvel apport de lumière lui rendit la descente moins pénible, jusqu'à ce qu'il constate que l'escalier qu'ils empruntaient s'enfonçait plus profondément qu'il ne l'avait imaginé.

– C'est encore loin cette salle ?

– Nous serons bientôt arrivés.

– Et ces Narkhys… En haut ? Tu ne crois pas qu'ils vont se laisser arrêter si facilement par une simple dalle de pierre. Je les ai vus traverser les tables du réfectoire et les étagères de la bibliothèque.

– Tu n'as rien à craindre ici. Nous sommes sous terre et ils ne peuvent descendre aussi bas. C'est une question de densité, si tu veux savoir. Écoute, dit-elle d'une voix douce, je sais que tu penses que tu es en train de devenir fou, que tout cela n'est qu'une série d'hallucinations, mais tu te trompes. Tu as seulement plus de facilité à percevoir l'autre monde. Pourquoi crois-tu que ces êtres te poursuivent ?

Eloik haussa les épaules.

– Ils ont besoin de ton esprit. Même s'ils ne sont pas matériels et ne peuvent être perçus par ton entourage, ils sont quand même réels et capables d'influencer suffisamment la matière pour te faire souffrir. Ne va surtout pas t'imaginer qu'ils sont aussi impuissants que ces spectres que tu vois dans la Sphère du docteur Hill. Les Narkhys n'ont pas beaucoup de moyens pour agir ici-bas, mais ceux qu'ils possèdent sont suffisants pour t'ôter l'envie de douter de leur réalité.

Elle s'exprimait bizarrement pour une si jeune enfant. Elle parlait comme une adulte, en fait. Tous ces termes plus ou moins techniques semblaient déplacés dans sa bouche.

– Ah! vraiment! Et comment sais-tu toutes ces choses?

– Tu n'as pas encore compris? Réfléchis un peu...

Eloik secoua la tête.

– Je n'en sais rien. Est-ce que l'on peut arrêter ces devinettes?

Laura garda le silence. Puis, sans aucun avertissement, elle se mit à glisser jusqu'à disparaître tout au bas de l'escalier, en dehors de la faible lumière fournie par les flammes bleues. Elle n'avait pas dégringolé ni couru : elle avait glissé. Surpris, Eloik crut un moment qu'elle perdait pied et tenta de la retenir, mais elle lui échappa.

– Hé! Mais qu'est-ce que tu fais? Reviens!

Elle s'était volatilisée ; exactement comme elle l'avait fait dans l'autobus. Eloik poussa un soupir d'exaspération. Que devait-il faire à présent? Continuer à descendre? Remonter? Non, pas question de retourner à la biblio- thèque. Il réfléchit un instant : cet escalier n'avait tout de même pas été taillé dans la pierre pour rien et devait logiquement aboutir quelque part. Laura lui avait mentionné l'exis- tence d'une salle ; elle ne pouvait être bien loin, du moins l'espérait-il de tout cœur, car il sentait son courage vaciller.

Mais pourquoi s'était-elle enfuie ainsi ? À quoi jouait-elle ?

L'adrénaline, qui l'avait spontanément poussé à la suivre, refluait maintenant, laissant un goût amer dans sa bouche. Abandonné là, dans la pénombre, avec sa frayeur grandissante pour seule compagnie, il commença à comprendre enfin à quel point il avait été naïf de s'être laissé entraîner aussi facilement sous terre.

– LAURA !

Pas de réponse.

Bon, se dit-il, il n'y avait plus de doute : elle s'était éclipsée. Il ne pouvait pas y faire grand-chose. D'autre part, il ne pouvait pas continuer à se morfondre en plein milieu de cet escalier en espérant que les Narkhys retournent gentiment chez eux. D'ailleurs, il pouvait encore les entendre faire du tapage au-dessus de sa tête. Soudain, il eut une idée : il n'avait qu'à imaginer qu'il était dans la Sphère. Après tout, il fallait bien que ces séances servent à quelque chose. Il ferma les yeux et tenta de se calmer, de faire fi des émotions qu'il savait capables de le submerger s'il leur en donnait l'occasion. Une fois apaisé, les idées claires, et résolu à aller jusqu'au bout, il reprit sa descente. Elle ne lui prit que quelques minutes et il atteignit enfin le bas de l'escalier, là où deux colonnes torsadées soutenaient une arche de pierre à peine visible. Étant donné que les deux rangées de flammes qui l'éclairaient se terminaient à deux mètres du point d'arrivée, le lieu où il se tenait se trouvait plongé dans une obscurité quasi complète, créant l'illusion que l'escalier s'enfonçait sous terre beaucoup plus profondément qu'en réalité.

L'arche donnait accès à une immense salle ronde dont le plafond en forme de dôme était haut de plus de quinze mètres. Trois autres arches, comme celle qu'il venait de franchir, étaient disposées devant lui suivant la forme arrondie de l'enceinte. Entre ces arches, et sur tout le pourtour de la salle, les parois de granit noir étaient percées, jusqu'à mi-hauteur, de niches semblables à celles que l'on trouve dans les catacombes chrétiennes, sauf que celles-ci étaient remplies à ras bord de rouleaux de parchemin et de livres. Au centre, cerné par des enroulements de signes cabalistiques gravés dans le plancher, un bassin, lui aussi sculpté dans le granit, était posé sur un socle circulaire. Eloik remarqua que la même lueur verdâtre, qu'il avait observée dans l'escalier et autour de la chevelure de Laura au début de leur descente, brillait avec intensité au-dessus de la structure. Piqué par la curiosité, il décida de s'en approcher prudemment.

« Qu'est-ce que c'est que ce truc ? » murmura-t-il. Puis, plus fort : « Laura ! Tu es là ? »

Mais seul l'écho de sa voix lui répondit.

« Ça ressemble à des fonts baptismaux », pensa-t-il, tout en gravissant les gradins du socle pour se hisser jusqu'au bord du bassin et jeter un coup d'œil à l'intérieur.

– C'est la voûte qu'a fait construire mon père dans le donjon lorsqu'il a acheté le château.

– Aaah ! cria Eloik, en entendant la voix fluette de Laura dans son dos. Veux-tu me faire mourir de peur ? Qu'est-ce que tu fabriques dans le noir comme ça ?

Elle se mit à rire de la frousse qu'elle lui avait causée. Eloik, encore sous l'effet de la surprise, se cramponnait à la margelle du bassin.

– Ne me refais jamais plus un coup pareil, tu m'entends ?

Laura riait aux éclats.

– Tu devrais voir la tête que tu fais.

Il la regardait s'amuser à ses dépens, puis soudain, il fut frappé par les mots qu'elle venait juste d'employer.

– Tu dis que… ton père a fait construire cette voûte ?

Laura, le sourire aux lèvres, acquiesça d'un grand signe de tête.

– Dis-moi que je rêve ! C'est pas vrai ! Tu… Tu es… la fille de Coylton ! Oh ! Nom de Dieu ! Je veux sortir d'ici !

Cette fois-ci, c'en était trop. Il n'était pas question qu'il reste une seconde de plus dans ce caveau sinistre. La fille de Lord Coylton était morte en 1851 alors qu'elle n'était âgée que de six ans. On racontait que c'était à cause d'elle que le vieil homme avait fait de l'Institut un centre de soins pour la jeunesse. Probablement en souvenir de sa fille malade que la médecine de l'époque n'avait pu sauver.

Elle fit un mouvement pour se rapprocher de lui. Eloik, terrorisé, s'éloigna du bassin et voulut la contourner pour gagner l'escalier, mais sa petite main froide l'effleura et ses forces l'abandonnèrent subitement.

– Espèce de sorcière, parvint-il à chuchoter. Qu'est-ce que tu m'as fait ? Laisse-moi partir !

– Calme-toi, Eloik. Calme-toi et écoute attentivement. Tu crois vraiment que si je te voulais du mal je me serais donné toute cette peine pour te conduire jusqu'ici ?

Il n'osa même pas répondre.

– Qu'est-ce qu'il y a ? Tu n'as jamais vu de fantôme ? On est en Écosse, sacré nom d'une pipe ! Il doit bien y avoir un fantôme pour chaque maisonnée.

Elle plongea son regard dans le sien et sa voix se fit plus chaleureuse.

– Je veux que tu respires profondément et que tu te calmes à présent. Il y a des choses que tu dois savoir.

Lui avait-elle jeté un sort ? Quoi qu'il en soit, il se mit effectivement à inspirer et à expirer de façon régulière. Déjà, sa crainte laissait place à une sorte de douce lassitude.

– Voilà. C'est beaucoup mieux. Comment te sens-tu ?

– Groggy... dis donc, tu vas me libérer ?

Il constata que sa voix avait retrouvé son timbre normal.

– Dans une petite minute. Je veux seulement être sûre d'avoir toute ton attention.

Laura se plaça devant lui et le regarda comme on regarde une œuvre d'art. Elle lui sourit amicalement afin de paraître le moins menaçante possible.

– Tu sais, reprit-elle, ce n'est pas un hasard si tu es en mesure de me voir : peu de gens ont cette faculté. Et ce n'est pas un hasard non plus si tu es ici, sous cette voûte. Seulement une poignée d'élèves ont eu l'honneur d'y pénétrer. Alors, au lieu de t'énerver comme tu viens de le faire, tu devrais plutôt te considérer comme flatté d'y être invité. D'un autre côté, je comprends ta réaction. Tous les vivants réagissent de la même manière devant les spectres. C'est un réflexe. Mais je t'assure que si tu surmontes ce réflexe et que tu te sers de ta tête, tu verras que tu n'as rien à craindre de moi. Je suis ton amie et je suis là pour t'aider ; je pense que j'en ai fait la démonstration dans la bibliothèque. Qu'est-ce que tu en penses ?

Vu sous cet angle, il devait bien admettre qu'elle avait raison.

– Allez, l'encouragea-t-elle, surmonte ta peur idiote et écoute-moi. Mon père, qui était un explorateur et un collectionneur, a conservé des livres et des objets dans cette voûte qui vont t'aider à comprendre les pouvoirs que tu possèdes. Il y a ici des connaissances qui vont te permettre de les raffiner. Je veux que tu les étudies.

– Dans quel but ? finit-il par articuler.

– Un but bien plus important que tu es en mesure de le comprendre actuellement. Tu es appelé à accomplir de grandes choses, Eloik.

Qu'est-ce que c'était encore que ce délire ? Elle le prenait pour le Messie ou quoi ?

– D'accord, d'accord, concéda-t-il, mais libère-moi.

– Ne t'en fais pas. Je n'ai pas l'intention de te retenir prisonnier. Tu es trop important pour cela.

Elle le frôla de nouveau du bout des doigts et ce dernier sentit ses muscles se délier. Il n'était plus effrayé, seulement un peu las, comme s'il avait trop dormi. Étrangement, il comprit qu'il commençait à s'habituer à l'étrange situation dans laquelle il se trouvait. Laura, en fin de compte, ne paraissait pas bien méchante pour un fantôme, juste un peu espiègle.

Elle s'assit sur le rebord du bassin et lui indiqua l'une des nombreuses niches creusées dans le roc. Celle-ci se situait à un mètre et demi du sol et regorgeait de volumes qui semblaient remonter à la nuit des temps.

– Tu vois ce livre ? Celui avec la tranche brune ? Prends-le.

Eloik tendit la main vers le livre et le retira en faisant tomber un minuscule objet gris-bleu à ses pieds. Il le ramassa pour l'étudier. C'était une figurine taillée dans une matière qui lui était inconnue, à la fois lisse et chaude au toucher. Elle représentait un être amphibie semblable à un homme pour ce qui était de l'aspect physique, mais il était recouvert d'écailles. Les avant-bras, ainsi que l'arrière des jambes, se terminaient par des nageoires.

Il s'apprêtait à la remettre à sa place, lorsque Laura lui fit signe :

– Non. Garde-la. Tu en auras besoin pour éloigner les Narkhys une fois que tu seras hors de ces murs.

– Quoi ? Encore eux. Ils vont me talonner encore longtemps ?

– Ce n'est qu'une mesure de précaution. Ils sont probablement partis, étant donné qu'ils ne peuvent s'éterniser ici-bas, mais il pourrait leur venir l'idée de te faire une nouvelle visite pendant ton sommeil. Avec cette amulette sur toi, ils n'oseront pas t'approcher, même si leur vie en dépendait.

– Ce doit être un objet vraiment puissant...

– Elle représente Therakiel, la divinité principale de leurs ennemis jurés. Ils la craignent comme la peste... enfin, c'est une façon de parler. Disons plutôt qu'ils sont très superstitieux. Tant et aussi longtemps que tu n'auras pas appris à te débrouiller seul, je te conseille de garder cette amulette sur toi.

Eloik ne s'obstina pas et fourra la figurine dans l'une des poches de son sac à dos. Il accorda ensuite son attention au volume qu'il tenait dans sa main droite. C'était une lourde brique qui faisait au moins six centimètres d'épaisseur. Sur sa couverture de cuir tanné, le titre était inscrit en lettres dorées :

Liber mirabilis

Il l'ouvrit au hasard.

Unique, Elle touche l'innombrable
Celle qui s'écoule et abreuve l'Océan
L'insaisissable Source
Qu'aucun Rite ne conjure
Ni ne dévoile

Elle trône sous le dais étoilé
Parée de foudre et de rêves
L'insaisissable Source
Qui donne et reprend
Les fruits espérés

Le feuillet suivant représentait une carte minutieusement dessinée. Au centre, on voyait une sorte de grande montagne effilée comme une aiguille surmontée d'un cristal qui portait le nom de *Phare du Rêve*. Autour de ce phare était illustré un désert circulaire nommé *Dudaël*. Quatre symboles, placés sur la bordure extérieure d'une frontière naturelle représentée par une longue crevasse, faisaient office de points cardinaux.

Cela continuait ainsi sur plusieurs dizaines de pages parcheminées. Eloik continua de feuilleter le texte au hasard, tombant parfois sur des schémas représentant des systèmes cosmologiques archaïques ou des descriptions détaillées d'animaux chimériques.

– Que veux-tu que je fasse de ce grimoire ? C'est à peine si j'arrive à le lire.

– Emporte-le quand même. Il te sera utile pour te familiariser avec les concepts de base du Rêve.

– Le rêve ?

– Oui, le Rêve. Ce que tu vas lire dans ce livre va prendre tout son sens pendant ton sommeil. Tu verras bien.

Elle pouffa de rire.

– Tu te fous de moi. Comment un livre peut arriver à faire une chose pareille ?

– Tu vas bien t'en rendre compte assez tôt. Il suffit de le lire avec l'esprit ouvert et d'être réceptif aux mots et aux images que tu vas rencontrer. Ton esprit va se charger du reste.

– Tu es sûre que ça va m'aider à découvrir mes « pouvoirs » ?

– Oui et bien plus. Il va te guider à travers les premières embûches qui ne manqueront pas de parsemer ton apprentissage. Allez, prends-le et ne t'inquiète pas pour les frais de retour. En temps opportun, je me chargerai de le ramener dans la voûte.

Devant l'air incrédule d'Eloik, Laura lui fit un clin d'œil.

– Nous, les spectres, avons plus d'un tour dans notre sac quand il s'agit de faire disparaître un objet. Mais assez discuté. Tu devrais penser à remonter à la surface. Tu vas manquer ton rendez-vous avec ce cher docteur Hill.

– J'allais le dire.

Il mit le livre dans son sac et fit mine de partir.

— Tu te demandes quelle sortie emprunter, n'est-ce pas ? Prends celle de droite : elle mène à l'arrière de la chapelle. Si tu veux, tu pourras même t'y installer pour entreprendre ta lecture.

Eloik se retourna pour regarder en direction de la sortie.

— Mais… si quelqu'un me voit sortir, j'aurai du mal à expliquer d'où j'arrive comme ça. Qu'est-ce que je vais bien pouvoir lui raconter ?

Laura avait disparu. Ce n'était pas étonnant. Il se demanda s'il allait la revoir et, bizarrement, même s'il n'était pas encore tout à fait à l'aise avec l'idée de la voir surgir du néant, il dut bien se rendre à l'évidence qu'il serait ravi de s'entretenir à nouveau avec elle.

Il chargea son sac sur son épaule et se dirigea vers la sortie qu'elle lui avait indiquée. Un escalier se présentait devant lui. Une fois arrivé au sommet, il appuya ses deux mains sur un grand panneau de bois et poussa. Il le souleva complètement pour s'apercevoir qu'il était en train de sortir d'une fausse boîte de rangement adjacente à la chapelle, là où une haie de cèdre formait une sorte de « U » entre elle et la masse imposante de l'Institut.

« Eh bien mon vieux, se dit-il, tu peux te compter chanceux de t'en être sorti ! »

Chapitre V
Discussion avec Raymond Hill

L'HEURE de son rendez-vous au bureau de Raymond Hill approchait. Eloik referma soigneusement le livre et vérifia une dernière fois qu'on ne l'épiait pas avant de le remettre dans son sac à dos. Il avait lu pendant presque vingt minutes et n'y comprenait toujours rien. Le texte était trop hermétique.

Des chardonnerets pépiaient dans les futaies qui séparaient la chapelle de la plazza de l'Institut. Ils s'égaillèrent soudain lorsqu'il se leva et s'envolèrent prestement vers le sommet de l'humble bâtiment, comme s'ils étaient restés attentifs tout au long de sa lecture. Il jeta un coup d'œil en direction du clocher enrubanné dans la mousse et le lierre pour les apercevoir, mais l'ombre sous les cloches les dissimulaient à son regard. Dommage, il aimait bien les oiseaux.

Il pensa alors à quel point il aurait aimé être comme l'un d'entre eux en ce moment. Il aurait pu passer inaperçu et s'éviter les railleries et tout le cortège de sarcasmes qui ne manqueraient pas d'accompagner son trajet vers le bureau du docteur Hill. Bien sûr, il s'était couvert de ridicule au réfectoire et les petits malins dans le genre de Conroy et ses amis n'hésiteraient pas à le lui rappeler.

— Eloik ! lança une voix féminine sur sa droite.

« Oh ! Non ! » pensa-t-il. Le cirque allait débuter. Il enfouit les mains dans ses poches et fila en direction de la porte d'entrée.

— Eloik ! Attends…

Il aurait voulu se dissimuler, mais la voix se rapprochait trop rapidement pour lui en laisser le loisir. N'y tenant plus, il fit face à celle qui était sur ses talons.

— Dis donc, pourquoi tu te sauves ?

C'était Janika Onimura : la première personne à lui avoir adressé la parole lors de son arrivée à l'Institut. On la surnommait affectueusement « Oni » et, plus méchamment, « Brainy Bitch* ». L'origine du premier sobriquet allait de soi, tandis que le second faisait référence à l'attitude hautaine que certains pensionnaires jaloux de son intelligence lui reprochaient injustement. Quant à lui, il ne pouvait nier qu'elle dégageait un certain charme avec ses yeux de jais et cette aura de mystère qui semblait la suivre partout où elle allait. Les méchantes langues pouvaient bien aller se faire voir, Janika était *cool*. En fait, elle était l'une des rares à l'Institut qui le traitaient avec respect.

---

*   Salope surdouée.

– Salut, Janika. Désolé, je croyais que c'était quelqu'un d'autre.

Il eut un petit rire nerveux, qui dénotait davantage la tristesse que la joie. Janika n'en fut pas dupe.

– Je me sens un peu parano aujourd'hui…

– On dirait, oui. Mais qu'est-ce qui t'es arrivé ce midi ? Tu avais l'air complètement terrorisé.

Il soupira et regarda autour de lui, l'air inquiet. Personne ne se préoccupait d'eux.

– J'ai eu comme… Hmm… Une crise. Tu sais, le genre avec hallucinations et toute la sauce.

– Oui, j'imagine. Je ne sais pas quelle apparition tu as eue, mais tu faisais peur à voir quand tu es sorti en courant. J'ai passé quarante-cinq minutes à te chercher partout dans l'Institut. Mais où étais-tu ?

– Tu ne me croirais pas si je te le disais.

– Essaie toujours.

– J'étais dans une salle sous la bibliothèque.

Elle entrouvrit les lèvres, visiblement étonnée.

– Tu veux dire à la bibliothèque.

– Non. Au sous-sol. Il y a une sorte de temple. Une extension du donjon original que Lord Coylton a fait bâtir en secret.

– Voyons, tu me fais marcher…

– Je suis sérieux, Janika.

Elle sut immédiatement qu'il avait aperçu le doute dans ses yeux. Eloik ne lui avait jamais menti, mais il avait une sacrée imagination.

– Je savais que tu ne me croirais pas. De toute façon, ça n'a pas d'importance. Toute cette histoire n'est qu'une autre blague cruelle de mon esprit.

Il lui fit un sourire résigné et esquissa un mouvement en direction de la plazza.

– Attends. Ne te vexe pas. Je veux dire que c'est assez surprenant. Tu dis que c'est une annexe du donjon ? Mais il n'y a que la bibliothèque au sous-sol. Comment est-ce possible ?

– Il y a un sous-sol, je t'assure. Écoute Janika, fit-il en regardant sa montre, il faut que j'y aille. Le « docteur Horreur » m'a donné rendez-vous pour treize heures. Si j'arrive encore une fois en retard, ça va être ma fête. Tu comprends ?

– Oui. À plus.

Eloik la salua d'un bref mouvement de la main. Son regard exprimait en silence la gratitude qu'il ressentait pour ce qu'elle avait fait. Qui d'autre dans cette foule anonyme se serait donné la peine de s'inquiéter de lui et de partir ainsi à sa recherche ?

Le bureau du docteur Hill était situé au deuxième étage, au bout d'un corridor dont le mur s'ornait d'une niche de marbre dans laquelle était placé un buste de Lord Coylton.

Eloik s'était attardé un peu trop avec Janika et il avait dû se dépêcher pour ne pas être en retard une seconde fois. À présent, rendu au sommet de l'escalier principal débouchant sur le fameux corridor, il tentait de reprendre son souffle. Bien qu'il n'y ait rien de grave à paraître essoufflé devant le docteur Hill, il se dit que cet après-midi-là n'était peut-être pas le moment idéal pour tenter le diable en éveillant inutilement ses soupçons. Car une fois la curiosité du psychiatre éveillée, il serait exposé à des questions embarrassantes sur ses allées et venues et Eloik ne savait pas s'il pourrait mentir de façon convaincante pour lui dissimuler son entrée par effraction dans la voûte secrète.

Il s'imagina la scène :

Raymond – *Vous êtes en nage, monsieur MacMillan. D'où arrivez-vous ?*

Eloik – *Hein ? Oh ! J'ai dû courir. Je m'étais endormi et j'ai failli être de nouveau en retard… (Ici, petit rire pas très convaincant pour éveiller davantage sa méfiance.)*

Raymond – *Cessez de me prendre pour le vieil imbécile que je ne suis pas et dites-moi plutôt la vérité. Pourquoi cette sueur et cet essoufflement que vous peinez visiblement à contenir ?*

« Et merde », pensa-t-il. Il avait eu sa dose de cauchemar pour la journée. Il n'avait pas besoin que Raymond Hill en rajoute.

Il passa rapidement ses doigts dans sa tignasse blonde pour y remettre un semblant d'ordre et lissa son pantalon du mieux qu'il le put. Il était temps d'y aller.

Il n'avait pas fait dix pas que le son d'une conversation animée lui parvint. Il ne fut pas du tout surpris de découvrir qu'elle avait lieu dans le bureau du docteur. Par le ton employé, on pouvait deviner que la discussion n'avait rien d'amical. Bien qu'il ne comprît rien de ce qui se racontait derrière la porte vitrée, il n'y avait qu'à remarquer le nombre de fois où la voix du psychiatre montait d'un cran en fin de phrase pour comprendre qu'il était en train de servir des réprimandes.

Comme cela semblait s'éterniser, il patienta dans le corridor, tendant l'oreille de temps à autre pour vérifier où ils en étaient. Finalement, lorsque la porte s'ouvrit, deux internes, un homme et une femme, sortirent avec la mine renfrognée de ceux qui viennent de se faire sonner les cloches. L'homme, un moustachu d'une quarantaine d'années, avait le teint écarlate de colère. Bien que la situation de ce pauvre gaillard ne prêtât pas à rire, Eloik eut de la difficulté à réprimer un sourire en constatant à quel point son bel uniforme blanc offrait un contraste saisissant avec le spectacle de son émotivité refoulée.

La femme, quant à elle, une infirmière qu'il n'avait jamais croisée auparavant, semblait moins affectée que son collègue. Mais au moment où Eloik saisit la poignée de la porte, elle lui lança un regard noir qui ne manqua pas de lui faire de l'effet. Mal à l'aise, il entra et referma la porte derrière lui en essayant d'oublier cet incident.

Raymond Hill lui tournait le dos et regardait le jardin par la grande fenêtre placée derrière son bureau de travail en acajou poli : une antiquité digne d'un musée.

– Monsieur MacMillan, dit-il en se retournant. Asseyez-vous.

Il s'assit sur une chaise au dossier capitonné de cuir de Corinthe. Le grand luxe.

– Je n'irai pas par quatre chemins… Je suis au courant de votre petite escapade de ce midi.

Le jeune homme eut peine à contenir sa stupéfaction.

– Co… comment avez-vous su ? arriva-t-il à bredouiller.

– C'est très simple : le lieu où vous avez pénétré est muni de détecteurs infrarouges qui déclenchent une alarme dans mon bureau et allument des caméras qui m'ont retransmis vos faits et gestes sur mon portable. Un système assez banal, je dois l'admettre, mais qui vient de prouver son efficacité une fois de plus. Quant à vous, je pense que vous avez des explications à me fournir.

– Écoutez, docteur, je ne cherchais pas à créer de problèmes. J'ai eu une crise ce midi… et d'ailleurs, tandis que j'y pense, c'est probablement à cause de votre Sphère que tout ça s'est déclenché. Depuis que je suis sorti de là, je n'ai pas cessé de voir des apparitions bizarres.

L'homme croisa les doigts sous son menton et le regarda, perplexe.

– Intéressant, mais vous faites fausse route. La Sphère ne provoque pas d'effets secondaires assez puissants pour être en mesure de déclencher vos crises d'angoisse. La pire chose qui puisse vous arriver, c'est d'être un peu désorienté ou de ressentir de légères pertes d'équilibre pendant une dizaine de minutes après la fin de la séance. Continuez.

– Eh bien ! Euh… Je me suis retrouvé sous la bibliothèque en train de poursuivre… Vous n'allez pas me croire…

– Un fantôme ? proposa Raymond.

– Quoi !

Le thérapeute rajusta ses épaisses lunettes sur son nez aquilin, mais ne parut pas surpris outre mesure.

– Vous avez fait la connaissance de Laura, c'est bien ça ?

– Vous la connaissez ? Mais… Mais… Je croyais que j'étais le seul à pouvoir la voir. Je pensais que j'hallucinais ! Comment est-ce possible ?

– Croyez-vous être le seul qui soit capable de voir au-delà des apparences, monsieur MacMillan ? Vous ne pensez tout de même pas que j'ai passé vingt-deux ans à travailler ici sans avoir remarqué la présence de notre gentil fantôme. Mais ne nous éloignons pas du sujet. Poursuivez plutôt le récit de votre aventure de ce midi.

« C'est la meilleure celle-là ! », pensa Eloik. Le docteur s'avérait de plus en plus surprenant.

– Il n'y a pas grand-chose à dire. Je l'ai suivie sous une voûte où elle m'a montré des livres. Tenez, fit-il en sortant le bouquin et en le posant sur le bureau, si c'est ce que vous cherchez, vous pouvez le reprendre. J'ai passé vingt minutes à essayer de le lire et je n'y comprends toujours rien.

Raymond Hill prit le livre et en caressa la couverture. Son regard se perdit dans le vague.

– Ça alors ! Monsieur MacMillan, vous devez être tenu en haute estime pour que le *Liber mirabilis* vous soit confié. Savez-vous qu'il n'en existe que deux exemplaires dans le monde ? Celui-ci, qui est une copie datant du XVe siècle, et l'original cananéen lui-même, dont les fragments incomplets sont conservés à Berlin. Vraiment impressionnant.

– Si j'avais su la valeur de ce livre, croyez-moi, je n'y aurais même pas touché. En ce qui me concerne, vous pouvez le garder. Je ne voudrais pas que vous pensiez que j'essayais de m'en emparer.

– Ne soyez pas aussi susceptible. Je n'insinuais rien de ce genre. De toute façon, il vous serait impossible de voler ce livre ou même de l'abîmer. Seul quelqu'un de très versé dans les sciences occultes pourrait y parvenir ; ce qui n'est pas encore votre cas.

Eloik n'aimait pas du tout la tournure que prenait la conversation. Depuis quand cet homme si réfléchi laissait-il son esprit rationnel au vestiaire ? Cette façon qu'il avait tout à coup de discourir sur l'occulte et les fantômes comme si cela allait de soi, ce n'était pas son genre. Il faillit lui en faire la remarque, mais ce dernier enchaîna sans lui donner la chance de placer un mot.

– Vous savez, vous n'êtes pas le premier de nos élèves à faire la connaissance de Laura Coylton. Elle ne se montre qu'à nos éléments les plus prometteurs. Elle est notre agent recruteur, si vous voulez.

– « Éléments prometteurs » ? Qu'est-ce que vous voulez dire par là ? Est-ce que je suis sur une liste ?

– Je veux seulement dire que vous avez été sélectionné pour passer à la phase suivante de votre entraînement. Ne faites pas cette tête, vous allez vous habituer.

– Quelle tête voudriez-vous que je fasse ? Sincèrement, docteur, sauf votre respect, je ne vous reconnais plus. J'ai l'impression d'être dans un mauvais film d'espionnage.

Raymond Hill sourit, ce qui acheva d'étonner son interlocuteur.

– L'espionnage n'a rien à voir avec ce que nous tentons d'accomplir ici, monsieur MacMillan. L'Institut a une mission qui va bien au-delà de la simple recherche scientifique, bien que celle-ci ne soit pas une part négligeable de ce qui s'y déroule. Laissez-moi vous poser une question. Vous êtes-vous déjà demandé pourquoi nous utilisions des appareils aussi coûteux et aussi sophistiqués pour traiter des désordres psychologiques qui pourraient se soigner de façon tout aussi efficace par des méthodes plus classiques ?

Eloik fit signe que non.

— C'est pourtant très simple. L'Institut, malgré les apparences, n'est pas réellement un centre de soins. En surface, il est vrai que nous aidons les jeunes gens à maîtriser leurs peurs, mais cela ne représente qu'une infime partie des travaux qui se déroulent entre ces murs. Notre véritable mandat, la principale raison d'être de l'Institut Coylton, consiste à découvrir et à former des individus capables d'accéder à des niveaux de conscience qui vont au-delà de ce que le commun des mortels considère comme normal. Vous, comme d'autres élèves qui fréquentent nos laboratoires et nos salles d'entraînement psychique, possédez des aptitudes mentales latentes qui n'attendent qu'à être développées et aiguillées vers un but précis.

Eloik était stupéfait.

— Je ne sais quoi vous dire, laissa-t-il tomber. Pourquoi me faites-vous toutes ces révélations?

— Je dois vous avouer ce qui en est vraiment avant que nous allions plus loin dans votre entraînement. Si vous acceptez de continuer, les choses vont devenir plus sérieuses, mais aussi très payantes et tout à fait excitantes. Un monde nouveau va s'ouvrir à vous. Un monde rempli de possibilités auxquelles vous n'avez jamais songé auparavant. Vous devrez néanmoins signer des papiers afin que nous puissions garantir la confidentialité de notre travail commun. Vous comprenez que ce que nous sommes en train de discuter dans ce bureau doit rester entre vous et moi. Il y va de nos intérêts mutuels.

— Écoutez docteur, dit-il après quelques secondes de silence. J'ai besoin de réfléchir à tout ça avant de m'engager. Laissez-moi une journée pour y penser, voulez-vous ?

Raymond Hill parut satisfait et se cala dans son fauteuil.

— Bien sûr, je comprends. Tout cela doit vous paraître un peu étourdissant, c'est pourquoi je vous libère pour l'après-midi. Prenez le temps d'y réfléchir ; rien ne presse pour l'instant. Revenez me voir mercredi prochain.

Eloik se leva et serra la main que son thérapeute lui tendait.

— Vous êtes plus doué que vous ne le soupçonnez, monsieur MacMillan. Vous pouvez rendre de grands services à votre pays et à l'humanité. Tenez, fit-il en lui tendant le *Liber mirabilis*, reprenez ce livre et continuez à l'étudier, même s'il vous semble obscur. Avec un peu de persévérance, les pièces du puzzle vont finir par se mettre en place. Allez, au revoir, et n'oubliez pas de revenir me voir mercredi matin. Nous pourrons en discuter plus en détail.

Il n'y avait plus rien à ajouter. Eloik prit le livre, le remit dans son sac, puis sortit du bureau.

Le docteur avait raison, toutes ces révélations troublantes qui se bousculaient à présent dans sa tête avaient fini par l'étourdir.

Chapitre VI
Mauvaises rencontres

L'autobus pour Aberdeen le déposa au coin de Guild Street comme chaque mercredi soir. Et, comme chacun de ces mercredis, Eloik profita des quarante-cinq minutes d'intervalle avant le départ du train d'Édimbourg pour aller manger au *Lucky Boat*, de l'autre côté de la rue.

C'était un petit restaurant sans prétention où l'on servait des mets chinois tout à fait succulents. Eloik poussa la porte de l'établissement et fut immédiatement assailli par les odeurs appétissantes qui y flottaient. Il salua le propriétaire d'un geste poli et se dirigea vers une banquette située à côté de la vitrine. De là, il pouvait regarder les gens déambuler dans la rue tout en mangeant.

Quelle journée il avait eue ! C'était à peine croyable tout ce qui avait pu lui tomber sur la tête en moins de vingt-quatre heures. Il repensa à l'offre du docteur Hill et à ce qu'il lui avait dit sur la vocation de l'Institut. Comment avait-on pu dissimuler un tel secret pendant si longtemps ? À moins d'une conspiration générale au sein de la communauté scientifique, l'existence d'un programme de cette envergure aurait dû être connue, voire dénoncée, depuis longtemps. Tôt ou tard, quelqu'un parlerait. Peut-être aussi y avait-il des intérêts supérieurs à protéger qui obligeaient ceux qui étaient au courant du fin mot de l'histoire à tenir leur langue. Qui sait ? Mais enfin, tout cela n'était que spéculations.

La seule « réalité » qu'il connaissait, c'est que Raymond Hill lui avait confirmé qu'il n'avait pas rêvé sa rencontre avec Laura Coylton. Il n'était pas fou après tout, seulement un peu trop sensible aux forces invisibles. À vrai dire, il s'était senti flatté d'apprendre qu'il possédait un tel pouvoir. Soudainement, ses séjours dans la Sphère et toutes ces séances de méditation prenaient une tout autre signification : on l'entraînait à devenir une sorte d'agent secret... Du moins, c'est ce qu'il avait cru comprendre. Il avait presque envie de rire ; lui, Eloik MacMillan, un émule de James Bond, version psionique !

La serveuse vint prendre sa commande : chow mein, egg rolls et une demi-pinte d'IRN-BRU bien froide, une surprenante eau gazeuse écossaise dont il s'était entiché.

Le carillon suspendu au-dessus de la porte d'entrée tinta. Un jeune homme franchit le seuil. Eloik, davantage par réflexe que par intérêt véritable, le dévisagea pendant une fraction de seconde. C'était un employé de l'Institut : un jardinier ou un concierge, il ne savait trop. Le type traversa la salle et alla s'asseoir tout au fond. Son côté paranoïaque lui fit songer que Raymond l'avait peut-être fait suivre, mais il chassa rapidement cette idée. Il ne fallait quand même pas exagérer.

Il regarda par la vitrine. Le soleil était couché depuis environ quinze minutes et toute la rue était illuminée par les lueurs saumon des lampadaires. La pluie, qui tombait déjà bien avant qu'il ne soit descendu de l'autobus, redoublait soudainement d'ardeur. Peut-être que l'averse aurait le temps de faiblir d'ici à ce qu'il ait terminé son repas.

Cela lui rappela le livre qui était enfoui à l'intérieur de son sac à dos : il devrait absolument le protéger de la pluie. Raymond Hill lui avait affirmé que le bouquin ne pouvait pas être endommagé et il l'avait cru, mais il n'avait pas envie de courir le risque avec une antiquité pareille.

Il résista à la tentation de le sortir et de le feuilleter ici sur la table de formica. Des regards indiscrets sur l'objet plus que centenaire pouvaient éveiller, chez des inconnus, des idées peu honnêtes. Eloik n'avait pas envie de s'attirer des ennuis. Sa lecture devrait attendre son retour à Tranent.

Comme il se penchait pour ramener son sac plus près de ses pieds, il se remémora subitement le talisman qu'il y avait mis afin de se protéger des Narkhys. Il l'avait complètement oublié. Il fouilla à l'intérieur de la poche latérale et s'en empara. Il était si petit, se dit-il, que personne ne le remarquerait s'il se contentait de le tenir dans le creux de sa paume. À midi, dans la pénombre de la voûte, il n'avait pu l'admirer ; il s'était contenté d'y jeter un bref coup d'œil, mais à présent qu'il le tenait dans sa main sous la lumière orangée du restaurant, il se rendit compte à quel point sa surface était sculptée avec soin. Des chevrons s'alignaient en rangs serrés sur les bras et les cuisses de la créature mi-homme, mi-poisson. Ils se différenciaient du reste des écailles par la profondeur de leurs marques. Eloik les caressa du bout de l'index. Le contact de sa peau sur le motif simple produisait une sensation agréable, presque soporifique. Il le retourna entre ses doigts, observant la manière dont les teintes bleues parcourues de veines grises se fondaient les unes dans les autres selon l'angle qu'il lui faisait prendre.

Il continua de le manipuler, tandis que son esprit s'en allait tranquillement vagabonder vers des paysages inconnus, des plages, des îles, qui se superposaient au spectacle urbain. La rue, qui paraissait si banale l'instant d'avant, adoptait peu à peu un aspect surréaliste. Voilà que sous l'effet de la pluie qui s'écrasait sur la vitrine, elle ondulait, prenait l'allure d'un coulis psyché-délique digne d'une toile de Dali. Toutes les formes, les couleurs, les mouvements, s'agen-çaient en vagues onctueuses sur la pellicule liquide : des scènes en contre-jour de récifs déchiquetés, hauts comme des gratte-ciel ; des criques luxuriantes de végétation enfouies dans les replis secrets d'un archipel crevant la surface d'une mer d'émeraude. Tout cela surgissait à l'improviste. Cela continuait et se complexifiait, mais toujours l'élément marin revenait. Était-ce la figurine qui éveillait en lui ces images ? Peut-être. La seule chose qu'il savait, c'est qu'elle fascinait son sens du toucher et qu'il en retirait un étrange plaisir. Qui sait, il se pouvait que ce talisman utilise la sensualité tactile pour capter l'attention de son possesseur et en profiter pour déverser en lui son flot d'images ?

Le bruit strident d'un klaxon le tira de sa rêverie : un homme qui traversait la rue en s'abritant sous un journal replié avait failli se faire écraser. Il donna un coup de poing sur le capot de la voiture et cria quelque chose de pas très amical au type derrière le volant.

La serveuse choisit ce moment pour revenir avec la commande. Il s'empressa de faire disparaître l'objet dans la poche latérale de son sac. Elle avait eu la gentillesse de lui apporter le journal. Il la remercia et elle s'en fut vers d'autres clients.

Tandis qu'il entamait son repas, deux adolescents se levèrent simultanément. Ils se dirigèrent d'un pas ferme vers sa table, mais Eloik ne leur prêta pas la moindre attention. Mal lui en prit, car soudain l'un d'eux plongea la main vers le sol et s'empara de son sac à dos. En un éclair, ils se précipitèrent vers la sortie.

– Hé ! Mon sac ! hurla-t-il.

Il bondit et se lança à la poursuite des deux voleurs qui fonçaient en direction des quais. Il devait absolument les rattraper, car, en plus du grimoire supposément impossible à dérober, il y avait dans ce sac son portefeuille, sa Flexipass et tout son argent de poche. Il se maudit intérieurement de sa négligence. Il n'aurait jamais dû laisser le sac à ses pieds, surtout avec un contenu aussi précieux.

La pluie tombait dru et il fut trempé jusqu'à la moelle avant qu'il n'ait atteint le trottoir situé en face du restaurant. Les deux voleurs, qui couraient beaucoup plus vite que lui, couvrirent rapidement les cent cinquante mètres qui les séparaient de Market Street. Ils disparurent à l'angle de la rue, mais Eloik, désemparé à l'idée de se retrouver sans ses affaires et dans le pétrin le plus complet, persista à les suivre.

Tout en continuant à courir, il essaya tant bien que mal d'attirer l'attention des rares passants qui osaient braver un temps de chien pareil, mais il s'aperçut assez vite qu'on se moquait éperdument de son problème. Personne n'avait envie de se compromettre pour une histoire de pickpocket. C'était d'ailleurs chose courante, dans les environs de la gare, après le coucher du soleil.

Arrivé lui aussi au coin de la rue, il aperçut les deux complices qui se dirigeaient vers des empilements de conteneurs. C'était à prévoir : quoi de mieux qu'un labyrinthe pour semer un poursuivant ? Il continua néanmoins à leur filer le train, mais ses espoirs rétrécissaient comme une peau de chagrin.

De l'autre côté de Market Street, sur les docks, l'éclairage avait hélas ! peu à peu disparu. Eloik comprit subitement dans quelle situation périlleuse il s'était fourré en pourchassant ces deux voyous. Dans ce dédale de conteneurs, ils pourraient aisément lui tendre un piège. À peine eut-il cet éclair spontané de lucidité, qu'il sentit les poils de sa nuque se dresser. Trop tard, l'un des deux voleurs, planqué derrière l'un des caissons d'acier avait attendu qu'il passe devant lui pour lui asséner un violent coup de pied dans les reins.

Eloik, toujours sur son élan, perdit l'équilibre et alla s'écraser face première contre le sol détrempé et vaseux. Il essaya de se remettre à quatre pattes, malgré la douleur qui lui déchirait le dos, mais le gars se rua sur lui, l'agrippa par les cheveux et le força à se mettre debout.

— T'as fini de nous suivre, enculé ?

Il ponctua son insulte par deux rapides crochets de la droite qui frappèrent la mâchoire d'Eloik. Le double impact lui fit voir trente-six chandelles. Complètement sonné, il valsa vers un conteneur, mais avant qu'il ne retombe, son agresseur l'immobilisa contre la paroi métallique en appuyant son avant-bras sous sa gorge. Il sortit un couteau à cran d'arrêt et le positionna entre le visage ensanglanté d'Eloik et le sien.

— Fais tes prières, salope !

Sans hésiter, il le poignarda à l'abdomen. Une seule fois. Ce fut suffisant pour qu'il sente aussitôt le reste de ses forces le quitter. Tandis que l'autre l'abandonnait à son sort et partait rejoindre son complice, le jeune homme s'affaissa lourdement au sol. Il essaya de ramper, mais la douleur était insupportable. Son sang était en train de former une flaque sous lui.

Le visage à moitié enfoui dans la boue qui maculait l'asphalte, l'esprit à la dérive, il contempla impuissant ses deux assaillants qui se dirigeaient vers une voiture stationnée de l'autre côté des conteneurs. C'était une grosse Mercedes noire de l'année, modèle S600. Un homme très corpulent, portant un chapeau mou qui lui dissimulait la moitié supérieure du visage, s'en extirpa et se porta à la rencontre des deux adolescents. Ceux-ci lui remirent le sac à dos, qu'il s'empressa d'ouvrir pour en vérifier le contenu. Satisfait, il leur tendit une enveloppe et retourna s'asseoir sur la banquette arrière du véhicule. La Mercedes, dont le moteur n'avait pas cessé de tourner, démarra dans un rugissement en direction du sud. Ce fut tout. Eloik était seul, agonisant stupidement sous la pluie d'Aberdeen.

Il allait perdre connaissance lorsqu'il se sentit soulevé par deux bras puissants. La dernière image qui s'imprégna dans son esprit fut celle du jeune homme qui l'avait suivi dans le restaurant : celui qui travaillait à l'Institut. Il ne cessait de lui répéter de tenir le coup.

Chapitre VII
L'éveil du rêveur

UNE POINTE du quartier de lune émergea entre les nuages poussés par le vent d'ouest. On aurait dit la proue d'un vaisseau fantôme fendant la brume. Le mince croissant réverbérait sa froide lumière sur le bitume noir de l'allée détrempé par la pluie.

Sortis d'un taxi, trois individus encapuchonnés restèrent un moment sous l'averse à contempler la façade de l'infirmerie d'Aberdeen. Après un moment, ils se décidèrent enfin à traverser l'allée pour rejoindre le parvis et franchir l'entrée principale.

Une fois à l'intérieur du bâtiment, ils allèrent se renseigner auprès de l'infirmière de garde de la salle d'urgence afin d'être aiguillés vers la chambre d'Eloik.

Lorsque vers dix-neuf heures, l'infirmerie d'Aberdeen avait informé Sylvia qu'Eloik venait d'être admis aux urgences, elle s'était arrangée aussitôt avec Paige, l'infirmière, pour qu'elle rapplique dare-dare à la maison afin de veiller sur sa sœur comateuse. Elle avait ensuite filé sur l'autoroute pendant trois heures en priant presque sans cesse.

En le voyant, elle n'avait pu empêcher son cœur de se serrer. Il était vraiment amoché. Le médecin qui s'occupait de son cas lui avait raconté comment il avait été secouru *in extremis* après une attaque au couteau, qui aurait pu facilement s'avérer fatale. Ses signes vitaux avaient été stabilisés, mais il avait subi une commotion cérébrale qui l'avait plongé dans le coma. En entendant cette histoire, Sylvia eut l'impression que le ciel venait de s'effondrer sur sa tête. Après Sophia, voilà que c'était au tour d'Eloik ! Ça frisait l'incroyable…

Elle était au chevet de son neveu depuis la nuit précédente et lisait un livre sous la lumière dorée d'une lampe, lorsque le grincement de la porte lui fit relever la tête. Une jeune fille aux traits asiatiques s'avança prudemment et lui sourit en l'apercevant.

— Bonsoir, murmura l'adolescente, en dégrafant son imperméable. Je m'appelle Janika. Nous sommes venus prêter main-forte à Eloik.

— N'est-il pas un peu tard ? rétorqua Sylvia, qui trouvait cette entrée en matière un peu étrange.

— Non, nous arrivons juste au bon moment, enchaîna Nilianna Kerouani, qui venait elle aussi d'entrer dans la chambre, suivie d'un jeune homme robuste aux longs cheveux noirs.

Il ne s'avança pas plus loin que le seuil de la porte.

Nilianna était une fille du désert au teint brun doré, qui semblait âgée tout au plus de cinquante-cinq ans, mais qui en avait en réalité plus de soixante-dix. Elle paraissait, au premier abord, toute fragile, enveloppée dans sa robe de lin décorée de motifs floraux, et pourtant, quand on la regardait bien, on ne pouvait s'empêcher de percevoir chez elle une vitalité étonnante.

Sylvia posa son livre et se releva en l'apercevant.

– Seigneur ! s'exclama-t-elle. Nilianna… Que faites-vous ici ?

– Du calme, voyons, ma chère enfant, lui dit-elle en faisant un geste apaisant de la main. Je suis seulement venue voir comment se portait ton neveu. C'est Dylan, mon élève, qui l'a trouvé et qui a alerté la police.

Celui-ci, qui se tenait toujours dans l'embrasure de la porte, salua Sylvia d'un bref signe de la tête et se décida enfin à entrer dans la chambre.

– Comment va-t-il ?

– Pour l'instant, il est dans le coma. Il a perdu beaucoup de sang, mais grâce à votre intervention rapide l'hémorragie a pu être maîtrisée à temps. Le médecin dit que sans vous, il serait probablement mort à l'heure qu'il est.

Elle en profita pour plonger ses yeux verts dans ceux du garçon et prendre sa main droite dans les siennes.

– Merci, Dylan. Merci beaucoup pour ce que vous avez fait !

Dylan baissa les yeux avec modestie.

– Je n'ai fait que mon devoir, vous savez. Je suis sûr qu'il s'en tirera.

Entre-temps, Nilianna s'était approchée du lit où reposait Eloik. Un tube de plastique était fiché dans son bras gauche ainsi que deux autres qui lui entraient dans le nez. La partie droite de son visage était à peu près intacte, tandis que l'autre moitié était enflée et pourpre comme un raisin mûr. Elle posa une main sur son front et ferma les yeux.

– Son esprit s'est absenté, murmura-t-elle, après un moment.

Dylan, Sylvia et Janika la regardèrent avec intérêt.

– Il a dû s'égarer aux frontières de la Mer de Nuages. Je peux percevoir de la confusion dans les filaments de son périsprit.

– Son… périsprit ? fit Sylvia. De quoi parlez-vous ?

Janika, qui avait approché une chaise près du lit, prit la parole :

– C'est simplement un mot qu'on utilise pour parler de l'enveloppe d'énergie nerveuse qui sert de lien entre l'esprit et le corps. Elle s'est mise en relation avec cette énergie et s'en sert pour traquer son esprit. Il semble être dans le coma, mais Nilianna soupçonne qu'en réalité il s'est perdu quelque part dans le Monde des rêves. La Mer de Nuages dont elle parle n'est qu'un terme pour désigner une région aérienne du Rêve. Eloik doit avoir une forte affinité avec cet élément. Nous allons nous servir de cette affinité pour nous guider et essayer de le ramener.

Sylvia avait autrefois pu apprécier les talents hors du commun de Nilianna pour soigner les plantes, et elle s'était toujours entendue pour dire qu'elle possédait un certain don de guérisseuse. Mais qu'elle fût capable de « traquer l'esprit » à la manière d'un chaman, c'était du nouveau. Elle regarda Dylan, perplexe. Celui-ci hocha la tête : Janika disait bien la vérité.

— Égaré dans un rêve ? Est-ce vraiment possible ? demanda-t-elle, anxieuse.

— Très possible et plus fréquent que vous n'oseriez le croire. Comme je vous l'ai dit, nous sommes ici pour l'aider à retrouver son chemin.

— Comment comptez-vous vous y prendre ?

Nilianna rouvrit les yeux et s'approcha de Sylvia. Dans un geste rassurant, elle lui prit l'avant-bras et l'entraîna doucement hors de la pièce.

— Viens avec moi, je veux te parler.

Sylvia la suivit, mais ne put s'empêcher de se retourner.

— Laisse, laisse, chuchota Nilianna, qui comprenait son inquiétude. Eloik est entre bonnes mains. Dylan et Janika vont veiller sur lui ; tu n'as pas à t'en faire.

— Et s'il ne se réveillait pas ? Vous savez, sa mère est dans le même état... On croirait presque à une malédiction.

— Allons donc, Sylvia, ne te laisse pas aller à de telles idées. Je peux t'assurer qu'il n'y a pas de malédiction qui pèse sur lui, ni, d'ailleurs, sur aucun membre de votre famille. Ce sont seulement des épreuves qui font partie de la vie et que nous devons affronter avec courage. Maintenant, suis-moi et marchons un peu, je veux te parler de l'offre que tu m'as faite au téléphone ce matin. Je t'ai dit que j'allais y réfléchir et que je te donnerais une réponse bientôt.

— Et...

— Eh bien ! je suis prête à le prendre dès qu'il sera rétabli ! Étant donné que Dylan s'apprête à quitter le manoir d'ici Noël, il y aura une chambre qui l'attendra. Même s'il n'est pas encore parti, on pourra très bien s'arranger dans l'intervalle. Tu verras, ton neveu va se remettre sur pied et les choses vont enfin commencer à s'améliorer pour lui et pour toi.

Sylvia la prit dans ses bras.

— Oh ! Nilianna. Merci...

Tandis que Sylvia et Nilianna discutaient dans le corridor, Dylan prit une chaise et vint la poser tout près de celle de Janika.

— Qu'est-ce que tu en penses ? Tu crois qu'il va s'en sortir ?

Janika lui fit les gros yeux.

— Homme de peu de foi, fit-elle avec un air faussement réprobateur. Tu devrais avoir honte de douter ainsi. Bien sûr qu'il va s'en sortir : nous sommes là !

156

– Excellent ! C'est ce que j'avais envie d'entendre. Es-tu prête ?

– Quand tu voudras ! On se retrouve de l'autre côté.

Dylan acquiesça et tous les deux reposèrent leurs dos sur le dossier de leurs chaises afin de pouvoir mieux se relaxer. Nilianna leur avait enseigné une technique qui consistait à glisser dans un état de conscience modifié se situant à la frontière du sommeil. Une fois cet état atteint, ils s'en servaient comme d'un tremplin pour projeter leur esprit pleinement lucide dans le Rêve. Ce qui était tout à fait différent du sommeil des dormeurs ordinaires.

Leurs pupilles se dilatèrent, puis leurs paupières se fermèrent doucement. Ils se concentraient intensément sur la présence et l'image mentale d'Eloik, tout en s'enfonçant dans la transe préliminaire qui les mènerait vers les limites du monde physique, là où s'étendait l'Océan de lumière.

Bientôt, leurs corps devinrent immobiles, mais leurs esprits foncèrent dans l'éther des espaces infinis plus rapides que la lumière elle-même. Lorsqu'ils aperçurent enfin les franges ondoyantes signalant l'Océan lumineux qui ceinturait les terres oniriques, ils accélérèrent au maximum de leur puissance et plongèrent sans hésiter pour secourir leur ami. L'Océan les avala comme il l'avait toujours fait depuis que les humains avaient appris à rêver.

La nuit était tombée dans le Monde des rêves. L'Empire des ombres avait repris le sceptre. Il sentit un vent glacial lui fouetter le visage. Lorsqu'il ouvrit enfin les yeux, Eloik constata qu'il était couché sur ce qui semblait être de la roche mouillée. Il se releva péniblement sur un coude, éveillant immédiatement une sensation déplaisante de désorientation, qui ne fit que lui donner envie de vomir. Autour de lui, aussi loin que sa vue le lui permettait, il ne vit qu'un champ de glace et de pierres malmené par le vent.

Quel était donc cet endroit?

La dernière chose dont il se souvenait était une douleur brûlante à l'abdomen et sa tête frappant durement contre l'asphalte.

La nausée finit par s'estomper juste assez pour qu'il puisse se mettre complètement debout malgré un équilibre encore précaire. C'est à ce moment précis qu'il sentit que quelque chose n'allait pas. C'était comme si son sang refluait à toute allure vers la moitié supérieure de son corps. Il regarda ses pieds posés sur les cailloux, puis redressa la tête vers le ciel… Il n'y avait plus de ciel. Celui-ci avait été remplacé par la topographie en cercles concentriques d'une mégapole au style futuriste.

Les rues de cette ville se déployaient en rayons autour d'un cône d'or et de marbre dont la pointe tronquée servait de base à une statue colossale. Celle-ci représentait une créature angélique dont le bras droit pointait vers le ciel et le gauche, vers la terre. Directement sous ses pieds, un dôme gigantesque avait été aménagé pour couvrir ce qui semblait être un rond-point où toutes les artères de la ville venaient se rejoindre et déverser les flots de la circulation.

Il plissa les yeux pour distinguer la partie la plus au nord, là où des centaines de quais avaient été construits pour recevoir les navires qui sillonnaient la mer et accostaient par grappes impressionnantes. La panique semblait régner à présent dans le port, car des bateaux se précipitaient pêle-mêle vers les flots sombres, faisant hurler leurs sirènes dans la nuit. Certains prenaient feu, d'autres se heurtaient de plein fouet et menaçaient de disparaître dans les eaux du port.

Eloik comprit alors avec horreur la gravité de la situation : il flottait la tête à l'envers sur le flanc enneigé d'une montagne dont la cime lointaine était sur le point de labourer les édifices et les autoroutes de la ville. Comme pour confirmer ses appréhensions, de violentes secousses vinrent soudain faire trembler le sol sur lequel il se tenait.

Le sommet de la montagne se mit littéralement à fondre sous la force du premier impact avec la terre ferme. Du feu entremêlé de magma et de pierres vint engloutir toute la zone urbaine comprise entre deux ponts qui reliaient le centre-ville à la banlieue. L'onde de choc sismique, chargée de roche en fusion, se mit à s'étendre et à foncer rapidement vers lui. Elle était suivie par un roulement de tonnerre digne de l'Apocalypse. D'instinct, il déguerpit dans la direction opposée, mais des vagues telluriques d'une puissance inouïe firent éclater la pierre sous ses pieds et il fut projeté parmi un amas de cailloux tombant tous à la même vitesse. Le temps sembla alors se figer tandis qu'une affolante sensation d'accélération prenait naissance dans son ventre. Il savait qu'il tombait vers le sol de la cité portuaire et que le choc serait terrible.

Cela fut pire...

Ses jambes furent arrachées d'un seul coup lorsqu'il frôla l'arête de béton d'une tour à bureaux. La brutalité de l'impact fut telle, qu'il partit tournoyer vers un autre édifice où il alla s'encastrer dans un grand panneau de verre teinté. La seconde suivante, toutes les autres pierres, comme une pluie de météorites, vinrent s'abattre dans son dos pour raser définitivement et d'un seul trait toute l'agglomération urbaine.

Ce qui aurait dû se conclure en une fraction de seconde se mit alors à s'étirer cruellement. Le temps se dilata à un point tel que l'explosion dévastatrice devint un éclair blanc granuleux, bouillonnant d'énergie. Partout autour de lui, l'air était saturé de particules. Celles-ci devinrent des milliards d'aiguilles, puis se changèrent en couteaux à mesure que l'énergie cinétique se transformait, avec une lenteur pénible, en énergie thermique. Eloik aurait voulu crier, mais son esprit avait perdu tout synchronisme avec son corps soumis au supplice. Une force inconnue retenait sa conscience dans les moindres débris de sa chair clouée sur place et torturée à l'infini. Aucune douleur ne lui fut épargnée. Il fut broyé, brûlé, anéanti.

À la fin, la Mort s'abattit sur les ruines carbonisées de la ville et ramassa son butin.

Janika fut la première à reprendre conscience dans le Rêve. Elle avait souvent une ou deux minutes d'avance sur Dylan à ce chapitre. Tout autour c'était la nuit, mais elle put distinguer assez rapidement qu'ils étaient apparus à l'orée de ce qui semblait être une forêt de conifères séparée d'un plan d'eau par une large étendue recouverte de neige. Elle alla rejoindre son partenaire pour l'aider à se réveiller.

Le jeune homme était assoupi près d'un tronc creux couvert de mousse gelée. Janika s'accroupit à ses côtés et laissa glisser ses doigts dans la masse de cheveux noirs de Dylan. Il dormait comme un enfant.

— Allez, beau prince, réveille-toi. Nous sommes arrivés.

Elle le secoua légèrement jusqu'à ce qu'il finisse par ouvrir les yeux.

— Lève-toi. On a du pain sur la planche. Nous avons dérivé de notre trajectoire.

Elle l'empoigna par le bras et l'aida à se relever.

– Où est le Phare ? lui demanda-t-il en scrutant l'horizon.

– Je ne l'ai pas vu, mais si je me fie au climat et au type de terrain, je crois que nous avons atterri dans le premier tiers du Quadrant Nord. Il y a des montagnes là-bas qui pourraient bien être les Remparts des Sans-Visages.

– C'est ce que l'on va savoir. *Modèle de Base*, chuchota-t-il.

Deux cercles d'or superposés se matérialisèrent dans l'espace situé devant lui. L'un comme l'autre se divisait en douze secteurs égaux identifiés par des symboles ardents – des glyphes – mais le cercle inférieur était fixe, tandis que celui du dessus tournait en sens antihoraire. Sa vitesse de rotation était lente, quoique suffisamment perceptible pour que l'on puisse remarquer des changements dans la couleur et l'intensité lumineuse des glyphes, lorsque ceux-ci s'alignaient tour à tour avec ceux du cercle inférieur. Un déplacement de trente degrés équivalait à un *Cycle*, et une *Révolution* complète comptait douze Cycles. Au centre du double périmètre doré, une courte tige verticale animée de pulsations lumineuses régulières faisait office d'aiguille servant à repérer la direction dans laquelle se situait la balise temporelle couronnant le Phare du Rêve et la distance qui en séparait l'utilisateur.

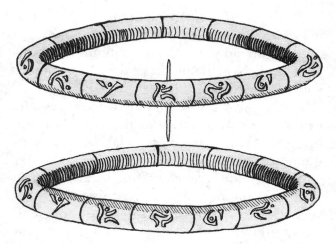

Dylan plaça sa main droite à quelques centimètres sous le Modèle de Base et le dirigea vers la zone la plus claire du ciel, là où il soupçonnait que la balise temporelle se trouvait. La tige oscilla légèrement, puis se fixa dans la direction présumée, tout en ralentissant la cadence de ses pulsations. Des coordonnées oniriques apparurent alors sur le pourtour externe de l'instrument virtuel.

— Nous sommes au Nord, ça ne fait aucun doute. Dans les forêts du Nofolhost pour être exact, mais à cent trente-neuf mille battements par Cycle, on est beaucoup trop profond. On a dépassé l'objectif d'au moins deux Densités oniriques.

Il fit une pause, regarda son amie, l'air navré, et ajouta :

— J'ai peur que cela nous place en plein territoire de chasse.

– Saloperie ! fit froidement Janika. Nous n'aurions pas pu mieux tomber ?

– Si on fait vite, on peut rejoindre un campement de Northmen. Ça ne doit pas manquer dans les environs.

– Bonne idée ! Remballe ton jouet et sortons vite de cette forêt. Je ne tiens pas à me faire lobotomiser par une de ces avaleuses de rêves qui rôdent par ici.

Dylan fit disparaître le Modèle de Base d'un simple claquement de doigts, puis se précipita vers le lac en suivant Janika au pas de course. Il aurait préféré voler, mais le secteur Nord dans lequel ils s'étaient égarés possédait une composante Terre dominante, qui les obligeait à rester au sol. Le prochain apport de l'élément aérien ne viendrait pas avant deux Cycles. Mieux valait courir.

Janika obliqua vers la droite en direction d'une trouée dans le tapis de neige mouillée. Même s'il n'y en avait pas une très grande épaisseur, elle était suffisamment collante pour entraver leurs mouvements de façon dangereuse si les circonstances se mettaient à tourner au vinaigre. La région étant un terrain de chasse fréquenté par les Larvaires mentaux, il n'était pas exclu qu'ils aient à se défendre. Ces sales bestioles, précurseurs des armées du Cauchemar, sondaient sans relâche les régions limitrophes entre le Rêve et le Cauchemar, pour y vampiriser l'énergie vitale des Dormeurs imprudents. On se réveillait alors avec un mal de tête digne d'un lendemain de cuite et, dans leur propre cas, l'échec de leur mission.

Si, par malheur, ces parasites flairaient l'odeur de leur enveloppe onirique en plein dans cet espace à découvert, ils seraient obligés de se battre avec un énorme désavantage. Pour se rassurer, Dylan porta la main dans son dos, là où la trilame d'Ardenna reposait enfouie dans son fourreau. Cette arme l'avait sorti du pétrin à plusieurs reprises dans le passé, mais la chance pouvait tourner.

Comme si elle avait perçu son inquiétude, Janika lui lança un regard par-dessus son épaule. Elle paraissait presque voler sur la surface de la neige. En fait, elle était tout simplement munie d'une enveloppe onirique mieux adaptée à ce type de climat que la sienne. Nilianna leur avait expliqué que cela dépendait de la position des astres à leur naissance. Selon le signe du zodiaque, le corps onirique se voyait conférer des affinités liées à l'élément dominant de ce signe. Il y avait d'autres facteurs assez compliqués à considérer, mais Dylan en savait suffisamment pour comprendre que le Rêve fonctionnait de concert avec les forces qui circulaient dans les configurations astrales du zodiaque. D'ailleurs, il laissait cela à Janika. Elle maîtrisait mieux que lui les concepts théoriques du Rêve. À chacun sa spécialité. La sienne, c'était la navigation onirique et surtout le combat rapproché. Janika n'était pas mal non plus quand il s'agissait de tirer son épingle du jeu lors d'une confrontation avec les sbires du Cauchemar, mais elle préférait de loin utiliser ses connaissances pour les empêtrer vite et bien dans des pièges d'une subtilité parfois déconcertante.

Ils approchaient de la berge du lac. Les eaux que l'on retrouvait dans le Nofolhost étaient sombres et glacées ; celles-ci ne faisaient pas exception. Dylan vit que Janika lui indiquait du doigt un minuscule point lumineux situé de l'autre côté du lac, presque à cent quatre-vingts degrés de leur position. De la façon dont il brillait, il ressemblait à un feu de camp. Elle fit une pause pour qu'il puisse la rattraper.

— Que penses-tu que ce soit ? lui demanda-t-elle.

— Pas des Northmen en tout cas. Ils n'ont pas l'habitude de camper au bord de l'eau. Peut-être d'autres Dormeurs. C'est difficile à dire à cette distance.

— Nous devrions aller voir. Peut-être en apprendrons-nous davantage sur ce qui a pu nous faire dériver ainsi.

— Oui. De toute façon, c'est notre seule piste pour l'instant. Mais restons quand même sur nos gardes. C'est peut-être un piège.

Janika lui fit signe qu'elle avait compris.

Ils s'élancèrent de nouveau dans la nuit, côte à côte, cette fois. Après avoir longé la rive sans incident aucun, ils furent bientôt en vue de l'endroit qu'ils avaient repéré.

Ce qu'ils avaient tout d'abord pris pour un simple feu de camp était en réalité un bûcher sur lequel des dizaines de corps calcinés étaient empilés. Une puanteur infecte s'en dégageait.

– On ferait mieux de garder nos distances, conseilla Janika. Ceux qui ont fait ça rôdent probablement encore dans le coin.

Dylan dégaina sa trilame. Le feu qui se trouvait à quelques mètres d'eux fit danser ses reflets orangés sur le fil rutilant de la lame principale.

– Je vais voir ça de plus près. Garde l'œil ouvert.

Janika, qui commençait à regretter sa décision de s'être approchée de ce lieu funèbre, décrocha le gant de pierre qui pendait à sa ceinture. Elle glissa sa main droite à l'intérieur et activa les condensateurs d'éther onirique. Les deux renflements libérèrent la charge accumulée et ce bon vieux bouclier d'Uhlan se déploya tel un parapluie d'énergie sur la face externe du gant. L'instant suivant, une lame de près d'un mètre dix se télescopa à partir des jointures. Son centre était incrusté de minuscules rubis formant une double hélice de runes. Leur intégration à l'acier était si parfaite qu'ils y semblaient tatoués.

– Fais attention.

Dylan avança en direction du bûcher. Les corps qui y brûlaient étaient ceux d'une trentaine de Hindree. Ces êtres qui, en temps normal ressemblaient à de grandes mantes religieuses diaphanes, étaient à présent atrocement mutilés par le feu. Il continua d'avancer et constata qu'il y avait énormément de traces de pas au sol. Comme la neige avait fondu à cause de l'intense chaleur, et que l'eau ainsi formée avait détrempé le sol, les empreintes étaient parfaitement visibles. Elles ne correspondaient à aucune race onirique vivant dans cette région susceptible d'avoir pu commettre un tel massacre. Seuls des Narkhys ou, encore pire, des Samatobryn, avaient pu se livrer à une boucherie pareille, mais Dylan ne voyait aucune trace de ceux-ci parmi les empreintes qu'il avait sous les yeux. C'étaient des traces de bottes qui appartenaient sans l'ombre d'un doute à des humains. Or, dans le Nofolhost, il n'y avait que les Northmen qui correspondaient à une telle description. Cependant ces derniers portaient des chausses en peau, pas des bottes. Dans l'hypothèse improbable où ils auraient effectué des changements récents dans leur tenue vestimentaire, les Northmen ne se seraient jamais abaissés à tuer d'inoffensifs Hindree, encore moins à profaner leurs enveloppes oniriques en les empilant comme de vulgaires déchets.

— Ça n'a aucun sens ! s'indigna Dylan. Pourquoi quelqu'un voudrait s'en prendre à eux ?

Il fit le tour du bûcher à la recherche d'autres indices. Les empreintes se dirigeaient vers le bois, à quelque distance de l'endroit où Janika montait la garde.

— On devrait s'en aller, lança Janika d'une voix inquiète. Il n'y a rien pour nous ici.

Dylan s'apprêtait à rengainer sa trilame, lorsque les corps empilés au sommet du bûcher se mirent à dégringoler.

— Oh non ! Dylan, derrière toi !

Il fit volte-face pour voir ce qui se tramait dans son dos, mais à peine se fut-il retourné qu'il fut projeté dans la neige. Une horde de Larvaires mentaux affamés émergeait du sol en projetant leurs trompes buccales dans toutes les directions. Ils ressemblaient à des moustiques géants dont les ailes auraient été remplacées par un fourmillement de tentacules. La plupart se ruèrent sur le tas de cadavres pour se délecter des restes de leur substance, tandis que les autres se mirent en position pour cerner Dylan. Ils n'avaient pas encore formé le cercle que Janika s'élança vers son compagnon.

— Saloperies ! Laissez-le tranquille !

Elle courut jusqu'au bûcher, puis sauta sur le dos voûté d'un des monstres en train de se repaître. Janika s'en servit comme d'un tremplin pour effectuer un saut périlleux qui la fit atterrir en pleine mêlée. Elle étendit le bras et décrivit un arc de cercle meurtrier. Une flopée de membres gigotants vinrent s'écraser dans la neige. **Schlaak ! Schlaak !** Janika continua sa danse mortelle tandis que la liqueur mentale des Larvaires estropiées se volatilisait dans l'air.

Un peu plus loin, Dylan se releva de sa fâcheuse position et brandit sa trilame. Il s'était à peine redressé qu'un Larvaire, deux fois grand comme lui, vint se planter face à son arme comme s'il ne demandait qu'à se faire embrocher. Avant que le monstre n'ait eu le temps de l'enserrer dans ses tentacules et lui aspirer la tête avec sa trompe, Dylan transféra tout son poids vers l'avant et lui enfonça la trilame dans les entrailles en lui faisant faire une rotation axiale pour maximiser les dégâts. Le Larvaire se convulsa si violemment qu'il faillit lui arracher l'arme des mains, mais Dylan tint bon. Pas question qu'une lame de l'Ansheleth'Sair finisse prisonnière dans les tripes d'une telle horreur. Avec toute la force de ses bras, il dégagea la trilame et profita de l'élan pour décapiter la créature.

Il vit alors que les Larvaires les plus massifs étaient en train de se détacher de la pile de cadavres. Ils avaient tiré ce qu'ils avaient pu des corps calcinés et leurs sens étaient maintenant à l'affût de nouvelles proies. C'était les types alpha du groupe, ceux qu'on appelait « Surlarvaires » pour des raisons évidentes de masse corporelle. Dans quelques instants, lorsque les effluves hindree se seraient estompés et que l'odeur fraîche de sa compagne et de la sienne parviendraient finalement aux récepteurs olfactifs des monstres plus chétifs, le combat deviendrait intenable.

– Janika ! Sur ta gauche ! Les quatre gros !

Elle était déjà encerclée par quatorze spécimens de la bande. Son odeur onirique les excitait et décuplait leur férocité. Les plus téméraires, les plus enivrés de son parfum, qui osaient s'approcher d'elle, la menaçaient avec leurs tentacules huileux constellés de ventouses paralysantes. Entre deux coups d'estoc portés à la tête et au ventre d'un monstre, elle risqua un regard vers les nouveaux arrivants, mais que pouvait-elle y faire ? Elle commençait à crouler sous le poids et Dylan avait vraiment intérêt à trouver un moyen rapide de lui venir en aide, sinon leur petite mission de sauvetage tournerait court.

À coups redoublés, il tenta de se frayer un chemin jusqu'à Janika. Sa trilame tournoyait dans l'air à une vitesse incroyable ; les membres gélatineux, les trompes, les thorax, les pinces, les aiguillons et les organes internes de succion, toute l'anatomie des Larvaires goûtait l'acier impitoyable de son arme. Les fluides internes de ses ennemis avaient beau gicler sur lui, jamais il ne les laisserait faire du mal à celle qui, depuis deux ans, l'avait accompagné dans ses aventures oniriques.

Il plongea brutalement sa lame dans le dos du dernier ennemi qui le séparait de Janika, le coucha à terre, monta sur sa carcasse agitée par des spasmes d'agonie et, d'un mouvement latéral, éventra les deux autres pourritures qui se tenaient à ses côtés.

– Amène-toi ! lui cria-t-il, en lui faisant signe de battre en retraite par la brèche qu'il venait de pratiquer dans le cercle.

Janika profita de cette chance pour se soustraire au danger. Elle courut vers l'ouverture, mais au moment de la franchir, un tentacule l'agrippa sauvagement par le cou. Dylan trancha le membre avec rage et empoigna sa compagne par la taille afin de l'aider à se dégager. Tous les deux s'élancèrent vers l'espace à découvert, qui s'étirait vers le nord.

Les Surlarvaires, voyant que leur repas était en train de se défiler, poussèrent des ululements frénétiques pour alerter le reste de la meute.

Immédiatement, les Larvaires-foreurs plongèrent sous la neige et le sol gelé, qui était leur habitat naturel. Ils se mirent à dégager une tranchée souterraine par laquelle tous les autres monstres s'engouffrèrent. Le renflement formé par le sol, qui se soulevait et retombait à mesure qu'ils accéléraient leur allure vers leurs proies, passa sous les pieds de Janika et Dylan comme une vague. Ceux-ci furent suffisamment déstabilisés pour être incapables de s'arrêter à temps ou de se séparer lorsque les foreurs défoncèrent le sol devant eux. Toute la meute les attendait, les tentacules déployés, pour leur donner l'accolade finale.

Janika, qui basculait vers l'avant, plaça sa lame de façon qu'elle puisse perforer le premier Larvaire qui aurait l'envie de la cueillir au vol. Dylan, quant à lui, trébucha tête première dans le tas. La trilame lui échappa et l'un des Surlarvaires postés en première ligne se fit un plaisir de la projeter au loin.

Son plaisir fut de courte durée, car l'instant suivant sa grosse tête d'insecte explosa, comme le fit celle de tous ceux qui se trouvaient dans la ligne de tir d'une centaine de fléchettes provenant de l'arrière de l'attroupement.

Des Northmen montés sur leurs fabuleux Ksirâphas dévalaient la colline boisée. Ils étaient seulement dix, mais leurs montures élancées valaient bien trois hommes armés. Les bêtes, qui ressemblaient à des girafes croisées avec des loups, possédaient des gueules s'ouvrant en X dont l'intérieur était tapissé de pointes empoisonnées. Grâce à des muscles puissants, elles pouvaient les propulser à des vitesses et à des distances stupéfiantes.

Les Ksirâphas crachèrent une nouvelle salve de fléchettes qui touchèrent leur but et finirent de décimer les Larvaires. Ils n'avaient pas eu la moindre chance, mais personne ne pleurerait leur sort.

Dylan aida Janika à se relever, car elle était presque complètement ensevelie sous les cadavres des monstres. Il alla ensuite récupérer sa trilame et revint vers elle pour attendre les cavaliers.

Le chef du groupe leva la main pour signaler à ses guerriers de ralentir l'allure. Ensemble, ils s'approchèrent du couple et les saluèrent.

– Dylan. Janika. Heureux de vous retrouver, commença-t-il.

Il détacha son écharpe pour leur révéler son visage.

– Malden ! s'écria Janika, avec un sourire de satisfaction. Merci. Merci à vous et vos hommes.

Malden lui rendit son sourire et lui tendit le bras pour qu'elle puisse venir s'asseoir derrière lui. Dylan l'imita en chevauchant la croupe d'un autre Ksirâpha.

– Désolé, nous n'avons pas pu faire plus vite. Il y a des choses graves qui se déroulent actuellement dans le secteur. Venez avec nous, nous allons vous donner les dernières nouvelles en route vers le camp.

Ils firent faire demi-tour à leurs montures et repartirent avec leurs protégés.

Chapitre VIII
Le gardien du Seuil

L A DOULEUR avait pris fin. Le silence l'enve-loppait.

Eloik reprit conscience après un laps de temps qui lui fit l'effet que des années s'étaient écoulées entre ce moment et son ancienne vie sur terre.

Il regarda autour de lui et vit qu'il se trouvait quelque part au milieu d'un marais boueux empestant la pourriture. La ville où il s'était écrasé n'était plus qu'un souvenir lointain.

Que faisait-il ici ? Quel était ce nouvel endroit ? Était-ce cela, la mort ? Une succession de scènes décousues dans lesquelles on glissait sans pouvoir rien faire pour se rattacher à quoi que ce soit de concret ?

Sur sa droite, à travers les lambeaux de brume qui flottaient au ras du sol, un arbre mort se dressait. Ses branches sèches, agitées par la brise, déchiraient le silence avec de sinistres craquements qui lui inspirèrent immédiatement une impression funèbre. On aurait dit que la sève qui avait coulé autrefois sous son écorce s'était évaporée pour laisser place à un distillat de mal concentré.

Cet arbre, qui était le seul point de repère vertical sur cette étendue désolée, semblait éloigné d'une quarantaine de mètres de sa position. Il décida de s'en approcher avec prudence, prenant soin de regarder où il posait les pieds. Le sol spongieux, même s'il donnait l'impression d'être uni, disparaissait presque complètement sous la brume et pouvait receler d'innombrables périls.

Il marcha pendant un moment, sans paraître se rapprocher significativement de son objectif. Peut-être avait-il mésestimé la distance ? Parfois, la perspective d'un lieu inconnu pouvait tromper le jugement. Il regarda vers l'arrière pour voir le trajet parcouru, mais la brume avait recouvert ses traces, ce qui n'était guère surprenant. Il reprit sa marche en direction de l'arbre tout en continuant de veiller à poser les pieds sur du solide.

Des pleurs d'enfant résonnèrent tout à coup.

— Qui est là ? s'écria Eloik.

Les sanglots se firent entendre de nouveau.

On aurait dit que des échos lui parvenaient simultanément de tous les côtés. Il continua d'avancer, toujours sur ses gardes.

— Montrez-vous. Je ne vous veux aucun mal.

Laura Coylton, la petite fille qui l'avait guidé jusque dans la voûte secrète de l'Institut, sortit de derrière l'arbre mort. Elle tenait une urne d'argent qu'elle leva au-dessus de sa tête.

– Laura ! Qu'est-ce que tu fais ? Pourquoi pleures-tu ?

La fillette le regarda sans prononcer un mot. Ses yeux, inondés de larmes, étaient suffisamment éloquents pour qu'il comprenne la profondeur de son chagrin. Elle pencha la tête dans un geste de résignation, puis poussant un soupir, elle abaissa l'urne et entreprit d'en verser le contenu tout autour de l'arbre. Le liquide qui coulait par terre ressemblait à du sang.

– Mais qu'est-ce qui t'arrive ? cria Eloik, qui commençait à avoir réellement peur.

Tout en continuant de faire le tour du tronc noir, Laura murmura une réponse :

– Nous sommes arrivés au bout de ta vie. Je ne peux pas te suivre dans le Gouffre. Tu dois affronter seul ton épreuve. Sois courageux.

– Quel gouffre ? Quelle épreuve ?

Elle n'accorda aucune attention à ses interrogations ; elle se contenta de terminer le cercle de sang autour de l'arbre. Lorsqu'elle eut fini, un silence surnaturel s'abattit soudain sur toute l'étendue marécageuse ; le vent cessa de souffler. Il vit Laura se redresser lentement, puis laisser tomber l'urne par terre. C'est alors que le sol se mit à vibrer de plus en plus fort, jusqu'à ce qu'il commence à se morceler. Quelques secondes suffirent pour que dans un roulement de tonnerre le son puissant de la destruction balaie le silence étouffant.

Désemparé par la violence du bruit et les secousses, Eloik perdit pied et se retrouva à quatre pattes. Le marais disparaissait sous lui, tandis que le périmètre où étaient l'arbre et Laura demeurait intact.

– Laura! Aide-moi!

Elle ne fit pas un geste. Elle se contenta de le regarder s'enfoncer dans les sables mouvants de la dissolution générale. Ses yeux reflétaient une tristesse infinie.

Eloik fit un effort pour bondir vers elle dans l'espoir d'atteindre l'intérieur du cercle qu'elle avait délimité, mais il était trop loin et c'était trop tard : il n'y avait plus de terre ferme. Il retomba et s'enfonça dans une sorte de substance gélatineuse semblable à de la glaise. L'horizon disparut pour ne plus reparaître. Il eut beau se débattre, il ne fit que s'enfoncer davantage. Un trou immense l'avala ; un trou fait de chair, de tendons et d'arêtes épineuses semblables à des éclats d'os.

Il se débattit avec l'énergie du désespoir et, pendant un moment, il crut pouvoir remonter à la surface en s'agrippant aux parois visqueuses en y plantant ses ongles. Il comprit assez rapidement son erreur : les parois étaient faites de chair vivante et réagirent promptement. Bientôt, ses mains et ses pieds furent emprisonnés et il fut écartelé sans ménagement.

Il eut beau hurler et se tordre dans tous les sens, il ne fit qu'ajouter à l'intense douleur qui accompagnait ce supplice. Lorsqu'il commença à tourner de l'œil, les liens organiques le relâchèrent subitement et il se mit à tomber vers le fond du puits sanguinolent. La chute ne semblait plus vouloir finir. Il prit de la vitesse, encore et encore, jusqu'à en perdre tout sens des proportions. Puis, après un long moment, il finit par distinguer les reflets huileux d'une nappe liquide. Elle se mit à grandir rapidement à mesure qu'il arrivait à sa rencontre. Il hurla de terreur. Le Gouffre, l'Insondable inconnu, se présentait à lui dans l'implacable simplicité de son horreur. C'était la fin.

Il mit toute la colère, toute la frustration et toute la rage qu'il avait accumulées au cours de sa courte vie et les lança à la face de la mort dans un dernier cri désespéré.

Il traversa le film opaque sans ressentir la moindre douleur. Son cri, sa haine, ses peurs, se volatilisèrent à l'instant même où il fut avalé par les ténèbres. Ce fut alors comme un grand soupir de soulagement, comme si un fardeau longtemps transporté lui était enfin enlevé et qu'on lui ouvrait les portes de la liberté.

Progressivement, un profond sentiment de paix s'empara de lui. Celui-ci était accompagné d'une sensation de joie qui lui fit l'effet d'une musique prenant son essor à partir du centre de son être et qui le purifiait doucement de toutes ses anciennes scories. Eloik comprit que plus aucun mal ne pourrait l'atteindre en ce lieu. Toute peur l'avait enfin quitté. Il n'était plus qu'un infime caillou, voyageur solitaire au cœur de l'Infini.

Il continua de glisser ainsi pendant un temps indéterminé au sein des ténèbres liquides. Il se sentait si bien ! Ses pensées, libérées du joug des sensations physiques, cessèrent de s'agiter en pure perte et voilà qu'il se mit à réfléchir clairement pour l'une des premières fois de son existence. Des événements qui lui avaient semblé anodins autrefois, ou qu'il avait tout bonnement effacés de sa mémoire, lui revinrent à l'esprit et un schéma insoupçonné commença à émerger. La mosaïque de sa vie, le sens de son existence, lui apparurent alors avec précision. Il remarqua à quel point ses peurs maladives lui avaient fermé peu à peu toutes les portes que le destin avait ouvertes devant lui. Il comprit comment sa propre faiblesse de caractère les avait secrètement nourries jusqu'au moment fatal, sur les quais, où le poignard avait transpercé son ventre. Ses peurs avaient pris un tel ascendant sur lui, qu'elles avaient fini par se rendre manifestes. À ce point précis de sa vie, remarqua-t-il, toutes les avenues étaient bouchées, ses choix étaient épuisés : une seule porte s'offrait à lui… et il venait de la franchir.

Au moment où il se rendit compte de l'ampleur de l'ignorance qui l'avait aveuglé pendant toutes ces années, une étoile se mit à briller très loin au-dessus de lui. C'était celle qu'il avait vue à de nombreuses reprises dans ses derniers rêves. Que faisait-elle là ? Son indicible beauté, qui l'avait rempli d'espoir dans les moments les plus sombres de ses cauchemars, prenait maintenant une nouvelle dimension. Il pouvait sentir qu'une intelligence bienveillante était au centre de sa lumière. Captivé, il éprouva le vif désir de la contempler de plus près.

Comme si elle avait perçu ses pensées intimes, l'étoile se rapprocha de lui, juste assez pour qu'Eloik puisse voir qu'elle était en fait un être vivant qui ressemblait vaguement à un humain. Son centre, blanc électrique, palpitait régulièrement comme un cœur. Tout autour d'elle, et plus particulièrement au niveau de ce qui semblait être sa tête, des filaments soyeux d'énergie s'agitaient doucement pour former une couronne dont les pointes lumineuses allaient se perdre peu à peu dans les profondeurs de l'ultraviolet, pour disparaître dans l'insondable obscurité qui régnait au sein de l'Abîme.

La forme translucide, nimbée d'une aura bleue de flamme, émit une série de pulsations colorées dans l'espace qui les séparait encore, puis ajusta sa vélocité à la sienne. Ils devaient être tous les deux en train de tomber à une vitesse vertigineuse, car l'aura flamboyante de l'être paraissait soumise à une pression qui la déformait vers le haut, lui donnant l'allure d'un météore pénétrant l'atmosphère d'une planète gazeuse. Fasciné, il la regarda faire ondoyer rythmiquement ses deux voiles dorsales dans la marée d'énergie environnante. Il émanait de sa forme sinueuse des ondes d'empathie qui franchirent aisément les couches périphériques de son propre rayonnement pour l'atteindre en plein cœur. Le flot d'émotions émis était accompagné d'images mentales qui ne laissaient la place à aucun doute : l'être était un émissaire chargé de le ramener vers la lumière.

Eloik prit alors conscience de sa propre substance. Il la ressentait plus qu'il ne la voyait, en fait. Elle possédait une surface sensible sans contours distincts, qui répondait principalement aux stimuli émotifs plutôt qu'à une quelconque forme de toucher. Il ne paraissait pas posséder d'organes externes comme des mains ou des yeux, mais, sans trop savoir comment, il arrivait à se déplacer aisément et à voir simultanément dans toutes les directions à la fois sans que cela lui pose problème.

Il formula une question muette qu'il lui adressa.

– Qui êtes-vous ?

L'être se rapprocha encore et il put enfin distinguer son visage. Impressionné, Eloik fut immédiatement submergé par un profond respect. C'était un visage humain dont les traits, d'une beauté inouïe, possédaient un soupçon de félinité léonine si merveilleusement intégrée, qu'elle donnait à l'ensemble un caractère d'une noblesse incroyable. En lui fusionnaient à la fois la force masculine et la grâce féminine, tout en les transcendant bien au-delà des sexes. Tout en lui exprimait la chaleur et la sagesse.

— Je suis un Andreval. Ne crains rien.

Il joignit alors une partie de sa substance à celle d'Eloik, qui perçut immédiatement qu'ils avaient cessé de chuter dans le Gouffre. Voilà qu'ils amorçaient une remontée prodigieuse. L'Andreval concentra sa lumière et sa forme devint plus ramassée sur elle-même. Il semblait fournir un véritable effort pour les soustraire à l'engloutissement des ténèbres.

— NOUS SOMMES À L'ORÉE DU VAL. BIENTÔT, TU POURRAS VOIR.

À peine ces paroles eurent-elles fini de se déverser en lui que tous deux traversèrent ce qui semblait être une couche nuageuse particulièrement dense. Des taches de couleur vinrent crever, ici et là, l'opacité de la noirceur, à la manière de la lune qui se défile derrière les brumes de la nuit.

Ils s'arrachèrent finalement aux ténèbres, pour naître dans une lumière si glorieuse qu'il ne put s'empêcher d'être parcouru par un frisson d'extase.

Leur trajectoire ascendante se poursuivit pendant quelques instants, puis devint moins prononcée. Bientôt, ils se mirent à décrire un long vol plané qui les mena au-dessus d'une plaine où poussait une mer de blé balayée par un vent langoureux chargé d'effluves estivaux.

– Quel est cet endroit ?

En guise de réponse, l'Andreval se contenta d'émettre des vibrations serrées dans l'éther. Eloik les ressentit comme un léger choc électrique. Un sentiment de nostalgie remonta des profondeurs de son être. Une image prenait forme en lui. Une image si lointaine dans sa mémoire qu'il crut un moment qu'elle lui était inconnue. Puis peu à peu, les brumes du temps commencèrent à se dissiper.

– Je connais ce lieu. J'y suis déjà venu... Il y a très longtemps.

— PATIENTE ENCORE UN PEU, FILS D'HOMME. SACHE, POUR L'INSTANT, QUE CETTE PLAINE FORME LE PARVIS DU PREMIER SEUIL DONT JE SUIS LE GARDIEN.

Ils continuèrent de planer en silence jusqu'à ce qu'ils arrivent au-dessus d'un sentier qui serpentait à l'extrémité du champ de blé, là où commençait une dénivellation. Elle s'évasait en une large vallée verdoyante parcourue par un cours d'eau qui se ramifiait en centaines de bras miroitant au soleil. Au fond de celle-ci, Eloik vit une structure cristalline qui avait la forme d'une fleur de lotus. Les pétales centraux se refermaient presque à la verticale pour épouser le contour d'un puissant jet lumineux blanc dirigé vers le zénith. Tout autour, une foule immense, impossible à dénombrer, était assise dans l'herbe. Elle se composait de grappes humaines qui formaient des taches de couleur semblables à de grandes fleurs d'amarantes. La plupart de ces gens étaient revêtus de robes pourpres, tandis qu'un nombre plus restreint en portaient des blanches. Au-dessus de leurs têtes, comme les exhalaisons d'un parfum, une mélopée à la fois grave et obsédante s'insinuait parmi les courants aériens. Eloik ne put s'empêcher d'être ému par la caresse de leur chant solennel.

— CE QUE TU CONTEMPLES SE NOMME LE VAL. C'EST EN CE LIEU QUE SE DRESSE LE PILIER QUI RELIE LES MONDES.

– Pourquoi ai-je la nette impression d'avoir déjà vu cet endroit ? Et qui sont tous ces gens ?

L'Andreval lui sourit et ce fut comme un lever de soleil éblouissant.

— TOUT CELA T'EST FAMILIER PARCE QUE C'EST ICI QUE TU AS ÉTÉ FORMÉ. IL EN EST AINSI POUR CHAQUE ENFANT QUI NAÎT SUR TERRE. CES ÂMES VÊTUES DE BLANC QUE TU VOIS ENTOURÉES DE LEURS PROCHES ATTENDENT DE NAÎTRE. AU MOMENT OPPORTUN, ELLES DESCENDRONT LE COURS DE CE FLEUVE, QUI PREND SA SOURCE À MÊME LE PILIER, ET S'EN IRONT S'UNIR DÉFINITIVEMENT AU CORPS QU'ELLES SE SONT PRÉPARÉ. BIENTÔT, TOI AUSSI TU LES REJOINDRAS, CAR IL NE T'EST PAS PERMIS D'ALLER PLUS AVANT DANS LES ROYAUMES SUPÉRIEURS, MAIS SEULEMENT DE CONTEMPLER LES HAUTS LIEUX DU CERCLE DE L'ASSEMBLÉE. CELA EST ESSENTIEL POUR TON ÉVEIL.

Ils survolèrent la foule qui les acclama. Eloik pouvait voir que les âmes parées de blanc s'avançaient sur les berges du fleuve après avoir fait leurs adieux à ceux qui les avaient accompagnées. Elles pénétraient ensuite dans les eaux limpides et cueillaient l'une des nombreuses fleurs de lotus qui flottaient à la surface des flots. Elles la portaient à leur bouche pour la manger, puis se laissaient dériver vers les lointaines rivières qui disparaissaient au-delà de l'horizon.

— Que font ces gens vêtus de blanc ? demanda Eloik.

— ILS AVALENT LA FLEUR DE L'OUBLI. SANS CELA, IL LEUR SERAIT TROP DIFFICILE DE VIVRE SUR TERRE EN AYANT CONTINUEL-LEMENT À L'ESPRIT LE SOUVENIR DE LEUR PATRIE D'ORIGINE. TÔT OU TARD, ILS EN VIENDRAIENT À DÉTESTER LEUR CONDITION ET NE PENSERAIENT QU'À REVENIR DANS LES ROYAUMES SUPÉRIEURS.

L'Andreval accéléra et contourna le Pilier pour se diriger dans la direction opposée à celle qu'ils suivaient l'instant d'avant. Ils survolèrent de nouveau le sentier qui bordait la crête du Val et le suivirent dans son ascension vers les rues pavées d'une petite agglomération nichée dans le flanc rocheux d'une montagne. Si haute et si imposante, qu'Eloik fut surpris de ne pas l'avoir remarquée plus tôt. Des gens étaient sur les toits et les saluaient en poussant des hourras. L'Andreval leur rendit leurs salutations en se mettant à briller de tous ses feux. Ils conti-nuèrent néanmoins leur chemin vers le sommet.

Arrivés au-dessus de la cime enneigée, ils s'y posèrent délicatement. Un vent puissant balayait le sommet de la montagne, emportant avec lui une fine traînée poudreuse. Aucun nuage ne brisait la monotonie du ciel azur ; seule la blancheur rectiligne du Pilier offrait un contraste avec toute cette uniformité qui se déployait devant eux.

L'Andreval relâcha Eloik et lui désigna le Val, qu'il pouvait à présent embrasser dans toute son immensité.

— REGARDE ET APPRENDS. CE DONT TU SERAS TÉMOIN, GRAVE-LE DANS TON CŒUR.

Eloik comprit qu'il était arrivé à un moment crucial de son périple. Il plongea le regard vers la grande tache verte parsemée de rouge et de blanc, bien décidé à retenir tout ce qu'il verrait à partir de cet instant.

La lumière, qui insufflait la vie à l'ensemble de ce merveilleux panorama, se mit alors à faiblir rapidement, passant du bleu à l'indigo. L'Andreval, lui-même, semblait être en train de se dissiper, quoique Eloik puisse toujours sentir sa présence rassurante à ses côtés.

Le jour continua de s'amenuiser jusqu'à ce que finalement les dernières lueurs s'estompent pour laisser place à la nuit et à ses millions d'étoiles. Le grand faisceau lumineux du Pilier s'étirait de part et d'autre du firmament pour aller rejoindre la spirale incroyablement éloignée d'une galaxie autour de laquelle le cortège céleste articulait son ballet.

Tout en bas, le Val était plongé dans l'obscurité. Seuls les minuscules points blancs, signalant la présence des âmes qui dérivaient au gré des courants, donnaient l'impression que les étoiles se reflétaient sur la surface tranquille d'un lac.

Eloik admirait en silence le spectacle qui s'offrait à lui, attendant que des forces inconnues se mettent à l'œuvre pour lui dévoiler les raisons de sa présence en ce lieu. C'est alors que l'obscurité qui régnait au fond de la vallée devint translucide. On aurait dit qu'une immense fenêtre venait tout à coup de s'ouvrir sur un monde situé à un niveau inférieur. Voilà que sa vue était devenue capable de pénétrer les terres du Val, de la même manière qu'il aurait pu apercevoir les fonds marins en les regardant d'un point élevé.

Ce qu'il contemplait du haut de la montagne était une grande étendue désertique, noyée de soleil, au milieu de laquelle s'élevait un pic rocheux surmonté d'un cristal. Celui-ci, nimbé de flammes bleues et blanches, était encerclé par des anneaux d'énergie qui se déplaçaient de bas en haut et s'entrecroisaient au centre de sa forme fuselée.

La vision, stupéfiante de réalisme, l'absorba si soudainement et à un point tel qu'il se demanda alors s'il était encore au sommet de la montagne. Impossible à savoir : plus rien n'existait à présent que cette image grandiose vaste comme un univers. Confiant, il se laissa happer et emporter.

— L'APPARENCE DU VAL ET DU PILIER SE MODIFIE SELON LE MONDE DANS LEQUEL ILS EXISTENT. CELA NE CHANGE EN RIEN LEUR

NATURE INTIME. LA TERRE, DANS SON ENFANCE, POSSÉDAIT AUSSI UN PILIER QUI L'UNISSAIT AUX SPHÈRES SUPÉRIEURES, MAIS L'ORGUEIL DES ANCIENS SOUVERAINS L'A DÉTRUIT ET LES FLOTS L'ONT ENGLOUTI. À PRÉSENT, LE CERCLE EST ROMPU ; LES CITÉS DES ROIS EMPEREURS SONT RETOURNÉES À LA POUSSIÈRE. SEULS LES MONDES SUPÉRIEURS EN ONT CONSERVÉ LE SOUVENIR.

La voix profonde de l'Andreval résonnait dans son esprit, le guidant aussi sûrement qu'il l'avait fait lorsqu'il le portait dans ses bras.

Eloik remarqua tout à coup à quel point le paysage qui s'étendait sous lui était identique à la carte qu'il avait vue dans le *Liber mirabilis*. Tout était là : la montagne couronnée d'un cristal flamboyant en plein centre d'un désert, le périmètre naturel formé par une crevasse s'étendant sur tout le pourtour intérieur d'une chaîne de montagnes. C'était donc vrai. Un tel lieu existait.

— Nous sommes dans le Rêve ?

— OUI, répondit l'Andreval, toujours invisible. RESTE VIGILANT : LE PASSÉ ET L'AVENIR S'Y MÉLANGENT SELON DES SCHÉMAS AUXQUELS TU N'ES PAS HABITUÉ. EN TEMPS OPPORTUN, TU COMPRENDRAS.

La vision continua de l'absorber. Voilà qu'il survolait tout le périmètre extérieur du désert. Devant lui, une cité resplendissante comme un saphir s'élevait à la base de la chaîne montagneuse. Ses édifices aux innombrables spires d'argent et ses rues pavées d'or grouillaient de créatures rappelant des pieuvres dont les habits paraissaient faits de feu, tant les joyaux qui y étaient incrustés brillaient sous l'implacable lumière solaire.

En aval de la cité, vers la périphérie des terres lumineuses, on pouvait voir des champs et des forêts qui s'étendaient à perte de vue, peut-être à l'infini. Eloik eut à peine le temps de constater qu'elles regorgeaient d'animaux et de personnages tous plus étonnants les uns que les autres ; certains étaient semblables à ce que l'on voyait sur Terre, mais la grande majorité ne correspondait à rien de connu.

Il fut emporté plus loin sur la trajectoire circulaire et, bientôt, une autre ville s'offrit à lui. Celle-ci, comme la précédente, était à flanc de coteau, mais la ressemblance s'arrêtait là. Eloik n'avait jamais rien vu de tel. On aurait dit un bouillonnement kaléidoscopique perpétuel qui s'agençait dans l'espace en suivant des lignes de forces entrelacées en nœuds. Ceux-ci étaient animés de pulsations selon un rythme compliqué, tout en formant des structures fractales évanescentes qui, à défaut d'être circonscrites à l'intérieur d'angles et de courbes figées, donnaient l'impression de se métamorphoser de l'intérieur.

— On dirait un feu vivant, s'étonna Eloik.

— PELASSAH, LA CITÉ ARDENTE. ELLE DOMINE LE SUD ET LES PEUPLES ISSUS DE

Fasnère. Tu la vois telle qu'elle était avant la Déchirure.

— Qu'est-ce que la Déchirure ?

— Tu l'apprendras par toi-même. Il te suffit de savoir que Pelassah n'est plus. Elle a basculé dans le Cauchemar.

En entendant ce mot, Eloik fut saisi d'un frémissement. Sans que son guide ait eu quelque chose de plus à ajouter, il comprit combien douloureuse était pour lui l'évocation de ce souvenir. Ils continuèrent leur trajet en silence.

Une troisième ville apparut. Elle se trouvait du côté opposé du cercle, face à la première. Des vagues immenses venaient se fracasser contre ses murailles en faisant jaillir des colonnes d'écume.

La jonction entre les régions dominées par le Feu et celles-ci se faisait progressivement : on passait d'une lande desséchée remplie de crevasses, dans lesquelles s'étiraient des rivières de lave, à un reg labyrinthique fait d'arêtes de pierre effilées comme des sabres. Un peu plus loin, le terrain prenait l'apparence d'un marécage, puis se métamorphosait progressivement en une longue plage de sable fin qui débouchait sur l'océan. Ce même océan qu'Eloik avait maintenant sous les yeux.

La cité en elle-même était taillée dans la nacre d'une perle de taille cyclopéenne et ses reflets irisés dansaient sur la surface agitée des eaux. Ses nombreuses tours arboraient à leur sommet des oripeaux verts et bleus sur lesquels Eloik n'eut pas de difficulté à reconnaître la silhouette amphibie de la figurine qu'il avait possédée avant de se faire attaquer.

— Quelle est cette créature que l'on voit sur ces drapeaux ? demanda-t-il.

— C'est Therakiel, le premier prince Caméléomme. Il est le père spirituel de tous les peuples de la mer. La lignée royale de ces sages a survécu malgré de grands malheurs qui se sont abattus sur eux et sur leur peuple. À présent, les derniers survivants se sont exilés dans les régions aquatiques du Nord et du Sud.

— Pourquoi ?

— Ils étaient devenus trop peu nombreux pour repousser les offensives du Cauchemar. Ils ont préféré battre en retraite.

— Est-ce le présent ou le passé que je vois ?

— Le présent, mais tu peux voir que la ville est déserte. Et il en est ainsi depuis seize générations humaines. Les Phenphakhods des profondeurs ont pris le relais. Ce sont eux, dans leurs cités abyssales, qui assument le pouvoir à présent. Ils ne possèdent pas la sagesse des Caméléommes ni la science de l'Ansheleth'Sair, mais ils sont justes et dévoués à la cause du bien. Ils feront de dignes héritiers.

Le cercle autour de la montagne allait se terminer avec le survol de la quatrième ville. La mer fut bientôt derrière eux et voilà qu'ils pénétraient dans une zone de turbulences extrêmes. Des éclairs déchiraient l'air sans qu'on puisse apercevoir la moindre trace de nuages ou d'orage, puis cela fut derrière eux aussi. Les distances parcourues étaient immenses, mais la vitesse à laquelle ils voyageaient était si considérable que cela n'avait pas vraiment d'importance.

Une région montagneuse se dessina devant eux. C'était un massif qui, à mesure qu'ils s'approchaient du bord de la crevasse qui encerclait le désert, montait rapidement vers le ciel. Les montagnes, qui s'étiraient aussi loin que portait son regard, formaient un escalier naturel pourvu de nombreuses anfractuosités à partir desquelles des créatures ailées et sans visages s'élançaient.

– Voilà donc où habitent ces fameux Narkhys ! s'exclama Eloik en montrant les créatures du doigt.

— Non, ce sont les Sans-Visages. Ils n'appartiennent pas au Cauchemar comme leurs cousins. La portion terminale des Remparts, celle que tu vois s'élever sur ta gauche, est leur repaire : ils y vivent isolés du reste des autres nations oniriques en observant une stricte neutralité politique. Peut-être se montreront-ils à ton retour ?

Ils accompagnent parfois les âmes en transit.

– S'ils sont aussi charmants que leurs cousins, ils peuvent s'en abstenir.

Les montagnes s'en furent elles aussi et ils arrivèrent ensuite à l'orée de grandes formations nuageuses. Ils y pénétrèrent sans ralentir. Il n'y avait plus de sol, seulement des îlots flottant parmi les nuées. Ils formaient des agencements qui tourbillonnaient lentement autour d'une masse centrale. Celle-ci, il s'en aperçut assez vite, avait la forme d'une montagne renversée, tout comme d'ailleurs le reste des petites îles qui orbitaient autour. Ainsi, voilà où il avait émergé avant de s'écraser sur la ville et le port.

– La terre, le feu, l'eau… Ceci doit être le domaine de l'air ? Mais où est la ville ?

– Les rochers sont la ville. Les Aériens ne supportent pas les espaces clos ni les murs des bâtiments.

– C'est donc pour cela qu'ils bombardent leurs voisins citadins avec des montagnes. Ils détestent les villes.

Eloik ne put s'empêcher de laisser transparaître un peu de son ressentiment à travers cette remarque sardonique. L'épisode de l'écrasement et de la mutilation lui revenait en mémoire.

L'Andreval reprit, sans le moindre soupçon de reproche dans la voix :

– Tu fais une erreur manifeste en accusant des innocents. Ce sont les

HABITANTS D'ARISHNAAT EUX-MÊMES QUI
ONT ATTIRÉ CE MALHEUR SUR LEURS TÊTES.

— Qu'est-ce qu'ils ont fait ?

— ILS ONT CRU POUVOIR SOUMETTRE LA
PUISSANCE DE L'AIR EN PRENANT LE CON-
TRÔLE DE LA MER DE NUAGES. ILS AVAIENT
MIS AU POINT DES ARTIFICES CAPABLES DE
MODIFIER LE CLIMAT SELON LEUR BON
VOULOIR. LEURS AMBITIONS DÉMESURÉES
SE NOURRISSAIENT DE LA CERTITUDE QU'ILS
AVAIENT DE POSSÉDER UNE TECHNOLOGIE
SUPÉRIEURE À TOUT CE QUI EXISTE DANS LE
RÊVE. ET BIEN QUE CELA FÛT LE CAS
JUSQU'À TOUT RÉCEMMENT, ILS SE SONT
MALHEUREUSEMENT CONVAINCUS QUE LES
ANCIENS DIEUX N'ÉTAIENT PLUS LÀ POUR
FAIRE APPLIQUER L'ANTIQUE SENTENCE QUI
PESAIT CONTRE EUX.

— Quelle sentence ?

— LA PROPHÉTIE ÉTERNELLE RECÈLE À
LA FOIS LA VIE ET LA DESTRUCTION, LES
LOUANGES ET LES MALÉDICTIONS POUR
CHACUNE DES CITÉS DU RÊVE. LES PAROLES
ASSOCIÉES AU DESTIN D'ARISHNAAT SONT
LES SUIVANTES :

« Ô toi, Couronne de l'aurore
fille de la terre de flammes
dont le trône défie la mer et les cieux,
tu es bénie et choyée entre toutes.
Ton nom sera vénéré d'une extrémité à l'autre

du Cercle aussi
longtemps que ton cœur restera fidèle à la Loi.
Arishnaat, parure étincelante,
tes greniers regorgeront
de richesses et de merveilles.
Tes fils et tes filles seront un exemple de droiture pour
la multitude des nations
qui feront commerce avec toi.
Mais que le malheur et la ruine s'abattent sur toi ; que
le vent du Nord foule aux pieds ta couronne
si ton cœur se détournait
de la voie de justice pour corrompre le pays.
Ce jour-là, sûrement,
tu retournerais à la poussière
d'où nous t'avons tirée. »

L'Andreval apparut devant Eloik.

— Voilà qu'Arishnaat n'est plus. Mais sois en paix, tu n'y es pour rien. Il se trouve seulement que ta nature aérienne t'a désigné afin de porter témoignage lorsque le jugement fut rendu. Les puissances de l'Air t'ont permis de chevaucher le vent du Nord pour que le souvenir de cette destruction reste gravé dans la mémoire des générations humaines appartenant à leur lignée.

Tandis que son guide lui dévoilait les raisons derrière les circonstances traumatisantes de son arrivée sur les terres du Rêve, il vit que les nuages s'évaporaient et qu'un autre océan liquide se déployait sous eux. À la différence de celui qu'ils avaient survolé précédemment, celui-ci ressemblait davantage à ce que l'on peut rencontrer dans les régions polaires de la Terre. Des banquises par milliers voguaient sur cette mer d'un calme plat.

— VOICI LES ÎLES THORGALIQ, QUI APPARTIENNENT À LA DOUZIÈME RÉGION : CELLE DE L'ÉPREUVE. IL TE FAUDRA NAVIGUER SUR CETTE MER DE GLACE ET DOMINER TA PART D'OMBRE. LA VICTOIRE SUR TES INSTINCTS PASSÉS T'OUVRIRA LES PORTES D'UNE VIE NOUVELLE.

Au loin, à l'extrémité de l'océan, là où la terre surgissait des flots glacés en une longue falaise sinueuse, Eloik vit une colonne de fumée s'élever. Essayant de changer le cours de la conversation dans l'espoir de retarder ce qu'il sentait approcher, il questionna celui qui l'accompagnait.

— Est-ce Arishnaat qui brûle à l'horizon ?

— OUI. MAIS À PRÉSENT, IL TE FAUT LÂCHER PRISE ET REGAGNER TON MONDE. TON PÉRIPLE AUTOUR DU CERCLE EST TERMINÉ. TU ES PRÊT.

Eloik protesta. Il ne se sentait pas prêt du tout. Il ne voulait pas quitter ce monde paisible pour se voir confronté à une épreuve. Tout ce qu'il désirait, c'était de continuer à planer ainsi et d'explorer les étonnantes régions du Rêve.

L'Andreval, qui percevait son appréhension grandissante, le baigna de sa propre lumière pour l'apaiser. Tandis qu'il rassurait Eloik, la vision du Rêve se dissipa doucement pour se fondre dans le décor paradisiaque du Val. Ils étaient revenus au sommet de la montagne et la nuit s'en était allée.

— NE CRAINS RIEN. TU NE SERAS PAS DÉMUNI DEVANT L'ÉPREUVE. L'AIDE NÉCESSAIRE SE PRÉSENTERA À TOI SOUS LA FORME DE TROIS VOYAGEURS.

Eloik sentit que l'Andreval le soulevait de nouveau. Cette fois-ci, ce n'était plus pour l'emmener dans les hauteurs, mais bien pour replonger vers le Val.

Ils amorcèrent leur chute en direction du fleuve et gagnèrent rapidement de la vitesse. Arrivés à une altitude d'où Eloik pouvait distinguer les visages des âmes rassemblées, son guide le repoussa légèrement vers le cours d'eau tandis qu'il ralentissait sa propre descente. Le jeune homme essaya de retenir sa chute, mais il n'y avait rien à faire.

— SOUVIENS-TOI, l'enjoignit l'ANDREVAL, L'ÉPREUVE N'EST PAS UNE FIN EN SOI, MAIS UNE RENAISSANCE. VA EN PAIX MAINTENANT.

Il lui fit signe de la main en guise de salut, tandis qu'Eloik continuait de s'éloigner.

Il rasa la surface du fleuve, puis s'enfonça sous le courant. L'Andreval, qui avait cessé de le suivre, devint de plus en plus petit, jusqu'à finir

par ressembler à l'étoile qu'il voyait habituellement dans ses rêves ; celle qui l'appelait par
son nom.

Il tendit encore une fois les bras pour
s'accrocher à ce monde qui glissait progressivement vers l'irréalité, mais en vain : le fleuve
l'emportait comme une feuille.

Après une dérive qui lui parut durer des
heures, il passa par-dessus la crête d'une chute
dont les eaux disparaissaient dans les profondeurs du néant et fut définitivement emporté
vers l'inconnu… Une fois de plus.

Chapitre IX
Les ruines de l'Ancien Monde

UN CRAQUEMENT surnaturel résonna au-dessus de la ville anéantie. L'écrasante couverture nuageuse saturée de poussière grise se déchira et un puissant rayon de lumière vint éclairer un monceau de ruines.

Les chiens errants aux yeux rougeoyants, qui festoyaient sur un morceau de charogne, levèrent la tête et aboyèrent de terreur lorsque la lumière solaire inonda l'aire qu'ils occupaient. Les moins chanceux se désintégrèrent sur-le-champ, dispersant leurs cendres dans la nuit. Les autres, dont la cohésion n'avait pas été affectée, déguerpirent et s'éparpillèrent sans demander leur reste.

L'ouverture dans le ciel allait se refermer subitement lorsqu'une forme sombre apparut dans le sillage de plus en plus ténu du rayon blanc. C'était Eloik qui chutait en direction du sol. Tous ses membres étaient recourbés comme ceux d'un pantin désarticulé. À cette vitesse, il déblaierait un cratère grand comme un terrain de football ! Mais ici, dans le Rêve, là où les lois de la physique conventionnelle ne s'appliquaient plus, il ne fit qu'une longue estafilade sur l'épaisse couche de poussière, puis s'immobilisa lorsqu'il y fut enfoui jusqu'à la taille.

Il se releva et se secoua. Sous la saleté qui le recouvrait, il constata qu'il portait un uniforme deux pièces d'allure médiévale. C'était des vêtements noirs, relativement simples, taillés dans un tissu qui faisait penser à du coton. Ses épaules étaient recouvertes par des épaulettes de métal, qui s'ajustaient par-dessus un gilet en cotte de mailles. Ses pieds étaient chaussés de bottes brunes qui lui montaient jusque sous les genoux et dont le cuir se repliait vers l'extérieur dans leur partie supérieure.

Il ne voyait presque rien avec toute cette chaux et cette poussière qui enténébraient l'air. Le vent brûlant n'aidait en rien. Tout au plus, il ne faisait que brasser laborieusement cette soupe quasi impénétrable, emportant avec lui des mugissements sinistres aux quatre coins de la lande dévastée.

Pendant quelques instants, Eloik rechercha la source de ces plaintes, croyant pouvoir venir en aide à d'hypothétiques survivants, mais, peu à peu, à mesure qu'il s'avançait parmi les décombres de la ville, il s'aperçut qu'il n'y avait plus personne à sauver. Tout le monde était mort. En réalité, ce qu'il entendait n'avait plus rien d'humain. Ce n'était qu'une suite ininterrompue de cris d'agonie entrecoupés de rires démoniaques. Une impression de folie et de malveillance extrêmes s'en dégageait.

Gagné par la crainte, il n'osa pas pousser son investigation plus loin : quelque chose lui disait qu'il regretterait ses élans de curiosité. Il fit donc abstraction des plaintes cauchemardesques et chercha un point de repère visuel.

Devant lui, dressé de guingois sur le sommet d'un monticule, un bouquet de poutrelles tordues servait de mât à une grande bâche en lambeaux. Il décida de s'en approcher. Une fois là-haut, il pourrait peut-être avoir un meilleur point de vue sur les alentours et être en mesure de décider ce qu'il conviendrait de faire ensuite. L'Andreval ne lui avait-il pas montré qu'Arishnaat était située au bord de la Mer de Glace ? Donc, s'il pouvait repérer les restes du port, il ne lui resterait plus qu'à marcher dans cette direction dans l'espoir de dénicher une embarcation assez solide qui lui permettrait de gagner le large.

Sa progression au sol, bien que gênée en partie par l'abondance des débris éparpillés, s'avérait moins difficile qu'il ne l'avait cru. Il s'était attendu à caler dans la poussière à chaque enjambée, mais ce n'était pas le cas. Heureusement, celle-ci avait davantage la consistance de la terre battue que de la neige fraîchement tombée.

Il arriva finalement au sommet de la butte. Prenant appui sur les arêtes de métal qui la couronnaient, il plissa les paupières pour tenter de voir le plus loin possible. La mer était invisible, mais il aperçut une grande arche fracassée en son centre, qui avait certainement dû être un pont. Or, là où il y a un pont, il y a généralement de l'eau. Encouragé par cette découverte, il dévala la pente.

Il avait presque atteint la base du monticule, lorsqu'une bourrasque chargée de particules poussiéreuses souffla devant lui. Elle charriait les cris et les rires de déments qu'il avait entendus plus tôt. Quand le rideau de poussière eut fini de lui bloquer la vue, il vit que trois hommes de très grande taille, complètement enveloppés de linceuls noirs, s'appuyant chacun sur une crosse de berger, se tenaient à un peu plus d'un jet de pierre de lui. Autour d'eux, il y avait une meute composée d'une cinquantaine de chiens dont le corps n'était ni plus ni moins qu'une masse de poussière. Ils se défaisaient et se reformaient continuellement selon les caprices du vent. La seule chose qui demeurait stable dans leur anatomie, c'était ces petits yeux rouges, ardents comme des tisons, remplis de méchanceté... Et tous braqués sur lui.

Les cris de douleur entrecoupés de ricanements reprirent de plus belle, plus forts cette fois. L'être ténébreux qui se tenait sur la gauche releva lentement la tête. Malgré le linceul, Eloik aperçut son visage. Il était blême et décharné, dépourvu d'expression. Le nez était coupé net ; les lèvres, arrachées ou brûlées, étaient inexistantes ; on ne voyait que deux rangées de dents serrées, plantées dans des gencives pourries. Mais le pire c'était l'absence d'yeux... Les deux orbites, dépourvues de paupières pour les recouvrir, laissaient suinter des larmes de sang qui coulaient le long des joues pour aller se perdre dans le cou et sous le vêtement noir du personnage.

L'Andreval lui avait bien mentionné qu'il rencontrerait trois voyageurs sur le chemin du retour, mais Eloik n'était pas à ce point naïf pour croire que ces trois spectres, tout droit sortis de l'enfer, accepteraient de lui indiquer la meilleure route à suivre pour quitter la ville. Il préféra plutôt s'armer d'un long cylindre de métal qui traînait à ses pieds. Il fit quelques pas de côté pour montrer qu'il ne cherchait pas la confrontation directe, mais sa petite manœuvre ne passa pas inaperçue. La créature de l'ombre ouvrit soudain la bouche et poussa un cri strident repris en chœur par les deux autres. Au même instant, les chiens de poussière, qui jusqu'alors n'avaient pas bronché, décollèrent dans sa direction en poussant des râlements gutturaux. À l'évidence, ils ne recherchaient pas les caresses. Eloik prit ses jambes à son cou et fila tout droit vers le pont qu'il avait repéré un peu plus tôt. Il n'était pas si éloigné, mais il doutait fort d'y arriver sans que son postérieur ait été au préalable copieusement lacéré par ses nouveaux copains à quatre pattes.

Une idée lui traversa soudain l'esprit. Au lieu de continuer à foncer directement vers le pont et de se voir obligé d'affronter toute la meute en même temps à coups de barre d'acier, il se dit qu'il serait plus sage de décrire un arc de cercle vers la gauche. Cela lui permettrait d'atteindre une mince zone dégagée à la droite de laquelle les fondations éventrées d'une série d'immeubles formaient une sorte de rempart naturel. Ce corridor était en fait les restes du boulevard qui reliait cette partie de la ville au pont. Étant donné que les accès latéraux étaient ensevelis sous les blocs de béton des édifices qui s'étaient écroulés les uns sur les autres comme des dominos, les chiens ne pourraient le prendre à revers et seraient obligés de gravir une partie de la butte avant d'être en mesure de le suivre. Cette tactique simple lui ferait gagner de précieuses secondes d'avance.

Le tronçon de route qui, au loin, paraissait passablement uni l'était en réalité parce qu'une boue épaisse et spongieuse le recouvrait sur toute sa longueur. Au moment où Eloik s'en rendit compte, il était déjà trop tard pour faire marche arrière. À coup sûr, il calerait et perdrait l'équilibre dès qu'il toucherait à la vase. Quelle ne fut pas sa surprise quand il constata que ses pieds glissaient sur la surface lisse ?

Par chance, la chaussée boueuse était légèrement inclinée, ce qui ne fit qu'augmenter sa vitesse. Il fila en ligne droite pendant une bonne minute.

Il était à mi-chemin de l'endroit où commençait le tablier du pont lorsque la meute enragée fit son apparition dans son dos. Ironiquement, cela lui fit penser à ce qu'il avait vécu lors de son dernier séjour dans la Sphère de l'Institut. La même situation se reproduisait : un pont devant lui, une bande de fous furieux lancés à sa poursuite. Pourtant, cette fois-ci, il y avait une différence de taille : il était armé. Si ces sales clebs l'approchaient de trop près, il se ferait un plaisir de leur envoyer son meilleur *swing* dans les gencives.

Les chiens se précipitèrent furieusement sur la coulée de boue en s'entrechoquant et en culbutant sur eux-mêmes, à la manière d'un gros nuage chaotique. Leur densité devait être trop faible pour leur permettre de glisser. Quoi qu'il en soit, Eloik, qui continuait de filer vers le pont, remarqua que cela ne les ralentissait pas le moins du monde, au contraire. Les bêtes marquaient la cadence encore plus facilement sous forme de brouillard.

Il enfonça la barre de métal dans la boue et s'en servit comme d'une pagaie pour l'aider à gagner de la vitesse. Ça marchait ! Il put ainsi mettre encore un peu de distance entre lui et ses poursuivants. Devant lui, l'eau dont il avait soupçonné la présence, apparaissait soudain. C'était bel et bien une rivière. La route, qui en temps normal aurait dû commencer à remonter afin de passer au-dessus de l'obstacle liquide, continuait de descendre et s'enfonçait sous l'eau. En réalité, toute la portion sur laquelle il surfait devait être auparavant attachée au premier pilier du pont et s'en était séparée lors de la destruction de la ville. Lorsque la chaussée suspendue s'était soudainement écrasée dans l'eau de la rivière, celle-ci avait dû gicler sur une bonne distance et se mélanger aux tonnes de poussière éparpillée par le cataclysme, formant ainsi cette incroyable coulée de boue.

Eloik sentait qu'il allait réussir à les semer. Une fois dans l'eau, le courant se chargerait du reste. Il pourrait même nager pour s'assurer de quitter la berge plus rapidement.

Voyant le bord de la rivière se rapprocher dangereusement, les chiens ralentirent l'allure. Si, par malheur, ils entraient en contact avec l'élément liquide, ils pourraient dire adieu à leur existence. Aucun d'entre eux, aussi stupide fut-il, n'avait envie de finir sa carrière en boulette de glaise. Frustrés, ils firent halte et hurlèrent de rage en voyant Eloik planter sa barre dans le sol spongieux et s'en servir comme d'une perche pour s'élancer dans les airs et retomber gracieusement dans les flots. Il porta l'insulte jusqu'à leur lancer des « *arrivederci !* » et de grands baisers avec la main, tandis qu'il s'en allait à la dérive. Incapables de le suivre, ils se contentèrent de donner libre cours à leur furie par des jappements semblables à des décharges d'électricité statique. Ils gueulaient si fort qu'Eloik pouvait encore les entendre lorsqu'il arriva enfin dans le port, au point où la rivière allait rejoindre la mer.

Les installations portuaires étaient en piteux état. Huit ouragans consécutifs n'auraient pas mieux démoli la flotte et les quais que ce qu'il avait là sous les yeux. Du coup, son humeur triomphante se ratatina.

※

Le campement des Northmen était une petite enclave située dans les collines bordant la paroi ouest des Remparts des Sans-Visages. On y accédait par des sentiers dérobés qui serpentaient au travers d'une forêt labyrinthique.

La troupe de cavaliers s'y était enfoncée, tandis que la lumière du petit matin commençait à embraser le ciel. Malden n'avait pas manqué une occasion de signaler à ses deux amis d'autres amoncellements de cadavres en train de brûler. Sa colère était palpable, tout comme celle des autres Northmen qui l'accompagnaient en silence.

— Nous en avons repéré plus d'une centaine depuis que mes hommes et moi patrouillons le secteur. Deux de nos clans ont déjà été décimés. Inutile de vous dire que nous sommes sur le pied de guerre.

— Qui peut bien commettre ces atrocités ? demanda Dylan.

— J'ai ma petite idée là-dessus. Mais attendons d'être rentrés au camp. Je vais faire réunir le Colnech pour lui présenter ce que nous avons découvert. Peut-être pourrez-vous nous donner un coup de main ?

— Je l'espère, Malden. Nous n'étions pas venus avec cet objectif en tête, mais si Janika et moi pouvons vous venir en aide d'une quelconque manière, nous serons ravis de le faire. Peut-être, en échange, pourrez-vous nous aider à résoudre notre problème ?

Malden les considéra tous les deux pendant un instant.

– Quel problème ?

Janika, qui s'accrochait à la taille du Northmen, prit la parole à son tour :

– Nous sommes à la recherche d'un Dormeur particulièrement doué qui s'est égaré dans le Quadrant Nord. Nous étions censés le retrouver dans la Mer de Nuages, mais quelque chose nous a fait dévier de notre course en arrivant dans le Rêve.

– Hummmm… déviés… Je me demande si ce n'était pas cette onde de choc sismique qui nous a secoués avant que nous vous trouvions. Elle était vraiment puissante. Tellement, que la moitié de mes hommes ont été désarçonnés quand elle nous a atteints.

– C'est possible, avança Janika. Mais ça devait être plus qu'un simple tremblement de terre, puisque nous n'étions pas encore matérialisés. Pour que cette onde de choc ait pu nous affecter avant notre arrivée, elle devait se propager dans toutes les différentes densités du Rêve ; pas seulement dans le sol.

– Peu importe, lança Dylan. Il faut que nous retrouvions ce Dormeur avant que nous nous réveillions. Nilianna croit qu'il est plus puissant qu'il n'y paraît et que ses talents pourraient être détournés négativement au profit d'un mauvais parti.

– Küwürsha ?

– Évidemment. La Reine du Cauchemar en personne. Il doit être doté de pouvoirs hors du commun pour que cette vieille vipère veuille s'en emparer.

– Qu'est-ce qui fait penser à Nilianna que c'est le plan de Küwürsha ? Sa Majesté n'a pas l'habitude de dévoiler ses machinations diaboliques à l'avance. Et ne me dis surtout pas que Nilianna a réussi à l'espionner. Nous vivons en permanence dans le Rêve et nous n'y arrivons même pas.

– Nilianna est drôlement futée, Malden. Elle opère aux échelons supérieurs du Rêve. Ça lui permet sûrement d'avoir accès à des informations qui nous échappent. Je ne serais pas étonné d'apprendre qu'elle s'est mise en rapport avec le Conseil des Puissances.

Malden parut réfléchir un moment.

– Et comment va-t-elle, au fait, cette bonne vieille Nilianna ? Ça fait des Cycles qu'elle ne nous a pas rendu visite ici dans le Nord.

– Cette « bonne vieille Nilianna », comme tu le dis, est en pleine forme. Suffisamment, en tout cas, pour venir te botter le derrière si je lui dis que tu l'as traitée de « vieille ».

– Tu vas voir, ajouta Janika en riant, qu'elle n'a rien perdu de son charme… Ni de ses épines.

Malgré le foulard qui lui masquait la partie inférieure du visage, Dylan n'eut pas de difficulté à deviner que Malden était en train de sourire en pensant au tempérament parfois volcanique de son amie.

Dès leur arrivée dans le camp, un messager s'était empressé de venir avertir Malden que le Colnech était déjà en train de débattre sous la tente de réunion et que sa présence était sollicitée. Il mit pied à terre et aida Janika à descendre du dos du Ksirâpha. Les autres cavaliers firent de même et laissèrent leurs bêtes aux palefreniers qui s'étaient rapidement emparés des rênes pour les conduire dans leurs stalles. Il était temps, car les Ksirâphas sentaient approcher le prochain Cycle aérien et devenaient nerveux. Ils faisaient partie des quelques créatures oniriques dont la morphologie se modifiait selon l'élément dominant du Cycle.

Les douze anciens qui formaient le Colnech discutaient ferme sous la tente, lorsque Malden fit pénétrer ses deux invités. Après de brèves présentations et des échanges de politesses, les membres du Colnech invitèrent le guerrier et les deux adolescents à s'asseoir avec eux dans le cercle de discussion.

Sönvers, le plus âgé de l'assemblée, prit la parole :

– Janika… Dylan, soyez les bienvenus. Malgré que le temps ne soit pas à la fête, c'est quand même une joie et un honneur de vous accueillir de nouveau parmi nous. Quant à toi, noble guerrier, ce conseil de guerre attend avec impatience les résultats de ton investigation. Nous t'écoutons.

Malden inclina la tête devant son aîné, puis dévisagea les autres membres du Colnech.

– Voilà trois Révolutions que ma troupe de guerriers et moi sommes à la recherche de ces mystérieux ennemis qui ont commencé à rôder sur les terres du Nofolhost et qui ont semé la mort partout sur leur passage. J'ai le regret de vous annoncer que nous avons échoué à les débusquer. Ils semblent perpétrer leurs meurtres et se volatiliser aussitôt. Néanmoins, fit-il en prenant son temps pour ménager ses effets, nous avons découvert un objet dans l'un des charniers, qui laisse peu de doute sur leur identité.

Malden fit une pause et défit le cordon d'une des bourses qui pendaient à son ceinturon. Il y plongea les doigts et en ressortit un minuscule objet scintillant. Il leva la main pour que tous puissent voir ce qu'il tenait.

Dylan le reconnut immédiatement et regarda Janika avec inquiétude. Elle aussi avait compris.

Malden tenait une épinglette ronde au rebord doré. À l'intérieur de la dorure, superposé sur un fond noir, un cercle blanc arborait en son centre un swastika nazi.

– Nous l'avons trouvé, reprit le guerrier, dans la main d'un Kodian. Il s'en était sûrement emparé avant de mourir. Je suis sûr que vous reconnaissez cet emblème, même s'il n'a pas été vu depuis bien longtemps. Vous, mes pères, avez assez vécu pour vous souvenir combien ces monstres ont fait avancer les limites du Cauchemar par leurs actions abominables. Voilà maintenant qu'ils agissent indépendamment de leur ancienne alliée, Küwürsha, puisqu'ils sont en mesure d'attaquer au-delà des frontières du Cauchemar en des points isolés les uns des autres. Je crois qu'ils sont parvenus à maîtriser une technique insoupçonnée de déplacement spatial qui leur permet de frapper où et quand bon leur semble. C'est ce qui expliquerait pourquoi nous n'avons pu leur mettre la main au collet.

Les membres du Colnech se mirent à murmurer. Les vieux guerriers serrèrent les poings. Des souvenirs amers remontaient à la surface et réveillaient peu à peu d'anciennes blessures. Le brouhaha continua de s'amplifier jusqu'à ce que la voix puissante de Sönvers impose le silence.

– Cet insigne !

Tous le regardèrent.

– Cet insigne, s'il est bien ce que nous croyons, ne fait que confirmer nos pires craintes. Malden, es-tu certain qu'il appartenait à ceux qui ont massacré tous ces gens ? Qu'est-ce qui te fait croire que ce n'était pas plutôt un souvenir de la vieille guerre que possédait ce Kodian ?

– Parce que je connaissais personnellement ce Kodian. Il était mon ami… Jamais il n'aurait conservé un souvenir de la sorte. Je l'ai vu agoniser et je peux vous assurer que son regard

214

ne mentait pas. Il a vu les hommes de l'Ordre noir.

Dylan choisit ce moment pour intervenir.

– Avec tout le respect que je dois à cette assemblée, ainsi qu'à vous Sönvers, Malden a raison. J'ai été en présence de l'un de ces charniers et je peux vous confirmer que les traces de pas qu'il y avait alentour n'appartenaient pas aux victimes, mais bel et bien à des humains munis de bottes. Cette boucherie est l'œuvre de soldats.

– Mes amis, enchaîna Malden, il faut trouver le moyen d'atteindre le point d'origine de tous ces raids. Sans cela, si nous n'attaquons pas directement et immédiatement la source à partir de laquelle l'Ordre noir lance ses offensives, nous allons gaspiller nos forces.

Sönvers paraissait d'accord.

– Nous ne pourrons nous mesurer seuls contre un tel ennemi. Il faudra créer une alliance avant d'entreprendre une quelconque riposte. Mais il y a un problème plus pressant à régler. Nous étions justement en train d'en discuter avant que vous entriez sous cette tente.

Les trois nouveaux arrivants étaient tout ouïe.

– Arishnaat est tombée. Les dieux l'ont finalement châtiée comme cela avait été prophétisé.

En entendant cela, Janika ne put retenir une exclamation d'horreur. Elle avait étudié la mythologie onirique sous la supervision de

Nilianna et, si sa mémoire était bonne, il était écrit que la chute de la ville portuaire signalerait le début officiel de l'affaiblissement de la Source du Rêve. Ce qui, en clair, ne signifiait qu'une chose : la Seconde Conflagration.

— Depuis quand savez-vous cela ? demanda Malden atterré.

— Les Sans-Visages nous ont envoyé un messager un peu avant que vous arriviez. La nouvelle est toute fraîche. D'ailleurs, vous avez certainement ressenti l'onde de choc provoquée par sa destruction.

— Oui, je m'en souviens. Même Janika et Dylan, qui venaient d'entrer dans le Rêve, m'ont dit qu'ils avaient été déviés de leur trajectoire par sa puissance. Il est probable qu'à l'heure actuelle, toutes les nations oniriques soient au courant de ce qui s'est passé. Ce qui veut dire qu'il ne nous reste pas beaucoup de temps avant que les forces du Cauchemar ne se mobilisent.

Janika intervint.

— Écoutez-moi. Je crois qu'il y a un moyen de mettre en échec les plans de Küwürsha ou, du moins, de les retarder suffisamment pour l'obliger à repenser sa stratégie.

L'attention se porta tout de suite sur la jeune fille. Les vieux guerriers étaient intrigués par ce qu'elle avait à dire.

— Avant d'être sauvés par Malden et ses hommes, Dylan et moi étions en mission pour retrouver un Dormeur très spécial qui se nomme Eloik. Sur Terre, ça fait presque un an que nous le surveillons. Il ignore encore tout de sa valeur et de ses habiletés, mais Nilianna, que vous connaissez sûrement, et qui est notre mentor, a découvert qu'il était destiné à jouer un rôle clé dans le conflit qui se prépare ; du moins, si ce que les Sans-Visages vous ont révélé se confirme. Selon elle, l'esprit de ce Dormeur, une fois pleinement conscient de ce qu'il est, sera en mesure d'accomplir des exploits qui surpassent tout ce qui a été réalisé jusqu'à présent par un Dormeur humain. Le problème, c'est que les fonctions supérieures de son esprit ne se sont pas encore éveillées, mais au moment où elles le seront, il sera très vulnérable aux influences de toutes sortes qui essaieront de l'exploiter. C'est pour cette raison que Nilianna nous a entraînés : pour veiller sur lui, tant sur Terre que dans le Rêve. Or, dernièrement, elle nous a fait part d'un fait inquiétant : la Reine du Cauchemar a eu vent de l'existence d'Eloik et veut à tout prix s'emparer de lui pour le plier à sa volonté. Coïncidence ou pas, il a récemment été attaqué et blessé. Depuis, son esprit s'est égaré dans le Rêve. Nous ignorons exactement ce que la Reine veut faire de lui, mais ce n'est certainement pas pour le bien des nations oniriques. Et ne me demandez pas d'où Nilianna tient toutes ces informations à son sujet. Je l'ignore. Tout ce que je sais, c'est qu'elle ne mentirait jamais à propos de quelque chose d'aussi sérieux.

— Jeune fille, peut-être ne ment-elle pas, mais il est possible qu'elle se trompe, déclara Skaard, un guerrier assis à sa droite. Nilianna n'est pas infaillible.

— Si elle est dans l'erreur, cela n'aura pas beaucoup d'incidence sur ce qui se prépare. Tout au plus, Dylan et moi n'aurons que perdu notre temps ; mais si elle a raison, alors ce serait une grave erreur de laisser Küwürsha profiter d'un tel avantage. Jusqu'à présent, elle n'a pas encore réussi à s'en approcher, mais, avec la chute d'Arishnaat, nous ne pouvons plus nous permettre d'attendre. Les choses vont s'accélérer et il semble évident qu'elle aura besoin de lui pour démarrer sa campagne. Si elle le localise avant nous et le convertit, je n'ose pas imaginer ce qu'il adviendra de ce monde. C'est pourquoi je vous propose de nous aider à le retrouver et à le ramener sain et sauf dans notre monde. Une fois qu'il sera soustrait au pouvoir de Küwürsha, elle sera suffisamment contrariée pour nous permettre de souffler et d'organiser une véritable défense de la Source.

— Avez-vous au moins la moindre idée où se trouve ce Dormeur ? s'enquit Sönvers. Les contrées du Rêve sont infinies. Par où allez-vous commencer ?

Dylan n'hésita pas à répondre à la place de Janika.

— Nous devions le rencontrer dans la Mer de Nuages. Il est probablement dans ce secteur ou dans les environs. Prêtez-nous des Ksirâphas et nous le retrouverons. Étant donné que nos enveloppes physiques, sur Terre, sont à proximité de son corps endormi, nous ne pourrons faire autrement que d'être attirés vers lui dans ce monde. Nos chances sont excellentes. Il faut en profiter.

Sönvers réfléchit à cette proposition, puis déclara :

— D'accord. Trouvez cet Eloik. Malden, fais-leur préparer des montures et veille à ce qu'ils soient escortés par deux de tes meilleurs hommes.

— Si vous n'y voyez pas d'inconvénient, j'aimerais les accompagner. Ce ne sont pas les chefs de guerre qui manquent dans le clan pour préparer la bataille et je suis sûr que je pourrai profiter de l'occasion, en cours de route, pour essayer de ranimer les anciennes alliances avec les Aériens. Ce ne devrait pas être trop difficile puisqu'ils me connaissent bien.

— Bonne idée ! s'exclama l'ancien du Colnech. Nous aurons besoin de toute l'aide possible. Allez ! Partez et que la grâce d'At'Silût vous accompagne.

Chapitre X
Les boomlights

« L'ARME QUI T'EST REMISE AUJOURD'HUI EST À L'IMAGE
DE TON ÂME. COMME ELLE, CETTE LAME A ÉTÉ FORMÉE DANS
LE FEU D'AT'SILÛT. LA VOLONTÉ L'A ENSUITE FORGÉE SELON
LA VOIE DE LA VÉRITÉ, PUIS L'A REFROIDIE DANS L'EAU DU
RÊVE.
PUISSE CETTE ARME ÊTRE UNE EXTENSION DES QUATRE
FORCES QUI T'HABITENT. QU'À TRAVERS ELLE
S'ACCOMPLISSENT LA GUÉRISON DU MONDE ET LA
DESTRUCTION DES TÉNÈBRES. »

Ansheleth'Sair
Le savoir des Armes vivantes
Paroles cérémonielles

MALGRÉ les nappes de brouillard qui flottaient sur l'eau et la fumée des foyers d'incendie qui obscurcissaient le ciel, Eloik avait fini par trouver une embarcation adéquate. Une espèce de grande chaloupe en bois blanc verni, étroite, dont la proue et la poupe se terminaient en pointe. Elle ressemblait un peu à un drakkar, mais elle ne possédait ni rames ni voile ni gouvernail. Il s'était hissé à bord parce qu'il commençait à être épuisé de nager. Lorsqu'il avait fini par comprendre qu'il n'irait pas bien loin avec un bateau de ce genre, il ne put s'empêcher de pousser un juron. Il vérifia tout autour s'il n'y avait rien de mieux.

Le port, tout comme la cité, était dans un tel chaos, qu'il était presque impossible de faire la différence entre ce qui pouvait flotter et ce qui était bon pour la casse. Un peu partout des navires géants étaient couchés sur le côté ou à moitié submergés et faisaient obstacle à plusieurs embarcations plus petites qui auraient pu lui être plus utiles que cette yole ridicule.

Il ferma les yeux et se mit à réfléchir sur le moyen d'atteindre cette fameuse Mer de Glace et à ce que l'Andreval lui avait dit concernant son retour. « Une fois l'Épreuve réussie, pensa-t-il, je pourrai revenir à mon ancienne vie ; les peurs en moins. » Mais pour l'instant, il devait essayer de repérer un bateau convenable parmi toutes ces épaves. Un bateau qui le mènerait à la rencontre de trois voyageurs.

Il rouvrit les yeux et eut la surprise de voir que son improbable esquif s'était mis en mouvement. Voilà qu'il filait à vive allure vers la mer. Eloik, un peu pris au dépourvu, eut soudain envie de faire demi-tour. Pas question de s'aventurer dans un labyrinthe d'icebergs à la dérive avec une embarcation dépourvue de gouvernail. Aussitôt qu'il eut formulé cette idée, le bateau vira agilement pour revenir vers le port. Étonné, Eloik prit quelques secondes pour comprendre ce qui était en train de se passer. Se pouvait-il que ce bateau, cette grande chaloupe insignifiante, soit en fait exactement ce qu'il lui fallait pour se rendre à destination ? Il décida de mettre son hypothèse à l'épreuve. Il se concentra et visualisa son bateau faisant du slalom sur les vagues. Comme si elle lui était liée mentalement, l'embarcation se mit à décrire une trajectoire en zigzag. Il pensa alors à s'arrêter. Le bateau interrompit sa série de lacets, continua de glisser doucement sur une courte distance, puis, mis à part un léger tangage, devint complètement immobile.

Enthousiasmé par une telle découverte, Eloik fit pivoter le bateau et repartit en direction du large. Il imagina la Mer de Glace et se concentra sur l'idée un peu floue qu'il avait de l'Épreuve. Son bateau se réorienta légèrement à tribord, ce qui devait être un signe qu'il « savait » où celle-ci se trouvait.

De longues minutes de navigation à l'aveuglette s'écoulèrent avant qu'il ne crève les derniers lambeaux de brouillard et puisse enfin avoir une idée exacte de l'endroit où il se trouvait. Comme il s'y attendait, la Mer de Glace s'étendait devant lui, calme et sombre. Les banquises n'étaient encore que de lointains reflets qui se découpaient sur l'écrin noir du ciel. Il leva les yeux et vit que deux lunes flottaient au-dessus de l'horizon. Elles formaient une paire de faucilles rapprochées qui brillaient comme de l'argent poli. Les deux croissants illuminaient la nuit d'une lueur froide, qui ne manqua pas de lui rappeler l'étrangeté du monde qu'il était en train de découvrir.

Il se retourna pour voir à quelle distance il se trouvait maintenant de la ville portuaire et fut étonné de constater à quel point il s'en était éloigné. Déjà, elle ne prenait plus que le quart de son champ de vision. La fumée qui s'en échappait, quant à elle, montait si haut dans la nuit qu'on avait peine à en voir la fin. Eloik remarqua alors que des créatures ailées tournoyaient autour de la colonne de fumée. Il devait y en avoir plusieurs centaines. Elles virevoltaient en silence dans ce qui lui fit l'impression d'être une ronde funèbre. Peut-être, après tout, demeurait-il dans ce monde des êtres capables d'éprouver de la compassion pour le sort de tous ces gens qui avaient péri dans le cataclysme, quand bien même fussent-ils tous maudits.

Il reporta son attention vers l'avant, là où flottaient les icebergs. Son cap le menait tout droit dans la direction indiquée par les deux lunes.

Arishnaat n'était plus visible à présent. Seule l'immense colonne de fumée en indiquait encore l'emplacement. Ici, au beau milieu de la Mer de Glace, le paysage était de type arctique. Étrangement, il ne ressentait toujours pas le froid polaire qu'il se serait attendu à trouver dans une région semblable. Même si ce rêve paraissait réel au-delà de tout doute, il n'en restait pas moins que des détails de cette sorte lui confirmaient qu'il n'était pas dans un univers physique conventionnel.

Des aurores boréales aux teintes phosphorescentes commencèrent à envahir le firmament presque au moment même où sa barque enchantée atteignit le périmètre du champ de glace. La coïncidence lui donna l'impression d'avoir déclenché un système d'alarme. Cette bizarrerie ne l'empêcha pas toutefois de continuer son chemin. Le spectacle des couleurs qui défilaient dans le ciel en longs voiles frémissants n'avait rien de menaçant, au contraire. Eloik croisa les mains derrière la nuque et s'étendit dans la longue barque en appuyant sa tête contre le montant de la poupe. Ainsi installé, il pouvait garder un œil à la fois sur les banquises qui l'environnaient et les rideaux de lumière chatoyante qui défilaient sous les deux croissants de lune.

Les deux astres n'avaient pas cessé de briller à l'avant de son embarcation. Il louvoyait parfois pour contourner une masse de glace ou éviter de se faire broyer entre deux icebergs sur le point de se fracasser l'un contre l'autre, mais toujours il revenait se placer pour les conserver dans le collimateur.

Le voyage s'éternisait et il commençait à s'ennuyer sur cette mer qu'aucun vent ne balayait. Le paysage était certes féerique, apaisant même, mais complètement dépourvu de vie. Il en vint à souhaiter affronter l'Épreuve au plus vite afin de retrouver un semblant d'action, car il se sentait peu à peu tomber dans la léthargie. À défaut de ressentir le froid au bout de ses doigts, c'était son âme qui s'engourdissait progressivement. « Peut-être, pensa-t-il – et cette pensée le fit sourire – que cette fameuse épreuve consiste justement à me faire endurer le supplice de l'ennui absolu. »

Un bruit à l'avant attira son attention. Quelque chose frappait l'eau et produisait une série de ploufs qui se rapprochaient. Il se redressa pour chercher d'où cela pouvait bien provenir et découvrit que des animaux marins fonçaient droit sur lui. Ils plongeaient en mouvement cadencé comme le feraient des dauphins voyageant en groupe.

Ne désirant pas entrer en collision frontale avec eux, Eloik se dépêcha de modifier le cap. Ils firent de même et accélérèrent pour se porter à sa rencontre.

Paniqué à l'idée de se faire éperonner par ces créatures, il imagina son bateau en train de filer sur l'eau à la manière d'un hors-bord. À sa grande surprise, la barque refusa d'obéir. Pire, elle se mit à ralentir. Ses poursuivants cessèrent leurs plongeons et s'enfoncèrent sous l'eau. Voyant qu'il ne pourrait leur échapper, il se pencha par-dessus la rambarde du bateau et se contenta de les regarder approcher. Ils étaient trois, en formation triangulaire, et nageaient juste sous la surface liquide, rapides comme des torpilles. Au moment où il crut qu'ils allaient le frapper de plein fouet, il eut la surprise de les voir donner un violent coup de nageoire qui les propulsa très haut dans les airs. Ils restèrent un instant suspendus et il put enfin détailler leur physionomie. C'était des créatures humanoïdes complètement recouvertes d'écailles irisées qui changeaient rapidement de couleur. Les teintes balayaient la totalité de leur corps en produisant des motifs compliqués et des pulsations lumineuses rythmiques à la manière de seiches. Il n'y avait pas de doute, Eloik avait devant lui les fameux Caméléommes.

Celui qui occupait la tête de la formation retomba sur le bastingage de la petite embarcation, tandis que les deux autres restèrent debout à la surface des eaux. Ses deux jambes munies de courtes nageoires au niveau des mollets reposaient fermement sur le pourtour avant du bateau et le tangage ne semblait pas l'incommoder le moins du monde. Du haut de cette position, le Caméléomme dévisagea Eloik, qui s'était réfugié à l'extrémité arrière de l'embarcation. L'être arborait une expression sévère, à moins que ce ne fût là le résultat normal de l'hybridation des traits humains avec ceux d'une créature marine. Ses yeux en amande étaient dépourvus d'iris, seule une lueur turquoise s'en échappait.

– Qui êtes-vous ? Que me voulez-vous ?

– Tu sais parfaitement qui nous sommes. Ne joue pas à l'ignorant.

Le Caméléomme descendit dans la barque et s'approcha d'Eloik. Il leva les deux bras au ciel, comme s'il s'apprêtait à empoigner les croissants de lune, puis des flammes se mirent à briller dans la paume de ses mains. L'intensité lumineuse devint si forte qu'Eloik dut détourner le regard pour ne pas être aveuglé. Lorsque le Caméléomme baissa enfin les bras, il tenait deux grands croissants métalliques couverts d'une fine couche adamantine sur leur tranchant extérieur. Un rayonnement turquoise, de la même teinte que celle des yeux de son interlocuteur, palpitait doucement à l'intérieur de la matière cristalline.

Le Caméléomme s'approcha encore et posa un genou au fond de la barque en inclinant la tête. Il lui présenta les deux demi-cercles avec respect.

— Je suis un messager du prince Mathraël. J'ai été désigné pour te remettre ces armes de l'Ansheleth'Sair. Elles sont vierges et ont été créées spécialement pour toi. Elles sont le réceptacle de la lumière de Vynn et Synn : les Lunes jumelles. Prends-les, elles t'appartiennent.

Eloik aurait voulu lui dire de se relever, car il se sentait mal à l'aise devant autant de solennité, mais l'autre restait planté là, attendant qu'il se décide à prendre possession des armes. D'un geste mesuré, il s'approcha de l'être amphibie et lui ôta les croissants des mains. En les soulevant, il se rendit compte à quel point ils étaient légers.

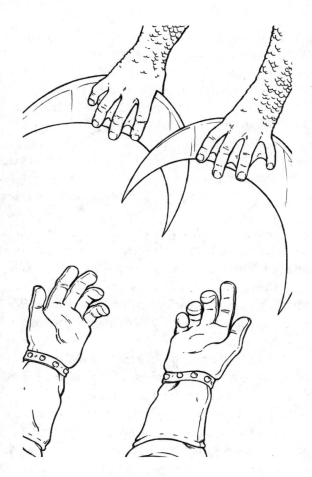

Libéré de l'offrande, le Caméléomme se releva.

– Je te conseille de leur donner un nom. Elles vont pouvoir commencer à s'habituer à ta personnalité. Pour ma part, je dois te quitter, car je ne peux rester trop longtemps en dehors de l'eau.

Il lui fit une dernière révérence, puis se tourna vers ses deux compagnons qui flottaient toujours à la surface des flots.

— Nous nous reverrons. Sois-en certain.

Sur ces mots, le Caméléomme sauta par-dessus bord en effectuant un superbe plongeon. Ses deux autres acolytes replongèrent avec lui dans l'élément liquide et disparurent aussi vite qu'ils étaient apparus.

— Hé ! Attendez ! Je... voulais... remercier le prince...

Mais ses paroles hésitantes n'eurent aucun effet. Le tout s'était déroulé avec tant de rapidité qu'Eloik n'avait même pas eu le temps de poser une seule des questions qui lui avaient traversé l'esprit. Ce n'est qu'en les voyant s'éloigner et disparaître que ses interrogations se pressèrent dans son esprit, mais il était trop tard.

Quand même, ce n'était pas si grave : il possédait des armes à présent. Il se rassit au fond de la barque et étudia attentivement les deux objets luminescents que le Caméléomme lui avait donnés. Ils étaient relativement gros, presque aussi longs que son bras. La texture de la courbe intérieure ressemblait à du verre fritté. Ce devait être pour en assurer la prise.

Le Caméléomme avait été un peu trop pressé à son goût : il ne lui avait pas expliqué comment s'en servir. Eloik avait une petite idée, mais il n'osait pas la mettre à exécution ici ; pas au-dessus de l'eau. Ces armes étaient probablement des boomerangs, mais s'il se trompait, il les lancerait et ne les reverrait plus. Il attendit que son embarcation passe à proximité d'un iceberg pour vérifier son intuition. Lorsqu'il jugea être assez près de la cible, il empoigna l'un des croissants par la pointe et le balança de toutes ses forces en direction de l'îlot de glace. L'objet lumineux partit en tournoyant et percuta l'extrémité supérieure du monticule glacé. Il s'y enfonça et disparut.

À présent, pensa Eloik, il ne restait plus qu'à voir comment l'arme se comporterait. Allait-elle continuer sa course et revenir vers lui ou simplement rester plantée dans la banquise ? La réponse ne se fit pas attendre. L'objet émergea de l'autre côté du bloc gelé, qui glissa dans la mer, sectionné net. L'impact ne semblait pas avoir eu le moindre effet négatif sur la vélocité de l'arme ni sur sa trajectoire. D'ailleurs, elle parut accélérer en amorçant une courbe qui, comme Eloik l'avait deviné, la ferait revenir vers lui.

À ce stade-ci, la grande question était de savoir comment il attraperait cet objet tranchant sans y laisser ses doigts. L'arme se dirigeait vers lui à toute vitesse et ne lui laisserait pas le temps d'étudier le problème en profondeur. Dans moins de trois secondes, il serait trop tard. L'idée lui vint tout à coup de se servir de l'autre croissant qu'il avait gardé près de lui pour le stopper. Il leva l'objet de façon à ce qu'il soit perpendiculaire au mouvement de rotation de l'arme en mouvement, en espérant qu'il ne la fracasse pas au passage. À sa grande surprise, il la vit se redresser dans l'air et se placer en parallèle avec celle qu'il tenait dans sa main. Quand il ne lui resta plus que trois mètres à franchir, le croissant ralentit soudainement et cessa de tournoyer pour glisser et venir s'emboîter délicatement sur la courbure externe de son jumeau.

Eloik poussa un soupir de soulagement. La prochaine fois, il y penserait à deux fois avant de le lancer. Néanmoins, il était content de posséder un tel jouet.

Il les sépara à nouveau et s'amusa à les emboîter l'un dans l'autre à plusieurs reprises. Une sorte de force magnétique semblait agir entre eux. Il continua de les manipuler jusqu'à ce que, par hasard, il fasse se toucher simultanément les pointes. Aussitôt, les deux croissants métalliques se fondirent l'un dans l'autre en rétrécissant rapidement. Eloik tenait maintenant un cerceau de lumière dont le diamètre ne dépassait pas celui de sa tête. Il essaya de les séparer encore une fois et, à mesure qu'il tirait, le cerceau s'agrandit, puis se scinda en deux : les croissants originaux reposaient dans chacune de ses mains.

« Wow ! » s'exclama-t-il.

Cette arme possédait des propriétés étonnantes. Il remit les pointes l'une sur l'autre et le cercle de lumière se reforma. Il défit le ceinturon de cuir qui lui entourait la taille et y fit glisser l'objet pour pouvoir le porter en bandoulière. Ce n'était pas plus compliqué que cela.

Il ne lui restait plus qu'à lui trouver un nom comme le messager aquatique le lui avait conseillé.

Il réfléchit un instant, puis un sourire illumina son visage :

« Des boomlights… »

C'était évident.

Chapitre XI
L'Épreuve

UN ICEBERG colossal apparut devant lui. C'était le plus gros qu'il eût rencontré jusqu'à maintenant. À côté de ce mastodonte, les autres îlots de glace, déjà relativement imposants, faisaient figure de lilliputiens. Il ressemblait, à cette distance, à une baleine blanche et possédait une gueule béante qui était, en fait, l'entrée d'une caverne. Une sorte de plage constituée par l'affleurement d'une avancée de glace s'enfonçant sous l'eau, formait une grande bavette qui menaçait de le faire échouer si sa petite embarcation ne se pressait pas de la contourner. Mais au lieu d'éviter l'obstacle, la barque réduisit sensiblement sa vitesse dans le but évident d'accoster.

« Bon, se dit-il, voilà donc le lieu où je subirai l'Épreuve. Aussi bien me faire à l'idée. »

Une fois que la coque se fut immobilisée contre l'iceberg, il se dépêcha de mettre pied à terre et de tirer l'embarcation du mieux qu'il le put sur la glace rêche afin d'éviter qu'elle ne parte à la dérive. Lorsqu'il fut certain qu'il n'aurait plus à s'inquiéter de son sort, il gravit la faible pente enneigée qui menait à l'entrée de la grotte.

Elle était immense. Bien davantage que ce qu'il avait cru au premier coup d'œil. Des glaçons aussi larges que des poutres pendaient du plafond comme autant d'épées de Damoclès prêtes à lui fendre le crâne au moindre faux pas.

Pour s'encourager à avancer, il se remémora les paroles de l'Andreval :

« La victoire sur tes instincts passés t'ouvrira les portes d'une vie nouvelle. »

« Plus facile à dire qu'à faire », pensa-t-il, mais il était vrai que depuis qu'il était revenu du Val, ses réactions phobiques n'étaient plus aussi intenses. Il le sentait, c'était tout.

Malgré la peur ressentie devant la meute des chiens, un peu plus tôt, il ne s'était pas contenté de céder à la panique comme il le faisait d'habitude quand la terreur l'envahissait : il s'était maîtrisé et avait réagi. Cette paix qu'il avait découverte en présence de l'Andreval, était en train de raffermir son courage en court-circuitant le travail destructeur que la peur avait auparavant toujours eu loisir d'accomplir en lui. Il ne pouvait décrire avec précision les effets de ce sentiment positif, sur sa personnalité ni encore moins crier définitivement victoire, mais il savait qu'il était sur la voie de la guérison.

Il se répéta la phrase à plusieurs reprises pour la fixer dans son esprit. Lorsqu'il se sentit enfin rassuré, il passa le seuil et s'avança prudemment dans la cavité. Il se rendit compte que ce n'était pas si terrible après tout. Ce n'était qu'un grand trou percé dans un bloc de glace.

Des reflets bleutés couraient sur les parois gelées du grand corridor qu'il empruntait et produisaient une luminosité suffisante pour qu'il puisse voir où il mettait les pieds. Il finit par déboucher sur une allée encore plus large recouverte de la neige la plus étrange qu'il ait jamais vue. Quand il la remuait avec ses bottes, elle s'élevait autour de lui en longues volutes qui allaient se perdre vers le plafond comme s'il neigeait à l'envers. Le phénomène était bizarre et enchanteur à la fois.

À mesure qu'il s'enfonçait dans les entrailles de la grotte, au milieu de ces drôles de flocons, de faibles échos, qui avaient tout l'air d'être de la musique, lui parvenaient. Il continua son chemin, devinant peu à peu une mélodie qui ne lui était pas inconnue. Le tunnel s'élargissait, donnant ainsi plus de clarté aux notes qui parvenaient à ses oreilles. Chemin faisant, il finit par reconnaître *Midnight, the stars and you*. C'était une vieille chanson romantique des années vingt ou trente qu'il connaissait bien puisque sa mère adorait la faire jouer lorsqu'elle se sentait mélancolique. Mais à présent, sa curiosité était piquée : qui donc pouvait écouter de la musique dans un lieu pareil ? Il n'eut pas à chercher longtemps. L'allée qu'il suivait se termina abruptement par un balcon surplombant une immense salle de bal. Des centaines de couples en tenues de soirée s'enlaçaient sur la piste de danse, figés par le gel.

Eloik s'appuya contre la balustrade pour contempler ce curieux spectacle. Les danseurs étaient recouverts de frimas, certains avaient même toute la partie inférieure de leurs corps enchâssée dans la glace. Vus d'en haut, ils paraissaient heureux, à moins que ce ne soit le froid qui ait donné à leurs lèvres ces rictus crispés. Il décida d'emprunter l'un des deux escaliers qui jouxtaient le balcon et d'aller y voir de plus près.

Il n'avait pas encore mis le pied sur la première marche qu'il entendit des halètements de panique. Cela provenait du fond de la salle. Il tenta de repérer la source de ce bruit et vit un homme se faufiler maladroitement parmi les danseurs. Il semblait ne plus savoir où se diriger et se cognait partout comme un possédé tentant de fuir une église. Il perdit pied et s'étala de tout son long dans la neige.

— Hé! Toi! cria Eloik.

L'homme releva la tête et jeta un regard apeuré à celui qui venait de l'interpeller.

Eloik eut un choc lorsqu'il reconnut Ned Conroy, son bourreau de l'Institut. Qu'est-ce qu'il faisait là, ce grand débile?

Aussitôt, la haine afflua en lui. Il se surprit même à ressentir un soupçon de plaisir à être témoin de la frayeur de celui qui s'amusait habituellement à la provoquer chez les autres. Mais cela ne dura qu'une fraction de seconde.

De voir ce colosse en proie à une peur aussi intense ne manqua pas de le troubler. Qu'est-ce qui pouvait le terroriser à ce point, lui qui se targuait de n'avoir peur de rien ni de personne ? Quoi que ce fût, ce ne devait pas être joli joli.

Ned fixait Eloik avec un mélange d'étonnement et de désespoir. L'avait-il reconnu ? Difficile à dire ; il paraissait complètement déboussolé. Il ouvrit la bouche comme s'il s'apprêtait à crier, mais la referma aussitôt lorsqu'une voix grinçante se fit entendre derrière lui dans les profondeurs obscures de la salle :

– Ned ? Petit Ned ? Viens embrasser papa !

L'horreur se lut immédiatement sur le visage de Ned. Il se remit debout et, sans se soucier de la direction qu'il prenait, détala comme un fou à travers la piste de danse bondée.

Eloik, qui observait la scène du balcon, vit apparaître un personnage hirsute armé d'une hache qui lui fit immédiatement penser à Jack Nicholson dans *Shining*. Une aura noire s'échappait de sa silhouette et s'étirait derrière lui en longues flammes sombres. À leur extrémité, ces flammes noires donnaient naissance à des serpents de matière obscure qui dansaient dans tous les sens indépendamment des mouvements de l'homme.

Les ondes négatives envahirent l'immense salle de bal à la manière d'un gaz empoisonné. Eloik se mit aussitôt sur la défensive.

L'énergumène, bossu et mal rasé, balança un coup de hache dans le couple de danseurs le plus proche et le fit voler en éclats.

– Sois un gentil petit garçon, Ned, fit-il en assenant un autre coup dévastateur. Approche un peu que je te présente à mon amie ! fit-il en léchant amoureusement les particules de glace et de sang gelé qui maculaient le fil de sa lame.

Eloik avait beau ne pas porter Conroy dans son cœur, il y avait des limites à la cruauté. Il décida de lui venir en aide.

Sans perdre un instant, il s'empara de ses boomlights et dévala le grand escalier en fer à cheval pour se précipiter dans la salle.

– Ned ! cria Eloik, par ici !

Celui-ci courait, complètement affolé. Il devait être en train de faire le pire cauchemar de sa vie.

Eloik le vit se diriger droit sur une colonne tandis qu'il regardait par-dessus son épaule. Au moment où Ned retourna sa tête, il entra en collision avec la structure de pierre recouverte de glace et il tomba à la renverse, apparemment sonné. Il avait son compte.

« Au moins, pensa Eloik, je n'aurai pas à lui courir après dans toute la salle pour lui indiquer la sortie. » Si ce gros empoté pouvait rester tranquille quelques instants, il aurait sûrement une chance de lui mettre la main dessus.

Les cris de rage du maniaque se rapprochaient. Des débris de glace volaient dans tous les sens. Le bougre était vraiment déchaîné. Eloik resserra son étreinte sur ses boomlights sachant qu'il serait probablement obligé de s'en servir d'ici peu si ce fou ne se calmait pas. Faisant fi du danger, il se dépêcha d'aller rejoindre Ned, qui ne s'était pas encore relevé. Le pauvre avait une bosse de la taille d'une balle de golf en plein milieu du front et du sang lui coulait du nez. Il ne s'était vraiment pas manqué.

– Ned ! Ned ! réveille-toi, fit-il en se penchant au-dessus de lui.

Comme il ne bronchait pas, il posa ses boomlights au sol et l'empoigna par les épaules afin de le secouer.

– Réveille, bon Dieu de merde !

Au même instant, la lame de la hache vint se planter avec force dans la colonne, à quelques centimètres au-dessus de la tête d'Eloik. Des éclats de glace lui lacérèrent le visage et, pendant une fraction de seconde, il fut complètement pris au dépourvu.

Le fou, qui espérait bien récupérer son arme, était apparu de l'autre côté de la salle et agitait la main de droite à gauche en arborant un sourire qui ne présageait rien de bon pour la suite des événements.

Eloik ne put s'empêcher de constater que le type avait sensiblement le même sourire dont Ned le gratifiait quand il l'humiliait ; ce sourire qu'il détestait tant. Cet air de famille dans les traits de l'homme, et qui devenait de plus en plus évident à mesure qu'il le dévisageait, était suffisamment troublant en soi pour qu'il commence à croire que cette apparition maléfique était intimement liée à Ned. Il se pouvait fort bien, comme ce dingue l'avait lui-même mentionné un peu plus tôt, qu'il soit le père de Ned ; du moins, sous sa forme cauchemardesque. En admettant cela, bon nombre des comportements agressifs du fils s'éclairaient sous un jour nouveau. Ça ne les excusait pas, mais ça permettait d'en comprendre un peu mieux l'origine.

Mais l'heure n'était pas à la psychanalyse ; il devait trouver un moyen de sortir de cette caverne en un seul morceau et sa conscience lui interdisait d'abandonner Ned. C'était peut-être un connard, mais il ne méritait pas de finir avec une hache plantée au milieu du front.

Le type fonça soudain sur lui. Son sourire mauvais se mua en un cri de rage meurtrière. Il se mit à gesticuler et à gueuler des insanités, tandis que les serpents, qui s'agitaient à l'extrémité de son aura ténébreuse, pointaient leurs têtes aplaties vers Eloik. Sans hésiter, celui-ci ramassa ses boomlights et les lança de toutes ses forces dans sa direction. Les croissants métalliques lui sectionnèrent simultanément les deux bras au niveau des épaules et filèrent vers le côté opposé de la salle, là où se trouvait une autre série de colonnes.

Bien que gravement mutilé, l'homme ne se laissa pas arrêter pour autant par la douleur. Il poursuivit sa course en poussant des cris de démence pure, bien décidé à dépecer Eloik avec ses dents s'il le fallait.

Les boomlights étaient allés se perdre dans l'obscurité et n'avaient plus donné aucun signe de vie. Peut-être les avait-il lancés trop fort ?

Eloik n'avait pas cinquante options devant lui : soit il fuyait, soit il tentait de dégager la hache de la colonne et de s'en servir comme d'une batte pour souhaiter la bienvenue à son agresseur à la manière de Barry Bonds.

Le cœur battant la chamade, il empoigna la hache et tira d'un coup sec. Ned choisit ce moment pour revenir à lui. Il se releva si brutalement en apercevant la vision d'horreur qui s'offrait à lui qu'il brisa le manche de la hache avec sa grosse épaule de bœuf. Eloik se retrouva tout à coup avec un bout de bois inutile entre les mains. Les deux garçons se regardèrent : la surprise et l'incrédulité se lisaient sur leurs visages.

– COURS ! rugit Eloik.

Ned ne se fit pas prier. Il décolla en direction de l'escalier. Eloik, pour sa part, hésita encore un moment. Ça le contrariait vraiment d'abandonner ses armes toutes neuves dès son premier combat. Il se dit qu'il devrait essayer de les récupérer. Elles étaient sûrement plantées dans le mur opposé de la salle. En piquant un sprint à travers les couples de danseurs pour contourner son adversaire, qui s'attendait probablement à le voir se figer d'effroi, il pourrait le surprendre et, par le fait même, créer une diversion suffisante pour laisser le temps à Ned de s'échapper et, lui, de reprendre ses boomlights.

Il jeta le reste du manche de hache à la figure de l'aliéné, qui n'était plus qu'à cinq ou six mètres de lui, et mit son plan à exécution. Il prit la tangente aussi rapidement qu'il le put en direction de l'endroit où le fou était apparu. Son but était de le forcer à tourner le dos à Ned. Soudain, dans un sifflement, l'un de ses boom-lights lui frôla le sommet de la tête. Il eut juste le temps de se retourner pour le voir modifier légèrement son inclinaison et se ficher avec force dans le côté gauche du visage de l'homme. L'autre boomlight, qui agissait en symétrie avec sa contrepartie, fit de même avec le côté droit, réduisant la tête du malheureux à une simple forme en coin. Ses hurlements virèrent au gargouillis et lui-même termina sa course en allant s'écraser pitoyablement au pied de la colonne. Les boomlights s'encastrèrent en « V » dans la surface glacée, délogeant du même coup la lame de la hache.

Les deux armes n'avaient pas disparu, comme Eloik se l'était imaginé, mais avaient plutôt effectué de larges trajectoires en demi-cercle avant de revenir à leur point d'origine. Eloik ne put que se féliciter de son excellent synchronisme. Soulagé de la tournure des événements, il revint sur ses pas et s'approcha du corps ensanglanté. C'était donc ça la fameuse Épreuve ? Un monstre issu d'un cauchemar de Ned Conroy ? Il se serait attendu à quelque chose de plus radical et qui lui aurait donné plus de fil à retordre. Il avait eu peur, mais il s'était maîtrisé et s'en était finalement bien sorti.

Il retira ses boomlights de la colonne et s'apprêtait à les fusionner, lorsqu'une douleur intense lui déchira la cuisse droite. Un serpent, issu de l'aura agonisante du dément, venait de lui planter ses crocs dans la chair.

Par réflexe, Eloik abattit son boomlight sur le cou du reptile, mais le geste était vain : il s'évaporait déjà.

La douleur, aussi intense qu'une brûlure, l'aiguillonna suffisamment pour qu'il décampe illico de ce lieu. Il n'avait pas été assez prudent et il payait maintenant le prix de son manque de jugement. Il aurait dû attendre que l'homme soit bel et bien hors d'état de nuire, voire complètement réabsorbé par la substance onirique. Quoi qu'il en soit, cette saleté de vipère l'avait mordu et qui sait ce qu'elle avait pu lui injecter avant de mourir.

— Ned ! Attends-moi un peu !

Conroy, qui avait enfin atteint le sommet de l'escalier, se retourna pour voir ce qu'il advenait de son compagnon d'infortune. Il remarqua que le protagoniste principal de son cauchemar était étendu immobile au sol.

— Grouille-toi, MacMillan ! Il peut aussi bien revenir à la vie.

Eloik aurait voulu lui dire de ne plus s'en faire, qu'il lui avait réglé son compte, mais les mots n'arrivèrent pas à se former dans sa bouche. Il sentit qu'il allait se mettre à bégayer, comme il lui arrivait lorsqu'il était enfant. La sensation était suffisamment bizarre pour lui faire craindre le pire. Il continua néanmoins de courir vers l'escalier. Ned, fidèle à lui-même, ne l'attendit pas et s'éclipsa dans le tunnel de glace qui menait vers l'extérieur.

Ce n'était pas la gratitude qui l'étouffait, celui-là !

Il réussit à gravir les quinze premières marches, mais se sentit peu à peu gagné par un étourdissement qui l'obligea à se cramponner à la rampe. « Merde ! » pensa-t-il, le venin devait être en train de commencer ses ravages. Comme pour confirmer ses appréhensions, un haut-le-cœur violent lui noua l'estomac et lui fit plier les genoux. Sans plus de cérémonies, il s'écrasa lourdement au sol et dégringola jusqu'au bas de l'escalier.

Dans sa tête, la musique, qui n'avait pas cessé de jouer depuis son arrivée dans la grotte, gagna tout à coup en puissance. Le son subissait une métamorphose. Des martèlements cacophoniques suivis d'étranges distorsions s'insinuèrent dans la ligne mélodique jusqu'à la rendre complètement méconnaissable. Quelque chose de diabolique prenait naissance à l'intérieur même de la musique. Les vibrations produites devenaient insupportables. Pareilles à des épines, elles émanaient de certaines notes et s'enfonçaient cruellement dans les méandres de son esprit.

Eloik essaya d'appeler Ned à l'aide ou de se relever : en vain. La paralysie le tenait sous son emprise. La tête renversée, il roula un regard fiévreux vers la salle. Les danseurs avaient repris vie et tournoyaient à présent sur les dalles luisantes de la piste. La glace avait complètement disparu, dévoilant une salle de bal resplendissante de lumière, au plafond paré de lustres en cristal et aux murs enjolivés de guirlandes fleuries.

Malgré cette transformation soudaine du décor, Eloik ne se laissa pas abuser. La douleur qui le crucifiait au plancher lui rappela qu'il n'avait pas quitté ce cauchemar. Il n'en voyait qu'une nouvelle version adaptée en fonction de ses propres peurs. Il regretta soudain d'avoir souhaité affronter une « épreuve » plus coriace.

Et dire que cet ingrat de Ned l'avait abandonné à son sort !

Ses pensées devinrent de plus en plus confuses sous l'effet grandissant de l'intolérable douleur. Il avait l'impression d'être dévoré vivant par des centaines de rats. Il voulait crier, se débattre, ramper même, mais rien n'y faisait. La souffrance s'était rendue maîtresse de chaque particule de tout son être ; exactement comme cela lui était arrivé lorsqu'il s'était écrasé sur Arishnaat.

De nouveau, le temps se mit à s'étirer.

C'est alors qu'une force inconnue ouvrit une brèche au milieu des couples dont les mouvements se mirent à ralentir. Eloik, la tête toujours renversée, aperçut une femme magnifique, qui se frayait un chemin vers lui. Elle était complètement nue, si ce n'était des quelques lanières métalliques stratégiquement disposées sur ses courbes généreuses à souhait. Sa longue chevelure sombre flottait de façon irréelle sur ses épaules d'une blancheur lactée. Elle offrait un contraste frappant avec la couleur ambrée de ses yeux. Elle traversa la piste de danse et tendit la main dans sa direction en un geste plein de grâce. Du bout des doigts, elle commanda à son corps torturé de se redresser.

Eloik se retrouva soudain debout, à quelques centimètres au-dessus du sol. La douleur laissa progressivement place à un engourdissement étrange qui lui fit l'impression d'être plongé tout entier dans un amoncellement de coussins.

— Je suis Küwürsha : l'Ombre du Rêve. Je suis ta Reine. J'ai le pouvoir de mettre fin à tes souffrances.

Elle fit une pause et son regard se fit plus intense.

— Je possède aussi celui de les multiplier à l'infini.

La douleur afflua soudain dans ses membres pendant un laps de temps très court ; juste assez pour lui faire comprendre le sérieux de ses paroles. Il se cabra. La peur venait de poser ses griffes sur son cou.

— Que… que voulez-vous de moi ? parvint-il à articuler.

Elle lui sourit tendrement.

— Ta loyauté, tout simplement.

D'un second mouvement des doigts, elle l'attira vers elle.

— On t'a dit que tu devais subir une Épreuve ; c'est une grossière exagération. Il n'y a d'épreuve qu'un choix.

– Un choix ou un ultimatum ? lança-t-il du tac au tac.

Le temps qui s'écoula avant qu'elle daigne lui répondre prouvait que sa réplique l'avait prise un peu au dépourvu. Le silence se prolongea juste assez pour lui faire comprendre qu'il n'était peut-être pas dans une position idéale pour lancer des remarques aussi audacieuses à la face d'un personnage dont il ne connaissait rien de l'étendue réelle des pouvoirs.

– Pas une menace… Un avertissement. Je suis une Reine qui ne tolère aucun ennemi. Il va sans dire que refuser mon offre te placerait dans la catégorie de mes ennemis, ce qui n'est jamais agréable… pour eux, évidemment.

Küwürsha leva la main droite pour stopper le mouvement horizontal d'Eloik. Il s'arrêta à portée de bras. Elle abaissa ensuite la paume vers sa cuisse nue et le jeune homme sentit que sa paralysie le quittait. Il leva les yeux vers son visage et, malgré ses réticences, il ne put s'empêcher d'admirer sa beauté. Elle rayonnait la puissance et la majesté.

– Le choix qui s'impose à toi, Eloik, est très simple. Bientôt, une mutation d'une envergure sans précédent va se produire dans le Rêve et, en tant qu'autorité suprême de ce monde nouveau, il me faudra compter sur des ministres capables de faire appliquer ma souveraineté dans toute son étendue. C'est pour cela que je suis venue à toi. Tu représentes l'avenir. Comprends-tu la chance qui s'offre ? Soumets-toi à ma volonté et je ferai de toi mon héritier. Tu seras un dieu dans ce royaume. Aucun humain ne pourra rivaliser avec ta puissance. Tu seras leur maître et plus jamais aucun d'entre eux ne t'inspirera la crainte.

Elle posa sa main sur son épaule.

– Je sais parfaitement ce qu'ils t'ont fait endurer. Viens à moi et tu auras tout le loisir d'exercer sur eux ta vengeance.

Sa voix le bouleversait. Profonde, maternelle, chaleureuse, inspirante, elle réunissait une multitude de qualités. Était-ce la faiblesse de ses inhibitions, anesthésiées par l'étrange sensation de bien-être qui lui troublait ainsi l'esprit, ou simplement le pouvoir de persuasion de Küwürsha ? Il n'était plus en mesure de le dire. La seule chose qui retenait son attention était cette promesse : «... plus jamais aucun d'entre eux ne t'inspirera la crainte. »

– Incline-toi devant moi et je t'élèverai plus haut que tu ne peux l'imaginer. Je peux te faire réaliser tous tes désirs… Même les plus secrets.

Les paroles résonnaient en lui en s'attaquant directement à son sens critique. Tout ce qu'il avait toujours désiré : liberté, maîtrise de sa vie et reconnaissance, tout cela, elle le lui offrait sur un plateau d'argent. Il n'avait qu'à tendre la main.

Pourtant, la partie rationnelle de sa conscience lui disait de se méfier d'elle, que cette femme lui promettait la liberté pour mieux en faire son esclave. N'était-elle pas en train de jouer sur son sentiment d'insécurité face aux autres, justement là où résidait sa plus grande faiblesse, pour mieux le manipuler ? C'est cette pensée qui lui rappela tout à coup ce que l'Andreval lui avait dit à propos de l'Épreuve : « Tu devras dominer ta part d'ombre. »

La femme attendait sa réponse. Il se doutait qu'il devrait subir des conséquences doulou-reuses de ce qu'il s'apprêtait à lui dire, mais si la douleur était le seul moyen de pouvoir rentrer chez lui, dans son monde, alors soit ! Il soutint son regard.

– Non. Désolé. Aussi alléchante que soit votre offre, je ne peux pas l'accepter. Je préfère encore rester maître de ma destinée. D'ailleurs, si vous êtes aussi puissante que vous le préten-dez, je ne crois pas que vous ayez besoin de moi pour parvenir à vos fins.

Il surveilla attentivement sa réaction. Elle ne se fit pas attendre. Ses yeux couleur de feu devinrent des puits de noirceur.

– Tu me déçois énormément, lâcha-t-elle avec froideur.

Aussitôt, une douleur atroce s'insinua sous son crâne. On aurait dit que sa tête se retrouvait prisonnière d'un étau. Küwürsha leva le bras et le fit monter dans les airs jusqu'à ce qu'il frôle le plafond de la salle.

– Ne m'oblige pas à te soumettre de force.

Son bras se dirigea avec violence vers la gauche et Eloik fut projeté sur l'une des nombreuses colonnes. Le choc ne lui fit pas perdre connaissance, mais l'ébranla suffisamment pour lui faire monter la moutarde au nez. Reine ou pas, cette garce n'avait pas le droit de le traiter ainsi. Il se releva en s'appuyant sur la colonne et sépara ses boomlights.

– Je ne serai pas votre serviteur. Vous pouvez me lancer d'un mur à l'autre, vous ne briserez que mon corps, pas ma volonté.

– Ta volonté n'est rien face à la mienne ! Si je le désire, je peux te malmener aussi longtemps qu'il le faudra pour que tu comprennes à quel point tu as tort de t'opposer à moi. Et, fais-moi confiance, je saurai te convaincre…

Sur ces mots, elle le fit voler jusqu'à la balustrade qu'il défonça avec son dos. Cette fois-ci, Eloik fut saisi d'une folle envie de la tuer. Il s'apprêtait à lui lancer ses boomlights, lorsqu'il remarqua qu'il était sur le balcon et qu'il avait plutôt intérêt à refréner cet élan pour profiter de l'occasion de s'enfuir. Sans plus attendre, il tourna le dos à Küwürsha et se précipita vers le tunnel de glace qui conduisait vers la sortie.

– Pauvre petit humain prétentieux ! cria-t-elle dans son dos. Tu crois pouvoir m'échapper ? Ce monde m'appartient, et tu n'en sortiras que si je le désire !

Eloik ne prit pas la peine de lui répondre. Il se contenta de foncer à toute vitesse vers la sortie, malgré la migraine intense qui lui martelait les tempes. Il savait qu'elle mentait quand elle lui disait qu'il ne pourrait sortir de ce cauchemar que si elle le voulait. Personne ne pouvait rester prisonnier de son sommeil. On finissait toujours par se réveiller.

C'est alors qu'il revit sa mère couchée dans son lit, dans la vieille maison de tante Sylvia. L'image lui donna la chair de poule. Et s'il se trompait sur la véritable nature du sommeil?

Un fracas terrible se fit entendre derrière lui. Küwürsha devait être en train de démolir le tronçon de tunnel qu'il avait traversé l'instant d'avant. Les parois de glace polie qui l'entouraient se fissuraient sur toute leur longueur. Des lézardes apparurent sous ses pieds et il dut faire quelques entrechats avant de pouvoir atteindre la sortie de la grotte. Les vibrations allaient en s'amplifiant et l'une des stalactites de glace qui pendaient du rebord supérieur de l'ouverture se détacha. L'énorme glaçon s'écrasa dans la neige à quelques centimètres de lui. L'impact fut si violent qu'il déblaya une partie de la pente et projeta Eloik en bas, là où aurait dû se trouver son bateau...

Son bateau!

Ce salopard de Conroy lui avait piqué sa barque. Il eut alors la très désagréable sensation qu'un piège mortel venait de se refermer sur lui. Il courut jusqu'au bord de l'iceberg pour tenter de le localiser dans le lointain. Il ne réussit à apercevoir qu'un minuscule point blanc suivi d'un sillon qui fendait la mer.

— Pourri de Conroy! Crève et brûle en enfer!

Soudain, toute la partie supérieure de l'iceberg vola en éclats à la manière d'un volcan en éruption. Küwürsha s'extirpa des décombres. Elle n'avait plus rien de la bombe sexuelle qu'il avait vue quelques minutes plus tôt. À présent, la Reine était aussi grande qu'un édifice de trois étages. Son visage grouillait d'asticots qui lui sortaient principalement de la bouche et des yeux en un flot continu qui se déversait sur le reste de son corps. Elle avait conservé sa mince armure et sa chevelure d'ébène ; le reste s'était mué en une vision d'horreur pure et simple.

— **Le jeu se termine ici. Tu n'as plus d'endroit où te réfugier. Pour une fois dans ta misérable existence, ta couardise ne te servira à rien ; tu seras obligé de faire face aux conséquences. Je t'offre une dernière chance de faire le bon choix. Agenouille-toi devant moi et fais serment d'allégeance. Refuse encore et tu iras retrouver ta chère maman au pays des ombres. Obéis !**

Le sang d'Eloik ne fit qu'un tour en l'entendant faire allusion à sa mère. Il sentit une rage meurtrière jaillir de tout son être et balayer toutes ses hésitations. Ses mains raffermirent leur prise sur la partie émoussée des boomlights et il les lança en poussant un cri de défi :

— C'est toi qui vas retourner dans l'ombre !

Les boomlights foncèrent tout droit sur la Reine du Cauchemar en effectuant des croisements rapides. Au dernier moment, ils cessèrent de viser sa poitrine et se séparèrent vers l'extérieur pour trancher simultanément ses gros doigts noirs aux ongles de feu. La Reine, qui avait les deux bras étendus de part et d'autre de son corps, les ramena vivement en laissant échapper un hurlement terrible qui provoqua des secousses dans la glace. Son anatomie, déjà passablement horrible, commença à se modifier pour prendre un aspect encore plus effrayant. Sa peau calcinée, sur laquelle la vermine s'agitait, se fissura à plusieurs endroits et laissa apparaître le magma rougeoyant qui bouillonnait à l'intérieur de son corps gigantesque. Elle s'accroupit et pencha la tête comme quelqu'un qui se prépare à s'élancer vers l'avant. L'air ambiant autour d'elle se mit à crépiter en vibrant de plus en plus fort. Eloik, qui venait de rattraper ses boomlights, vit une sorte d'énergie ténébreuse issue de ces vibrations s'engouffrer sur la masse recourbée de la Reine et provoquer des décharges électriques. Elle se releva soudainement avec une force incroyable et tous ses membres se hérissèrent de pointes d'acier chauffées à blanc.

– **Alors, tu viens avec moi !**

Sur ces mots, elle s'élança vers lui. Eloik, qui n'avait plus rien à perdre, fit de même. L'Andre-val lui avait bien dit qu'il devait surmonter l'Épreuve en passant par-dessus ses propres instincts ; alors, il ne pourrait certes pas mieux faire qu'en ce moment, même en allant directement à la rencontre de ce qui lui faisait le plus peur.

La Reine dévala la pente enneigée en quatre enjambées et fit un bond prodigieux dans le but d'écraser Eloik sous sa masse énorme. Ce dernier, qui courait à en perdre haleine, atteignit la base du monticule à l'instant où son adversaire prenait son envol. Il la regarda monter dans les airs tel un immense dragon et s'apprêter à lui retomber dessus. Alors, toute sa volonté se concentra sur le désir de s'envoler vers elle et de la transpercer comme une flèche. Sans trop savoir ce qu'il faisait exactement, il ramena ses bras au-dessus de sa tête et décolla du sol pour plonger droit dans le cœur de Küwürsha. Il eut tout juste le temps de voir une expression de surprise s'inscrire sur son visage hideux, puis il fut englouti dans une intense lumière blanche. Quoi qu'il arrive à présent, il savait qu'il avait vaincu.

La lumière se dissipa pour laisser place au bleu du ciel. Des nuages parsemés de touches de rose et d'or se prélassaient sous les rayons cuivrés de trois Soleils disposés en un triangle équilatéral. Eloik, qui était couché dans les hautes herbes d'une plaine, se redressa et sourit. Sa victoire lui revenait en mémoire. Il se releva complètement et poussa un cri de joie. Il avait réussi !

Autour de lui, la plaine s'étendait dans toutes les directions. Le sourire aux lèvres, il fit le tour de l'horizon et chercha un point de repère. Sur sa droite, dans la direction indiquée par le plus orangé des trois Soleils, un orme géant étendait ses branches au-dessus d'un espace dégagé. Un objet scintillant pendait de l'une des branches et Eloik, qui s'approcha de l'arbre, fut à peine surpris quand il découvrit que c'était ses boomlights accrochés autour de son ceinturon de cuir. Il s'en empara et le ceignit.

— C'est une arme magnifique, dit une voix enfantine dans son dos.

Il fit volte-face et aperçut Laura Coylton qui s'avançait vers lui. Contrairement à la dernière fois où il l'avait vue, son visage exprimait la bonne humeur.

— Laura ! Qu'est-ce que tu fais ici ?

— Qu'est-ce que tu crois ? Je suis venue te féliciter. À ce que je vois, tu as réussi l'Épreuve. Bravo ! Tu es maintenant un guerrier accompli.

— Il ne faut quand même pas exagérer, répondit-il avec modestie. J'ai seulement essayé de sauver ma peau.

— Ne te sous-estime pas. Quoi que tu aies pu faire au fond du Gouffre, tu en es ressorti et c'est un exploit en soi. Tu peux être fier de toi.

Elle le prit par la main et l'entraîna à sa suite.

— À présent, suis-moi. Je veux te montrer quelque chose qui va te surprendre.

— Je crois que j'ai eu assez de surprises pour une vie entière. Je voudrais seulement me réveiller si c'est possible.

— Ne t'en fais pas, tu te réveilleras bien assez tôt. Viens avec moi, je veux te présenter tes nouveaux amis.

– Hein?

Sans ajouter un mot, Laura le mena jusqu'à un sentier dissimulé sous les herbes. Ils le suivirent sur une courte distance pour enfin arriver à un endroit où le sol s'inclinait pour former une profonde vallée qui ne manqua pas de lui rappeler le Val. Il vit trois grosses bêtes blanches et bleues, semblables à des albatros montés sur des pattes de félin et qui broutaient tranquillement sur le versant de la pente. Les animaux paissaient non loin d'un petit groupe d'humains qui formait un cercle autour d'un feu.

À cette distance, Eloik avait encore de la difficulté à distinguer leurs visages. L'un d'entre eux, en entendant les gémissements alarmés des animaux qui les avaient repérés, se leva. Les autres firent de même peu de temps après.

– Eloik! Eloik! entendit-il crier.

Il vit alors deux membres du groupe se précipiter dans sa direction.

– Ne t'inquiète pas, lui confia Laura, ils sont seulement contents de te retrouver. Ça fait un bon bout de temps qu'ils te cherchent.

Eloik se demandait de qui elle pouvait bien parler, mais la réponse à son interrogation ne se fit pas attendre. La silhouette de Janika Onimura, son amie de l'Institut, se profila dans la lumière du jour. Elle était suivie du gars qui l'avait relevé après l'attaque dans le port d'Aberdeen.

Janika lui sauta au cou et le serra contre elle.

– Enfin ! Nous t'avons retrouvé !

Eloik était estomaqué et même un peu mal à l'aise devant une telle démonstration affective. Qu'est-ce qu'il avait bien pu faire pour mériter un accueil aussi chaleureux ? D'ailleurs, pourquoi au juste était-elle à sa recherche ? La jeune fille relâcha son étreinte. Elle prit le temps de bien l'observer.

– Eh ! salut Janika ! Comment ça va ?

– Beaucoup mieux, maintenant que tu es là, fit-elle, les yeux pétillant de joie.

– On dirait que tu passes ton temps à me chercher. Si tu continues…

Il lui effleura le bras, pour lui signifier qu'il n'était pas insensible à ce qu'elle faisait pour lui.

– Je… Je suis seulement contente de te revoir. T'as pas idée par où on est passés avant de pouvoir te retrouver.

– Me retrouver dans un rêve ? Pourquoi ? On va se revoir à l'Institut. Pourquoi tout ce branle-bas ?

– Disons que ta valeur « marchande » a défoncé le plafond ces derniers temps et qu'il faut te soustraire aux puissances qui voudraient te retenir prisonnier dans le Rêve et t'utiliser contre ton gré. C'est une chance extraordinaire d'avoir pu te retrouver avant eux.

– Des puissances ? Je pense bien que j'en ai rencontré une avant d'arriver ici. Une femme dénommée Küwürsha…

Janika eut un mouvement de recul.

– Quoi ?

– Oui, mais j'ai réussi à m'en débarrasser. Il n'y a plus rien à craindre.

– Wow… impressionnant, dit-elle après un instant de silence. Je vois qu'elle n'a pas perdu de temps pour se lancer à ta poursuite.

Janika coula un regard chargé d'angoisse au garçon qui se tenait derrière elle. Celui-ci se contenta de lever les sourcils.

Eloik fit un geste en direction de la fillette qui l'accompagnait.

– Je te présente celle qui m'a guidé jusqu'à vous : Laura Coylton. Laura, voici Janika Onimura.

Elles se saluèrent de la tête.

– Enchantée, fit Janika. Merci de nous l'avoir ramené sain et sauf.

– Il n'y a pas de quoi, mais je n'y suis pas pour grand-chose. Eloik s'est très bien débrouillé tout seul.

Dylan sortit de l'ombre de Janika et tendit la main à Eloik.

– Salut, Eloik. Dylan Clarke. On s'est déjà croisés à l'Institut.

Eloik prit le temps de le dévisager attentivement tout en lui serrant la main. À première vue, on pensait à un surfeur. Il dégageait une aura de confiance frisant la nonchalance, mais sa carrure athlétique témoignait de sa discipline physique.

– Je me souviens parfaitement de toi. Tu es celui qui est venu à mon aide sur le quai.

– Oui, c'est en plein ça. Et tu étais salement amoché. Ne sois pas étonné, lorsque tu te réveilleras à l'hôpital, d'avoir mal un peu partout.

— Je commence à être habitué, si tu veux savoir. J'ai l'impression d'avoir subi toutes les douleurs possibles depuis que j'ai mis les pieds dans ce monde. Au fait, tandis que j'y pense, comment se fait-il que vous vous retrouviez dans mon rêve ? Je croyais être le seul à pouvoir y évoluer.

— Il y a beaucoup de choses qu'il te reste à apprendre sur la nature du Rêve, lui répondit Dylan avec sympathie. Et en particulier sur ceux que l'on peut partager. Mais allons rejoindre les autres, nous devons te préparer pour ton réveil.

Dylan les conduisit jusqu'au feu de camp, là où les attendaient Malden et deux autres guerriers northmen en armure. Après de brèves présentations, ce fut la petite Laura qui s'arrangea pour que l'attention se tourne vers elle.

— Écoutez-moi. Je sais que vous êtes tous très heureux de vous retrouver et que vous n'avez plus beaucoup de temps à passer ensemble avant que les Dormeurs soient obligés de se réveiller, mais je dois vous informer d'une situation urgente. Vous savez qu'Arishnaat a été détruite. Cet événement a donné le signal aux troupes du Cauchemar pour commencer leur grande offensive contre la Source du Rêve. Bientôt, ils vont lancer des raids d'une ampleur sans précédent.

— Oui, répondit Dylan. Nous sommes au courant. Les choses se présentent très mal.

– Le temps presse plus que vous ne le croyez. D'ici le solstice d'hiver, les astres vont atteindre la configuration optimale pour favoriser le Cauchemar. Ce qui vous laisse, à vous onironautes, un peu moins de deux mois pour réagir.

Eloik l'interrompit :

– Pardonne mon ignorance, Laura, mais c'est quoi la Source du Rêve ?

– C'est une bonne question. Techniquement parlant, la Source du Rêve est, comme son nom l'indique, l'origine du monde onirique. Nous savons peu de choses sur Elle sinon qu'Elle génère une sphère de réalité qui se déploie à travers douze dimensions et forme l'enceinte de toutes les possibilités imaginables du Rêve. Cette sphère, de rayon inconnu, est composée d'un empilement de champs d'énergie qui s'agencent selon leur densité, de la même manière que les pelures successives d'un oignon. Ce sont ces champs d'énergie qui nourrissent et maintiennent en vie toutes les créatures oniriques que tu as vues jusqu'à présent. Mais, en vérité, même si on arrive à mesurer certains de ses effets, personne ne sait réellement à quoi ressemble cette Source ni où elle se trouve exactement. On ne peut la détecter que par le signal qu'elle émet en continu sur toute l'étendue de la sphère onirique.

– Je ne veux pas t'interrompre encore, mais pourquoi ne cherchez-vous pas du côté du

Phare du Rêve ? À ce que je sache, il se trouve au centre de ce monde.

Laura eut un sourire indulgent.

– C'est impossible. Le Phare du Rêve, comme tout ce qui se trouve à l'intérieur du Périmètre d'Inviolabilité, est un territoire appartenant aux Royaumes supérieurs d'At'Silût. La Source du Rêve, bien qu'issue de ces Royaumes, est tout à fait distincte de ceux-ci. Elle existe de façon indépendante. On peut dire, sans se tromper, qu'elle n'est pas liée à la géographie du Rêve. En tout cas, pas directement.

– Bon, d'accord. Je crois que je saisis. Mais alors, si elle émet un signal, pourquoi ne pas vous en servir pour la localiser ? Ça devrait être la chose la plus simple du monde.

– C'est parce que son signal ne peut être détecté que par un nombre très restreint d'objets. Ceux-ci sont tellement rares qu'ils sont au centre d'une guerre sans merci qui dure depuis que les humains ont commencé à rêver, ce qui te donne une idée de sa durée.

Malden s'avança vers Laura. Son visage arborait une expression de scepticisme.

– Petite, je n'ai pas cessé de t'observer et je vois bien que tu n'as pas le rayonnement corporel d'un Dormeur conventionnel ni d'ailleurs celui d'une créature onirique. Qui es-tu vraiment ? D'où tiens-tu ces connaissances ?

Un drôle de silence s'insinua entre eux.

– J'étais humaine autrefois. Ce que tu vois n'est qu'une recréation mentale de mon ancienne apparence physique. À présent, je voyage entre les divers plans de réalité et j'aide la Source à réunir le destin des gens qui pourront jouer un rôle majeur dans la survie du Rêve.

— Je ne savais pas que la Source s'entourait d'assistantes. Honnêtement, j'avoue que ça m'étonne.

— Tu ne me crois pas ?

— Je dis seulement que je n'ai jamais entendu parler du fait que la Source ait eu à déléguer son pouvoir. De plus, vu les circonstances actuelles, il est possible qu'elle soit dans l'obligation d'agir de cette manière. C'est possible. Donc, si je me fie à ce que tu dis, je suppose que tu es une sorte d'émissaire ?

— Exactement, mais je préfère que tu m'appelles Laura.

Janika intervint à son tour :

— Si tu sers la Source, tu dois certainement être en mesure de nous dire où elle se trouve ?

Laura hocha la tête.

— Ce n'est pas aussi facile que cela. Le pouvoir de la Source agit sur moi comme le vent sur les voiles d'un navire. De la même manière que je ne peux vous dire d'où provient le vent, je suis incapable de vous dire d'où me proviennent les directives qu'elle m'envoie. Mais ce n'est pas ce qui devrait vous préoccuper. Le signal que la Source émet est actuellement en train de faiblir : toutes les nations oniriques ont remarqué le changement. Elle est entrée dans une phase de mutation qui devrait la mettre bientôt en présence de son contraire absolu : la Source du Cauchemar.

— La Mûdrahti, siffla Malden avec mépris.

— Oui. La Mûdrahti. Et, contrairement à la Source du Rêve, on sait une chose bien précise sur elle. C'est qu'elle se déplace constamment dans le passé ; dans les cauchemars humains du passé pour être plus précis. Son essence demeure en permanence prisonnière du Grand Abîme, mais elle peut se manifester ponctuellement à diverses époques pour des périodes de temps très courtes.

— Vous voulez que nous la retrouvions, n'est-ce pas ? s'enquit Dylan.

— La retrouver et la détruire. La Source du Rêve m'a demandé de vous réunir pour accomplir cette tâche. Ce n'est pas l'expression de ma propre volonté, mais de la sienne. Elle m'a envoyé vers vous par le biais d'Eloik afin de vous divulguer certaines informations confidentielles.

— Lesquelles ? demanda Malden.

— La Source m'a autorisé à vous dévoiler ceci : au tout début du XXe siècle, des aristocrates bavarois et trois médiums autrichiennes ont fondé une société secrète nommée Vril. Par la pratique du spiritisme, ils sont parvenus à entrer en contact avec un haut gradé de Küwürsha : le général Imkatho. Pour une raison que nous ignorons, ce dernier leur a fourni certaines clés mathématiques et technologiques qui donnent accès à un code leur permettant de traquer la progression de la Source du Cauchemar dans ses déplacements temporels. Ils ont réussi à dévier une infime portion de son énergie négative pour augmenter leur propre pouvoir et leur influence sur le monde politique de l'époque. Là encore, ils obtinrent une éclatante réussite. Les portes des super-puissances européennes s'ouvrirent devant eux avec une aisance déconcertante et bientôt ils furent aux commandes d'une fortune colossale, mais aussi d'une pyramide d'influence exceptionnelle. Lorsqu'ils furent certains de leurs assises politiques, ils se coupèrent peu à peu du monde matériel en prenant soin de créer un nouveau système métaphysique où la Source du Cauchemar prenait un nom ésotérique. Ils la nommèrent *Soleil noir*... et, ce *Soleil*, ils le symbolisèrent par le swastika* inversé. Ce furent ces idées qui inspirèrent un jeune chômeur illuminé du nom d'Adolf Hitler.

— La Société Vril est donc à l'origine du mouvement nazi, dit Eloik.

— En effet. Indirectement, la Vril a donné naissance à une autre société secrète, une sorte de laboratoire où les idées théoriques pouvaient se développer. Elle fut nommée *Thulegesellschaft*. Ce sont les maîtres à penser de la société Thulé, tels que le baron von Sebottendorf, Karl Haushofer et Dietrich Eckhart, qui ont déniché

---

* Croix gammée.

Hitler et lui ont permis de s'élever. Une fois le Führer et son régime dictatorial mis en place, la Vril est entrée dans la légende tout en continuant à travailler dans l'ombre. La société Thulé, quant à elle, s'est fragmentée et s'en est allée créer de nouvelles cellules dans le monde entier. L'une d'entre elles, travaillant sous le nom de Division Paranormale, avait pour mission de construire une station-relais en Antarctique afin de rétablir le lien entre le Rêve et la Terre qui avait été détruit lors de la dernière grande glaciation.

– Le Pilier du Rêve. C'est ça ? demanda Eloik qui commençait à avoir une vision plus claire des événements.

– Oui, mais ils n'ont réussi qu'à moitié. Ils se sont en quelque sorte retrouvés captifs du Cauchemar et soumis à Küwürsha, qui s'est servi d'eux pour affermir sa présence dans les esprits humains. Afin de tirer parti de cette situation désastreuse, la Division Paranormale a mis au point une bulle temporelle, une enceinte à l'intérieur de leur prison. Par le biais de leurs agents demeurés sur Terre, ils ont ordonné de sélectionner des soldats SS qui répondent à des critères physiques très stricts. À partir de trois cobayes, une armée d'onironautes fut clonée et mise à leur disposition dans cette bulle. Le but de cette opération n'était pas très clair, mais peut-être cette armée devait-elle être utilisée pour autre chose qu'une simple tentative d'évasion ou une riposte armée contre Küwürsha.

Ces clones, entreposés sous les glaces de l'Antarctique et maintenus chimiquement au stade de proto-humains dans des cuves amniotiques, étaient plongés dans un sommeil perpétuel où ils pouvaient prendre une forme achevée dans le Cauchemar sans avoir à se réveiller continuellement comme des humains ordinaires.

— Où veux-tu en venir avec cette histoire ? commenta Malden.

— La Source du Rêve croit que la Division Paranormale, au cours d'une opération de thaumaturgie, a réussi à stopper la course temporelle de la Source noire dans les heures qui ont précédé l'invasion de la Pologne par l'Allemagne en 1939. Elle suppose aussi que cette opération magique avait un but éminemment plus sinistre que celui de donner l'impulsion initiale à la Seconde Guerre mondiale. C'est pourquoi ma Maîtresse vous demande de vous rendre sur place et de vérifier la véracité de cette hypothèse. Si elle s'avère fondée, vous aurez une occasion unique de détruire la Source du Cauchemar et de porter un coup fatal à Küwürsha.

Dylan prit la parole.

— Cela fait beaucoup de *si*, *d'hypothèses* et de *peut-être*. Rien ne nous garantit que nous n'allons pas perdre notre temps.

— Je sais. Les options sont limitées. Mais il faut commencer les recherches quelque part, et l'enceinte où s'est enfermée la Division Paranormale semble être la plus plausible pour trouver la Source obscure.

— Et comment sommes-nous censés réussir un tel exploit ? demanda Eloik éberlué. La Source du Cauchemar, ce n'est pas rien.

— Vous devrez affronter vos pires cauchemars et les vaincre. Je ne peux pas vous en dire plus. Tout dépend de vos propres peurs et de ce que vous êtes prêts à sacrifier pour les surmonter.

Les membres du groupe se dévisagèrent avec inquiétude. Tous et chacun avaient sa propre idée du Cauchemar. Les plus expérimentés savaient à quel point celui-ci pouvait présenter des dangers bien plus grands qu'une simple frousse nocturne.

Dylan finit par prendre la parole :

— De toute façon, je pense que nous n'avons pas vraiment le choix. Nous devons faire quelque chose avant qu'il ne soit trop tard. Pour ma part, j'accepte la mission.

— Moi aussi, affirma Janika. Il est temps de mettre fin à cette aberration.

Laura dirigea son attention vers Eloik, qui paraissait tourmenté par le doute.

— Je ne sais pas si je pourrai être à la hauteur. Mon expérience est assez limitée. Je veux dire… Je n'ai combattu qu'un seul cauchemar jusqu'à présent.

— On a besoin de toi, lui glissa Janika. Je suis sûre que tu feras très bien l'affaire. Tu pourrais même te surprendre toi-même. Fais confiance à ton instinct.

Il la regarda et comprit pourquoi il l'appréciait autant. Elle savait trouver les mots pour qu'il se sente valorisé. Pour l'une des rares fois de sa vie, il se rendait compte qu'il avait de l'importance. Des gens éprouvaient autre chose que du mépris à son égard et lui accordaient leur confiance. La sensation était plutôt agréable, mais malheureusement celle-ci fut de courte durée. En effet, sa mémoire n'avait pas l'intention de le laisser s'en tirer aussi facilement. Des images, provenant de ses terreurs nocturnes, remontèrent à la surface de sa conscience. Aussi loin qu'il se souvienne, ses nuits avaient été peuplées de cauchemars atroces qui, à la longue, avaient laissé des traces profondes en lui. Comment ferait-il pour monter à l'assaut de la Source du Cauchemar s'il sentait qu'il était encore sous l'emprise de la peur ? Est-ce que cela se retournerait contre lui au moment d'agir ? Il avait connu tant d'échecs et d'humiliations dans le passé à cause du manque de confiance engendré par ses cauchemars incessants. La peur pourrait surgir à n'importe quel moment et le priver encore une fois de ses moyens. Qu'est-ce qui garantirait que cette croisade contre le Cauchemar ne tournerait pas à l'échec et l'enfoncerait encore plus profondément dans ses problèmes ?

La mince lueur d'espoir qui avait momentanément brillé dans ses yeux avait disparu. Eloik ne savait plus quoi penser.

Janika, qui semblait lire dans ses pensées, vint poser sa main sur son épaule et le considéra avec chaleur.

– Tu te poses trop de questions mon vieux et tu laisses tes hésitations prendre le dessus sur toi.

– Tu crois ? répondit-il en regardant par terre.

– Oui. Oublie donc le passé pour une fois et agis dans le présent. Saisis cette chance, Eloik. Tu ne seras pas seul pour affronter tes peurs… on va travailler en équipe.

La voix et les mots de Janika lui firent l'effet d'un rayon de soleil crevant les ténèbres de son esprit. Eloik releva la tête et la regarda, ainsi que tous les autres qui attendaient sa réponse. Elle avait raison : une chance se présentait de changer sa destinée si seulement il parvenait à mettre une croix sur son passé et repartir à neuf sans idées préconçues. Il avait enfin l'opportunité de renverser la vapeur et de reprendre le contrôle de sa vie. Il poussa un long soupir et se vida la tête de toutes ces idées noires pour se concentrer uniquement sur le moment présent.

– D'accord, dit-il, avec conviction. J'embarque !

Janika le gratifia d'un sourire radieux. Il avait enfin compris quelque chose d'important.

– Moi aussi, ajouta Malden. Mais je vais m'en tenir au plan que nous avons discuté avec le Colnech. Quand vous reviendrez, les préparatifs seront en place pour faciliter la mission.

— Nous serons de retour pour la nouvelle lune, lui promit Dylan, ce qui vous donne environ sept Révolutions pour préparer le terrain. Pour ma part, je vais revenir te voir seul pour que nous puissions ajuster nos plans avant que nous ne plongions dans les cauchemars du passé. On devra coordonner nos efforts sur deux trames temporelles parallèles, sinon plus.

Malden acquiesça.

— Il va falloir que nos actions soient réglées au quart de tour. Nous n'aurons pas droit à l'erreur.

Laura reprit la parole :

— Parfait ! Je suis heureuse de voir que vous acceptez. Votre courage vous honore. Il ne me reste plus qu'à vous souhaiter bonne chance.

— Tu nous quittes ? s'étonna Eloik.

— J'ai rempli mon devoir. La Source requiert ma présence ailleurs. Ne t'en fais pas, nous nous reverrons bientôt.

— Quand ?

— Ce n'est pas moi qui décide, mais je saurai bien te retrouver. N'oublie pas : lorsque tu seras de retour dans ton enveloppe physique, aussitôt que tu seras en état de te déplacer, Raymond Hill va tenter de te recruter, s'il ne l'a pas déjà fait.

— Il l'a fait et je n'ai pas eu le temps de lui donner ma réponse.

Elle lui fit signe de se pencher pour qu'elle puisse chuchoter, tandis que le reste du groupe se désintéressait d'eux.

– Je sais que tu as certaines réserves face à ses méthodes et que tu le trouves trop sévère, mais je t'assure que cet homme est un as dans son domaine. Tu peux lui faire confiance. Il va t'aider à découvrir et exploiter à fond toute l'ampleur de ton potentiel.

Il acquiesça :

– On verra.

– Excellent. Tes amis Dylan et Janika soupçonnent tes pouvoirs, mais ils n'ont pas idée à quel point tu les surpasseras une fois qu'ils seront complètement éveillés. Prépare-toi à vivre des expériences étonnantes.

Sur ces mots, elle passa ses bras autour de son cou et l'embrassa sur la joue. L'instant d'après, elle se volatilisait. Eloik contempla le vide d'un air ébahi.

Tandis que Malden et Dylan convenaient d'un rendez-vous, Janika s'approcha de lui.

– Il est temps de rentrer. Dylan va nous rejoindre un peu plus tard. Étant donné que tu n'es pas habitué, je vais te guider. Tu n'as qu'à me tenir la main et à courir avec moi. Je vais m'occuper de nous ramener.

Il hésita, puis la regarda avec un air angoissé.

– Janika. Comment vais-je faire pour me persuader que tout cela n'était pas qu'un simple rêve ? J'ai peur que tout s'estompe au réveil.

Elle lui fit un sourire rassurant et se rapprocha davantage de lui.

– Souviens-toi bien de ce que je vais te dire :
« *Je suis celle qui chevauche la nuit.* » À présent,
prends ma main.

Son ami, bien qu'étonné par ce qu'elle venait
de lui dire, obtempéra et mit sa main dans la
sienne. Janika s'élança avec lui dans l'herbe et
voilà que le vent les souleva à la manière de cerfs-
volants. La perspective changea du tout au tout.
Il comprit soudainement qu'il venait de quitter
un îlot de la Mer de Nuages. À mesure qu'il
prenait de l'altitude, il les vit apparaître par
milliers, chacun ayant une géographie unique et
son propre type de végétation.

– Accroche-toi ! Ça risque de secouer ! dit
Janika.

Elle avait raison. L'accélération subite le prit
par surprise et il faillit lui lâcher la main, mais il
tint bon. Ils percèrent les nuages et se retrou-
vèrent devant une barrière de feu que Janika
n'hésita pas à traverser. L'instant suivant, Eloik
ne vit plus rien.

Une douleur atroce se répandait dans tout le
côté gauche de son visage.

– Oh ! putain ! ça fait mal, laissa-t-il échapper
en ouvrant les yeux. Sa voix était à peine audible.

Il découvrit le décor dépouillé d'une
chambre d'hôpital.

– Eloik…

C'était tante Sylvia. Elle était penchée au-
dessus de lui et le regardait, les yeux brillants de
larmes.

Il essaya de sourire, mais les muscles de sa bouche ne répondaient pas. Il avait l'impression que la moitié de sa face était prisonnière d'un bloc de glaise durcie.

Un autre visage apparut dans son champ de vision : celui de Janika.

Elle posa un baiser sur son front et murmura à son oreille :

– *Je suis celle qui chevauche la nuit.*

Elle se recula pour observer son expression. Eloik avait maintenant les yeux grands ouverts et elle vit qu'il était en train de digérer le choc.

– Ça va ? Ne t'inquiète plus. T'es rentré à la maison, lui dit-elle en lui décochant un clin d'œil.

– Oui. Cette fois-ci, je crois bien que c'est la bonne…, réussit-il à articuler.

Chapitre XII
Netherley Mansion

O N ÉTAIT au milieu de novembre lorsque Eloik reçut son congé de l'hôpital. Il y avait passé un peu moins de deux semaines. Nilianna et Janika lui avaient rendu visite presque chaque jour. Dylan ne s'était pointé que deux fois, mais il faut dire qu'il était assez occupé de son côté à préparer le plan de bataille avec Malden.

Tante Sylvia s'était chargée de transférer ses vêtements et ses affaires à la demeure de Nilianna où une chambre l'attendait. Netherley Mansion, comme son nom l'indiquait, était situé dans la ville de Netherley, à mi-chemin entre Aberdeen et Stonehaven, sur la B979. Ce manoir datant du XIXe siècle possédait le charme austère des demeures de l'ère victorienne. Ce n'était pas le plus grand ni le plus ancien, mais Nilianna en avait fait une oasis de sérénité.

Eloik n'avait pas tardé à se lier d'amitié avec la dame. Elle possédait une chaleur humaine et un humour qui le firent immédiatement se sentir à l'aise en sa présence. Aussitôt arrivé, Nilianna lui offrit une visite guidée du manoir.

Il faut dire que c'était une demeure décorée avec goût.

Le lendemain de son emménagement, Nilianna vint chercher Eloik de bon matin dans sa nouvelle chambre et l'invita à venir prendre le petit-déjeuner avec elle.

Une fois le repas terminé, elle lui proposa de l'accompagner dans le jardin pour une promenade de santé. Eloik enfila un caban de laine et un foulard, puis la suivit sur le sentier qui s'étirait derrière la propriété. Ils marchèrent quelques instants en silence, prenant le temps d'habituer leurs poumons à l'air frais du matin. De gros flocons descendaient du ciel, donnant à la scène une dimension féerique tout à fait bienvenue. Eloik, qui adorait la nature, se retrouvait dans son élément. L'endroit était réellement pittoresque. Il lui en fit la remarque, tandis qu'ils avançaient en contournant un étang bordé de saules qui ployaient sous la neige.

— Je sais, dit-elle. J'habite ici depuis cinquante ans et je m'émerveille toujours autant quand je m'y promène. C'est mon coin de paradis. Je me souviens quand j'y suis venue pour la première fois avec Paul, mon mari. C'était au début de l'hiver 1956, l'année de notre mariage. J'avais vingt et un ans. La journée ressemblait à celle-ci et, crois-le ou non, je n'avais jamais touché à de la neige de ma vie. Tu peux t'imaginer ma réaction ?

Elle parlait d'une voix qui paraissait étrangement jeune malgré son âge avancé et cela contribuait à la fascination qu'elle exerçait sur lui.

— Je m'en doute, oui, répondit Eloik. Vous n'aviez jamais voyagé avant ?

— Un peu, avec mes parents, mais cela se résumait au bassin méditerranéen. Je n'étais jamais allée plus au nord que Barcelone. J'avais passé le reste de ma jeunesse à Alger. Je vivais pratiquement en bordure du désert. Alors, le froid hivernal, la neige et la glace, tout ça je ne connaissais pas et je m'en portais très bien.

Elle eut un sourire nostalgique.

— Il aura fallu le charme d'un Anglais pour me faire changer d'avis.

Il n'eut pas de difficulté à percevoir dans sa voix à quel point elle avait dû aimer cet homme.

— Mais parlons un peu de toi. Sylvia m'a dit que tu fréquentais l'Institut Coylton. Comment le trouves-tu ?

— C'est très bien, mais j'avoue que le personnel est bizarre parfois ; sans parler des méthodes !

— Qu'est-ce que tu veux dire ?

— Eh bien ! c'est qu'il m'arrive de me demander si l'endroit n'est pas plutôt une Académie militaire ! Il y règne une discipline que j'ai rarement vue dans un centre de soins. Le programme ressemble davantage à un entraînement qu'à une thérapie.

Nilianna lui désigna un banc du parc situé au bord du plan d'eau.

— Allons nous asseoir.

Eloik, d'un geste rapide de la main, déblaya la fine couche de neige qui s'y était déposée.

— Il y a assez longtemps que j'habite la région pour être au courant d'une ou deux choses sur l'histoire de cet Institut... Mais surtout parce que j'ai autrefois fait partie de ses meilleurs éléments, tout comme ce cher Raymond que tu connais certainement.

— Vous blaguez, j'espère !

Eloik n'en revenait tout simplement pas. Cela n'avait plus rien d'une coïncidence : c'était ni plus ni moins qu'une conspiration.

— Vous voulez dire que vous connaissez Raymond Hill ? Mais qu'est-ce qui se passe avec ce bon Dieu d'Institut ? On dirait que tout le monde que je fréquente en fait partie. C'est quoi au juste ? Un club secret, une secte ? Dites-moi la vérité, Nilianna, je commence à en avoir assez de tourner en rond.

— Tu n'es pas tellement loin de la vérité, en fait. Tu as raison sur un point : c'est un club. Bon, peut-être le mot est-il mal choisi. Disons que l'Institut est le bastion écossais d'une confrérie qui agit au niveau international, et cela depuis au moins trois siècles. On l'appelle l'Orpheus. Ses membres ont en commun un don particulier : celui de pouvoir se mettre facilement en relation avec l'univers des rêves et des esprits et d'agir à l'intérieur de celui-ci pour influencer les événements dans notre monde.

Elle attendit de voir l'effet de cette déclaration sur lui.

– Des spirites ? Ouija et toute la panoplie ?

– C'est une façon simpliste de voir les choses. Ils sont bien plus que de simples spirites à l'ancienne mode. En réalité, on devrait plutôt parler de sensitifs. Toi et moi, ainsi que plusieurs élèves de l'Institut, partageons la faculté de réagir fortement aux variations d'un type d'énergie très subtile, qui s'apparente à celle qui voyage dans ton système nerveux. En fait, c'est la même, mais sous une forme épurée. Les Chinois la nomment Qi, les Hindous parlent de prānā et les psychanalystes allemands d'orgone. Je préfère le terme « éther ». L'important, c'est de savoir que l'on parle de la même chose.

– Je suppose que vous êtes au courant que le docteur Hill m'a fait une offre pour rejoindre les rangs de cette… confrérie ?

– Non, mais je me doutais bien que cela arriverait tôt ou tard. As-tu accepté ?

– Pas encore. Pour tout dire, je ne sais pas si c'est fait pour moi.

– Je te comprends. J'ai ressenti les mêmes doutes à une certaine époque. On se demande si ce n'est pas un peu trop beau pour être vrai. Qu'il y a anguille sous roche.

– Exactement ! s'exclama-t-il. C'est exactement ça. Je voudrais lui faire confiance, mais il y a une petite partie de moi qui me dit de rester prudent.

– Qu'est-ce qui te tracasse ?

– Je ne sais pas. C'est sa façon d'agir avec moi qui me dérange un peu. Son attitude est passée de la froideur scientifique à quelque chose qui ressemble presque à de la camaraderie. Ça me paraît louche.

— Ne sois pas étonné. Raymond a toujours été comme ça : il passe d'un extrême à l'autre sans crier gare. C'est l'une des raisons pour lesquelles nos voies se sont séparées.

— Vous étiez amis ?

Elle soupira, puis détourna le regard en direction de l'étang.

— Oui, si on veut. Après avoir été recrutés par l'Orpheus et fait nos premières armes dans le monde des rêves, il a choisi la voie de l'action, tandis que j'ai préféré me consacrer à la recherche pure. C'est une question de goût et, selon le point de vue que l'on adopte, les deux approches se valent. On peut même dire qu'elles se complètent lorsque les circonstances s'y prêtent. Mais il nous arrive encore parfois de collaborer...

— Y a-t-il autre chose que je devrais savoir ?

— Ça dépend. Qu'est-ce que tu voudrais savoir ?

— Il y a plein de choses qui m'intriguent, mais je suis curieux de savoir pourquoi tout tourne autour de cette région. Pourquoi cette concentration d'effectifs ?

Nilianna reporta son regard sur lui.

— Il y a des onironautes dispersés sur toute la planète. L'Orpheus ne s'est pas contenté de l'Écosse, mais c'est vrai que nous nous implantons dans certaines régions, et il y a une bonne raison à cela. Prends ici, par exemple : Netherley ; le sous-sol fourmille de lignes de force telluriques qui proviennent du méridien géodésique principal, qui passe par *Peterhead*. Ce méridien, c'est la colonne vertébrale de la Terre et l'énergie qui y circule renforce notre propre énergie nerveuse. Nous nous plaçons sur les lieux où cette énergie se concentre, de la même manière qu'un acupuncteur place des aiguilles sur les méridiens du corps humain.

— Vous parlez du Qi. De l'éther…

— Absolument. Netherley est une région très riche en éther. C'est pourquoi je m'y suis installée… et je ne suis pas la seule. Mais il y a des centaines d'autres endroits comme celui-ci sur toute la surface du globe. Je pourrais te nommer Bagdad, Gizeh, Bénarès, Rome, parmi les plus connus.

La neige se mit à tomber davantage.

— On devrait reprendre notre promenade, suggéra Eloik, si on ne veut pas se faire enterrer sous la neige.

Ils se levèrent et reprirent leur périple dans le sentier.

— Vous savez, Nilianna, vous me dites ces choses et je ne peux m'empêcher de penser à tout ce que j'ai entendu au cours de ce rêve que j'ai fait à l'hôpital.

— Je sais. Tu te demandes sûrement comment cela est possible de faire des rêves aussi réels que ceux que tu as expérimentés récemment.

— Franchement, c'était tellement réel que je ne sais plus s'ils étaient des rêves. C'était comme si je m'étais transporté dans un monde tout aussi palpable et matériel que le nôtre. Peut-être même plus, car toutes les sensations physiques me paraissaient décuplées.

Nilianna lui sourit chaleureusement.

— Bien sûr qu'ils étaient réels ; ta conscience, pour la première fois de ta vie, avait perdu contact avec ses repères et elle a seulement glissé vers un état d'énergie différent de celui auquel elle a toujours été habituée.

Eloik réfléchit un moment à ce qu'elle venait de dire.

— Vous voulez dire qu'elle a syntonisé une autre fréquence, comme un poste de radio ?

— Oui… oui, bravo ! C'est une excellente comparaison. Le Rêve t'est apparu parfaitement réel justement parce que ta conscience s'est mise en phase avec les ondes de cette réalité. Les rêves ordinaires auxquels tu étais habitué dans le passé étaient souvent confus et décousus parce que ton esprit ne faisait que de courtes incursions à travers ces ondes ; c'est pour cette raison que tu ne les avais jamais considérés comme faisant partie d'une réalité tangible. Tu n'avais fait qu'effleurer le Rêve, de la même manière qu'un galet qui aurait passé son temps à ricocher sur la surface de l'eau. Pour une fois, tu as fait le plongeon et tu es devenu partie intégrante de cette réalité.

— Est-ce que tout ce que l'on y voit et tout ce que l'on y vit signifient quelque chose ?

— Tout ce qui se produit, que ce soit ici sur Terre ou dans le Rêve, a sa propre signification. Rien n'est jamais laissé au hasard, même si à première vue cela n'a pas de sens. Chaque chose que tu vois, chaque personne qui se présente à toi est là pour te montrer qui tu es. Ton environnement te renvoie toujours ton propre reflet. Souviens-toi de ça. Laisse tes rêves te guider, mais sois vigilant. Fie-toi à ton intuition et tu sauras différencier par toi-même l'importance des messages qu'ils t'enverront. Tu verras qu'au travers des rêves et des cauchemars, tu pourras trouver des solutions à bien des problèmes si tu fais l'effort d'en déchiffrer les messages en accordant ton attention aux images symboliques qui en forment la trame de fond. Ton corps onirique t'aidera grandement dans cette tâche lorsque tu en maîtriseras les facultés principales.

— C'est quoi au juste ce fameux corps?

— Je ne veux pas t'embrouiller avec des détails techniques. Alors, je vais essayer de te simplifier les explications. Lorsque tu t'endors, ton cerveau relâche une partie de sa vigilance, cette partie que l'on appelle habituellement la conscience de veille. Quand cela se produit, c'est comme si une digue ou un barrage s'effondrait et ton corps onirique est libéré. Si tu es particulièrement sensible, tu te sentiras glisser ou tomber dans un puits : c'est parce que ton corps onirique pénètre à l'intérieur de ton propre esprit pour rejoindre la sphère infinie du

Rêve. Ce corps, entièrement composé d'éther, et dont l'apparence est calquée sur ton enveloppe physique, lui est relié par ce même éther qui circule dans tes nerfs sous forme d'énergie biochimique. Il est malléable par ta volonté et aussi très sensible aux champs électromagnétiques, ce qui veut dire que les lignes à haute tension, les aimants de forte puissance et tout ce qui produit un voltage élevé peuvent avoir une influence sur lui.

Eloik paraissait stupéfait.

— Vous parlez comme une physicienne, mais je crois que je saisis l'essentiel.

— Tu verras, tout ça va devenir de plus en plus clair dans les jours qui vont suivre.

Nilianna lui tapota l'épaule.

— J'espère que la tête ne te tourne pas trop. Je ne voudrais pas que tu arrives à l'école déjà épuisé.

— Bien sûr que non. Ne vous en faites pas pour moi.

— Parfait. Dylan va te reconduire en voiture. C'est sur son chemin pour aller travailler.

— D'accord.

Eloik continua à marcher aux côtés de Nilianna en silence. Il tendait l'oreille pour percevoir les pépiements des oiseaux et tous les petits bruits si particuliers qui vous confirment que vous êtes bien à l'orée des bois. C'était bon de respirer à nouveau l'air frais et de se sentir en vie.

— Alors, c'est vrai ? Dylan va nous quitter ?

— Pas définitivement, répondit-elle. Il va revenir l'été prochain. Il a seulement le mal du pays. Il s'ennuie de sa Nouvelle-Zélande et de sa planche de surf.

Le jeune homme se mit à rire.

— Je l'aurais parié. La première fois que je l'ai vu en rêve, j'ai tout de suite pensé à un surfeur.

Nilianna s'esclaffa à son tour.

— Je sais, ça crève les yeux. Le surf, c'est sa religion.

Les jours suivants se passèrent sans trop d'anicroches dans son nouvel établissement scolaire. Il n'avait pas eu de difficulté à s'y faire transférer, mais il avait redouté l'accueil que les élèves lui réserveraient. Une fois le seuil franchi, il s'aperçut que ses peurs étaient injustifiées pour la plupart. Bien qu'il fût toujours aussi mal à l'aise dans ses relations avec les autres, il ne s'en laissait plus imposer comme avant. Cela était attribuable aux effets bénéfiques de son séjour aux frontières de la mort qui ne s'étaient pas estompés. À l'évidence, quelque chose de profondément positif avait pris racine en lui.

Ce changement qui s'était opéré dans sa personnalité remit en question ses visites hebdomadaires à l'Institut Coylton. Les raisons qui avaient motivé sa présence jusqu'alors n'existaient plus vraiment. Seule la proposition du docteur Hill de rejoindre les rangs de la branche « active » (pour ne pas dire militaire) de l'Orpheus le faisait hésiter. À en croire Nilianna, et même la petite Laura, la méthode de Hill avait ses bons côtés, malgré le fait qu'elle pouvait paraître radicale dans ses applications. Rongé par le doute, il finit par en discuter franchement avec Nilianna. Elle le rassura et lui promit qu'elle entrerait en communication avec le psychiatre afin de trouver un terrain d'entente. Ce qui revenait à dire qu'elle négocierait avec lui pour prendre en charge son initiation dans l'Ordre.

Il commençait à comprendre ce que Janika avait voulu lui dire en parlant de sa « valeur marchande » qui venait d'atteindre des sommets. Il était devenu un objet de convoitise. Qu'est-ce qu'ils voyaient de si important en lui ? Il n'était pourtant pas le détenteur d'un secret ni un être d'exception comme tout le monde semblait décidé à le lui faire croire depuis son passage dans les catacombes de l'Institut. Il n'était qu'un adolescent qui avait passé la majeure partie de son existence à avoir peur de son ombre. Tôt ou tard, quelqu'un finirait par s'en apercevoir.

Le reste de la semaine se déroula selon le même horaire. Le soir, quand il rentrait à Netherley, il discutait souvent avec Nilianna afin d'approfondir ses connaissances sur le Rêve. Elle ne perdit pas de temps à lui enseigner des exercices pratiques qui lui serviraient lorsque le moment serait venu d'y retourner en groupe, c'est-à-dire au moment de la nouvelle lune. Nilianna lui avait expliqué l'importance de cet astre lors des missions d'envergure comme celle que Dylan était en train de planifier. La Lune jouait le rôle de Portail vers les régions profondes du Rêve ; celles qui se trouvaient à des distances considérables du Phare et qui, en temps normal, étaient beaucoup plus difficiles à atteindre. Étant donné qu'ils allaient voyager dans le passé, ils devaient absolument profiter de cet avantage pour optimiser leur efficacité.

Janika et Dylan avaient protesté au début quand Nilianna leur avait fait part de son désir d'entraîner Eloik pour qu'il puisse retourner combattre avec eux dans le Rêve. À leur avis, c'était lui faire courir un risque prématuré, puisque Küwürsha n'attendait que le moment propice pour s'emparer de lui.

Étant donné qu'Eloik ne pouvait s'empêcher de dormir et que d'une manière ou d'une autre il serait appelé à faire face de nouveau au Cauchemar, Nilianna leur fit comprendre qu'il était préférable de le préparer le plus rapidement possible à cette éventualité. D'ailleurs, si on se fiait à ce qu'il avait dit à propos de la tournure qu'avait pris le combat lors de l'Épreuve, on pouvait estimer que la Reine y penserait à deux fois avant de s'approcher de lui.

Ils finirent néanmoins par la convaincre de tenir compte de leur mise en garde. Ils étaient censés le protéger, après tout. De son côté,

Nilianna leur proposa une solution intermédiaire, qui ne manqua pas de les surprendre. Quant à savoir ce qu'Eloik en penserait, c'était une autre histoire. Janika, qui le connaissait mieux que Dylan, avait quelques doutes, mais elle se rangea finalement du côté de Nilianna. On décida de le mettre au courant le lendemain matin, lorsque le groupe serait réuni pour le cours accéléré de navigation onirique que Dylan avait préparé pour Eloik.

On était samedi. Le soleil était levé depuis presque une heure et demie lorsque Eloik sortit de la salle à manger en compagnie de Janika, qui avait partagé son repas avec lui.

— Aujourd'hui, tu vas découvrir la Chambre des rêves. C'est là que l'on travaille en temps normal. Dylan nous y attend. Il va t'enseigner la théorie essentielle de la navigation au cas où tu te retrouverais isolé dans le Rêve. La mission qui s'en vient étant assez risquée, il y a de bonnes chances que ça puisse te servir.

— Je ne savais pas que Dylan enseignait. Ce n'est pas le boulot de Nilianna ?

— Nilianna est occupée ce matin. Elle va nous rejoindre plus tard… Avec un nouveau venu. Un candidat de dernière minute. Viens, fit-elle en l'attrapant par la manche, suis-moi.

Ils traversèrent le couloir reliant la cuisine, la salle à manger et le salon et empruntèrent le grand escalier tout au bout. Une fois à l'étage, Janika se dirigea vers une porte isolée, située à l'extrémité opposée de celles qui donnaient sur les chambres.

La porte de bois plaqué paraissait plutôt banale quand on la regardait de loin. Ils s'en approchèrent et Eloik remarqua qu'elle était dépourvue de poignée. Janika posa la paume de sa main contre le mur, juste à côté du chambranle de la porte, là où se trouvait un interrupteur électrique. Ce dernier, qui s'avéra rapidement être faux, pivota dans le mur et un clavier alphanumérique apparut. Janika pianota rapidement un code sur les touches et la porte glissa de côté.

– Après toi, lui dit-elle en l'invitant à entrer dans la pièce. N'oublie pas d'enlever tes chaussures.

Eloik découvrit une salle ovale qui s'étirait dans le sens de la longueur. Le plafond, relativement haut, comportait une immense verrière par laquelle la lumière du jour se déversait. Il ôta ses souliers et gravit trois marches recouvertes de moquette blanche. Celle-ci, en plus d'être moelleuse, absorbait le bruit de ses pas. Tout autour de la pièce, des plantes avaient été disposées devant une sorte de bandeau de projection d'environ deux mètres de large sur lequel dansaient des ondulations lumineuses colorées semblables à des aurores boréales. Elles s'accordaient au phrasé musical complexe d'une mélodie baroque qui baignait l'espace et procurait un sentiment de détente.

Eloik continua d'avancer. Au centre de l'ovale, formé par le rassemblement des nervures qui composaient l'armature de la verrière, une large poutre de bois verni se dressait. Huit sièges de cuir, visiblement très confortables, étaient disposés en étoile autour de cette poutre. Ils étaient inclinés à quarante-cinq degrés et semblaient l'inviter à s'étendre.

— Je comprends maintenant pourquoi vous appelez ça la Chambre des rêves.

— Relaxant, n'est-ce pas ? Continue à avancer. Il faut se rendre dans la pièce à côté.

Il fit comme elle le lui demandait et arriva devant une seconde porte.

— Et pour ouvrir celle-là, on bouge une statuette ?

— Tu dois prononcer la formule magique, lui répondit-elle en plaisantant. Laisse-moi faire, je vais te montrer. Celle-ci est un peu plus compliquée.

Janika posa sa main sur la poignée et tourna. Elle se retenait visiblement d'éclater de rire.

— Très drôle, fit Eloik. Tu en as d'autres, des bonnes blagues dans ce genre-là ?

Janika se contenta de sourire et lui fit signe de la suivre. Dylan les accueillit. Il avait l'air plus détendu que la dernière fois où Eloik l'avait vu.

— Bonjour. Asseyez-vous, on va commencer bientôt.

La pièce dans laquelle ils venaient de pénétrer était meublée de huit chaises disposées en demi-cercle devant un grand écran à plasma. Un cercle rouge mis entre parenthèses par deux croissants blancs apparaissait au centre de cet écran. Eloik devina aisément que c'était une représentation des trois Lunes du Rêve.

Il se tourna vers Janika, qui s'était assise à sa droite :

— Pourquoi les trois lunes ?

— Nilianna ne t'a pas expliqué ? C'est le symbole de l'Orpheus. Ce sont à la fois les Lunes, mais aussi un œil pour signifier que nous pouvons voir des deux côtés de la réalité.

Les lumières se tamisèrent et Dylan prit la parole.

— Bon. Les informations que je vais te donner aujourd'hui, Eloik, sont un condensé de la théorie concernant la navigation dans le Rêve ou ce que l'on appelle habituellement la navigation onirique. Comme le temps presse et que nous ne pouvons nous permettre de tout voir, je me suis contenté de conserver uniquement les notions principales. Avec un peu de d'expérience dans le Rêve, le reste devrait être assez facile à rattraper.

Le logo de l'Ordre disparut et fut remplacé par une image de synthèse représentant le Phare du Rêve.

— Ceci étant dit, je te présente le Phare du Rêve. Cette structure est la plus importante du monde onirique. Le Phare est le centre géographique du Rêve. Toutes les coordonnées que nous utilisons pour nous repérer ont pour origine ce point précis. Au sommet du Phare brille ce que l'on appelle la « balise temporelle ». Ce dispositif assure une synchronisation parfaite du temps onirique avec le temps terrestre, qui est fixé par la durée de la rotation de la Terre. Étant donné que le temps est très instable dans le Rêve, on ne peut se fier qu'à cette balise pour estimer le temps réel. Tu vois ces anneaux concentriques qui montent et descendent autour de la balise ?

— Oui, répondit Eloik.

— Ce sont eux qui vont t'indiquer ta profondeur onirique, c'est-à-dire la distance à laquelle tu te trouves du Phare. Plus tu es proche, plus leur mouvement est rapide. On appelle cela le « battement »

Eloik paraissait un peu intrigué.

— Tu veux dire que ces battements se modifient selon que je m'approche ou que je m'éloigne du Phare ? Mais alors, les autres rêveurs qui ne se trouvent pas à la même distance que moi vont percevoir immédiatement un changement qui ne correspondra pas à leur position. Ce n'est pas très logique.

— Au contraire, c'est parfaitement logique. Tu as déjà entendu parler de la théorie de la relativité ?

— Plus ou moins. $E = mc^2$, Einstein, la vitesse de la lumière, etc.

— Eh bien ! tu dois savoir que le temps s'écoule différemment pour deux personnes qui se déplacent à des vitesses différentes ! Chez quelqu'un qui fait son jogging, il peut sembler s'écouler deux heures, mais chez un autre qui fait le même exercice à une vitesse proche de celle de la lumière, il ne semblera s'écouler qu'un milliardième de seconde. Avec la balise temporelle, un phénomène semblable se produit. En fait, c'est exactement la même chose. La seule différence, c'est que dans le Rêve, ce principe ne s'applique pas à la vitesse, mais à la distance. Est-ce que tu me suis?

— Ça va. J'ai compris.

Soudain, on entendit frapper à la porte derrière eux. Celle-ci s'ouvrit et un peu de lumière entra dans la pièce plongée dans la pénombre.

— Nilianna, fit Dylan, entrez. Nous venions juste de commencer.

Eloik et Janika se retournèrent. Nilianna était accompagnée d'un individu plutôt costaud, qui tenait deux sacs en papier dans ses mains. Comme la lumière provenant de la Chambre des rêves était derrière eux, on ne pouvait distinguer le visage du nouvel arrivant. Dylan remédia au problème en rallumant à l'intérieur de la petite salle de classe. Eloik faillit avoir une crise cardiaque.

Ned Conroy le dévisageait avec son impayable sourire.

— Ah non! Pas encore lui!

— Eh! MacMillan…

Chapitre XIII
Préparatifs

Il n'est pas question que je retourne dans le Rêve avec lui, s'insurgea Eloik. On ne peut pas lui faire confiance.

Nilianna s'interposa :

– Arrête ça immédiatement, Eloik ! Ned n'avait aucun moyen de savoir que tu partageais réellement le cauchemar qu'il vivait. Pour lui, tu n'étais rien d'autre qu'un élément du décor. Je lui ai expliqué la situation et il est désolé.

Eloik émit un soupir d'incrédulité.

– Ned Conroy désolé ? Ne me faites pas rire. Depuis quand ressent-il le moindre remords pour ce qu'il fait ?

Ned déposa par terre les deux sacs qu'il tenait dans ses bras et intervint :

– Écoute MacMillan… euh… Eloik. Je sais que j'ai pas été très correct avec toi dans le passé. Je le regrette maintenant…

– Pas très correct ? Pas très correct ? Seigneur ! fit-il en ricanant, ce doit être l'euphémisme de l'année ! Disons plutôt que tu t'es servi de moi pour te défouler. Ça me semble plus près de la vérité.

Un malaise s'installa dans la salle. Personne n'osait dire un mot. Eloik avait des comptes à régler avec Ned et mieux valait lui laisser laver son linge sale immédiatement que d'attendre d'être dans le Rêve.

Ned, après avoir encaissé patiemment les sarcasmes d'Eloik, reprit la parole en conservant un ton posé :

— Laisse-moi au moins une chance de te prouver que je suis sincère.

— Et puis quoi encore ? On va se faire l'accolade et s'embrasser ? Tu penses que tu peux arriver ici et me présenter tes excuses en t'imaginant que je vais oublier comme par enchantement toutes les humiliations que toi et tes deux copains m'avez fait subir depuis trois mois ? Pour qui tu me prends au juste ? Un idiot ? Peut-être que Nilianna trouve que c'est une excellente idée de t'intégrer au groupe, mais en ce qui me concerne, je n'en suis pas si sûr que ça. Je ne vois pas du tout ce que tu peux nous apporter... à part un paquet de problèmes !

Le reste du groupe garda le silence, mais une autre remarque de ce genre et l'un d'entre eux serait obligé de mettre fin à cet échange avant qu'il ne dégénère. Tout dépendait maintenant de la manière dont Ned réagirait.

— Pousse pas le bouchon trop loin, Mac-Millan. Je t'ai dit que je m'excusais et que j'étais sincère. Je le pense encore. Mais ne va pas croire que ça peut te donner le droit de me traiter comme une merde. J'ai fait un bout de chemin. À ton tour maintenant.

Il se rapprocha et lui tendit la main.

Eloik l'observa sans broncher. Il scruta son visage et surtout ses yeux, à la recherche d'un indice qui trahirait sa duplicité, mais n'en trouva pas. Se pouvait-il que Ned pense vraiment ce qu'il disait ? Qu'il se soit enfin rendu compte de la méchanceté de ses actions ? Avant de le convaincre de sa sincérité, il aurait intérêt à faire ses preuves. Il pouvait bien dire qu'il était désolé, mais les mots ne suffisaient pas ; les gestes, quant à eux, demeuraient toujours la façon la plus éloquente d'exprimer de véritables regrets. Finalement, après avoir pesé le pour et le contre, il décida de lui accorder le bénéfice du doute. Il s'avança et saisit la main que Ned lui tendait.

— Bon, d'accord. On passe l'éponge, pour l'instant. Pour les besoins de la cause, je veux bien te donner une chance de te racheter. Mais ne me refais plus jamais le coup de la purée de pommes de terre au visage.

Ned se remémora la scène au réfectoire de l'Institut.

— Tu te souviens de ça ? dit-il en riant. Ouais, je sais. C'était pas très gentil de ma part, mais avoue que ça t'a sorti de la Lune.

— Mouais… sans commentaire, ajouta Eloik en lui lançant un regard dubitatif.

Dylan prit la parole à son tour.

— Bon. Vous avez fait la paix ? Excellent ! Une fois que nous serons dans le feu de l'action, il faudra se serrer les coudes. Inutile de vous dire combien ça va être important de travailler avec le même objectif en tête et que, si l'on peut éviter de se chicaner à propos de vieilles rancœurs, notre opération ne s'en portera que mieux. À présent, ce serait super si on pouvait reprendre le cours de navigation onirique où nous l'avions laissé. Eloik, et toi aussi Ned, si vous voulez bien vous asseoir, je vais poursuivre mon exposé.

Il leur désigna les chaises et retourna éteindre. L'image du Phare du Rêve s'estompa pour laisser la place à une carte géographique. De grandes zones noires couvraient les trois quarts de la région délimitée.

– Voici une carte illustrant la progression du Cauchemar telle qu'elle était le 1er septembre 1939, le jour de l'invasion de la Pologne par les troupes allemandes. La région qui nous intéresse se trouve dans le Quadrant Sud. Notre première incursion dans le passé va s'y dérouler ; dans les cauchemars nazis pour être exact. Nous avons de bonnes raisons de croire que la Division Paranormale du Reich avait, dès cette époque, établi son avant-poste onirique dans le Sud pour s'assurer d'un apport maximal d'énergie négative lors du *blitzkrieg**. Comme Laura nous en a fait mention, ces nazis ont probablement réussi à interagir directement sur

---

*   Guerre éclair. Mot qui désigne l'invasion allemande de Europe de l'Ouest.

la Source du Cauchemar lors d'une opération thaumaturgique cruciale. Ceci, si nos informations sont exactes, va nous donner l'occasion de frapper mortellement notre ennemie : Küwürsha. Par ailleurs, jusqu'à tout récemment, nous étions sûrs que les nazis de la Division Paranormale avaient circonscrit leurs troupes à l'intérieur d'une enceinte temporelle bien définie, mais il semble que ce n'est plus le cas. Des événements récents, tant dans le Rêve que sur Terre, nous portent à penser que les onironautes de cet avant-poste situé dans le passé ont mis au point une technique qui leur permet d'atteindre des points spatio-temporels qui se trouvent en dehors du Cauchemar.

– En clair, si j'ai bien compris, avança Ned, tu dis que les cauchemars du passé sont en train d'envahir le présent.

– Exactement. Nous devrons nous infiltrer à l'intérieur de cette enceinte au moment où la Source du Cauchemar s'y arrêtera. Notre objectif sera de saboter, par n'importe quel moyen, tout ce que la Division Paranormale tentera d'accomplir à l'aide de la Source. Comme nous n'en avons pas la moindre idée, il faudra improviser.

– Ce n'est pas ce que j'appelle un plan en béton, commenta Ned.

– C'est le mieux que l'on puisse faire pour le moment. J'aurais préféré baser la stratégie sur davantage d'informations, mais les nazis ne laissent rien filtrer et nous n'avons pas beaucoup de temps devant nous. Il faudra nous servir de notre imagination. À présent, voici les coordonnées du retour. Nous allons nous y rejoindre après avoir quitté l'enceinte. Vous devrez les mémoriser.

Il pointa une longue série de chiffres et de lettres qui venait de s'inscrire à l'écran :

Q2.S1.A14 / C8.R1 / B166322 / Plage

– Ça paraît compliqué, mais c'est en fait très simple. Il s'agit de visualiser une sphère. La première portion concerne la position autour du cercle entourant le Phare du Rêve ; la deuxième a trait au temps ; la troisième donne la distance ou la profondeur onirique et la quatrième, qui est facultative, sert de repère visuel.

Eloik paraissait hésitant.

– Peux-tu élaborer un peu ?

– Bon, c'est facile. Je vais te montrer comment cela doit être lu. La première coordonnée est spatiale. Elle te situe dans l'un des quatre Quadrants du Cercle entourant le Phare du Rêve. Le premier Quadrant est celui de la Terre, le second est celui du Feu, le troisième celui de l'Eau et le dernier, celui de l'Air. Jusqu'ici ça va ?

Eloik hocha la tête.

– Chaque Quadrant est divisé en trois Secteurs qui forment ce que l'on appelle une Triade, et chaque Secteur se subdivise en trente régions ou Angles. Donc, la première portion se lit ainsi : Quadrant 2, c'est-à-dire Quadrant du Feu ; premier Secteur ; Angle quatorzième. La coordonnée suivante est temporelle et signifie huitième Cycle de la première Révolution. B166322 signifie que la distance par rapport au Phare du Rêve est de 166322 Battements par Cycle. La dernière portion, comme je te l'ai dit, sert uniquement de confirmation visuelle.

Dylan élabora encore un peu sur le sujet, puis prit le temps de répondre aux questions d'Eloik sur la façon de créer l'ouverture de translation afin de passer d'une zone à l'autre du Rêve.

Lorsque Dylan eut fini de parler, le groupe sortit de la salle et se dispersa dans le manoir. Tandis que Janika et Dylan prenaient soin de faire visiter les lieux à Ned, tout en essayant de mieux le connaître, Nilianna alla retrouver Eloik, qui avait préféré retourner explorer la Chambre des rêves.

— Tu ne te joins pas au reste du groupe ?

— J'avais besoin de tranquillité et de solitude. Nilianna, pourquoi ne m'avez-vous rien dit à propos de Ned ?

Elle s'avança jusqu'à la poutre centrale contre laquelle Eloik était appuyé.

— La décision de l'inclure dans le groupe a été prise seulement hier en fin d'après-midi. Il va nous être très utile.

— Je n'arrive vraiment pas à comprendre ce qui vous est passé par la tête. En ce qui me concerne, vous ne pouviez faire de plus mauvais choix.

— Ce choix, comme tu le dis, a été fait après que j'ai eu à négocier un arrangement avec Raymond concernant ton adhésion à l'Ordre.

— Quelle sorte d'arrangement ? Je ne savais pas que le docteur Hill avait son mot à dire dans le processus. Je croyais qu'il opérait dans une branche séparée de la vôtre ?

— Habituellement, oui. Mais cette fois-ci les circonstances sont différentes. Te souviens-tu du grimoire qui t'a été confié et que tu t'es fait voler ?

Eloik perdit de sa contenance.

— Oui, bien sûr.

— J'ai dû céder du terrain justement à cause de cet incident. Je pense que ce n'est pas une surprise si je te dis que le docteur a été très contrarié d'apprendre que tu avais perdu ce livre.

— Mais ce n'était quand même pas de ma faute ! protesta Eloik. Il m'avait pourtant bien spécifié qu'on ne pouvait pas le voler. Je n'aurais jamais dû accepter de l'emporter !

— Ce qui est fait est fait. Mais rassure-toi, grâce à Ned nous avons maintenant une bonne idée de qui a fait le coup. Puisque les pages de ce grimoire étaient imbibées de charmes de protection, certains onironautes ont été en quelque sorte en mesure de flairer son odeur magique et d'arriver à le localiser de façon assez précise. Ce n'est pas le cas de tous nos membres, mais une mince fraction de nos élèves possède ce don…

— Et Ned Conroy est l'un d'entre eux, compléta Eloik avec un soupir de résignation.

— Oui. C'est un domaine dans lequel il excelle. Écoute-moi bien : tu devrais cesser de t'apitoyer sur ton sort et essayer de repartir sur une bonne base avec lui. Oublie le passé et agis plutôt selon les circonstances actuelles. Tu as devant toi une occasion en or de lui montrer qu'il avait tort de te mépriser. Ned est peut-être un peu bourru, peut-être même trop impulsif parfois, mais ce n'est pas un mauvais garçon. Je suis certaine qu'il va te respecter davantage, si tu arrêtes de te conduire comme une victime. Tu n'as qu'à lui montrer que tu es capable de prendre ta place.

Eloik paraissait abattu. Tout allait comme sur des roulettes avant que ce Conroy de malheur ne se pointe au manoir. À présent, il avait l'impression d'être relégué au second rang. Quand il se rendit compte que cette jalousie larvée était en réalité la véritable raison de son désir d'isolement, il ne put s'empêcher de se trouver puéril. Il agissait exactement comme le chouchou qui vient de perdre sa place et qui boude pour la ravoir. Mais, d'autre part, malgré tout ce que pouvait en dire Nilianna, il ne pouvait nier l'existence des émotions qui s'agitaient en lui. Elles ne représentaient peut-être pas les meilleures facettes de sa personnalité, mais elles étaient là et il n'y pouvait rien. Inutile de faire comme si elles n'existaient pas.

— Je ne sais pas, Nilianna. Conroy... Je veux dire Ned... Il m'en a vraiment fait baver quand je suis arrivé à l'Institut. Je sais que vous allez me dire qu'il ne s'agissait que de blagues stupides de collégien, mais j'étais sa tête de Turc. Vous comprenez ce que ça veut dire ? Ce n'est pas comme si elles ne s'étaient produites qu'à une ou deux occasions. Mon ego en a réellement pris pour son rhume.

Nilianna lui mit la main sur l'épaule.

— N'as-tu rien appris de ton séjour dans le Rêve ? C'est toi-même qui m'as dit que tu avais vaincu la Reine au moment où tu avais cessé de la fuir et que tu étais allé au-devant d'elle. C'est la même chose ici. Tu dois renverser la vapeur et passer par-dessus les offenses que Ned a pu te faire subir dans le passé. D'ailleurs, il m'a promis qu'il ferait des efforts pour bien s'intégrer à l'équipe, alors ça va te faciliter les choses. Allez, Eloik, sortons d'ici. Allons les rejoindre.

Il la regarda en arborant une expression mi-figue, mi-raisin.

— D'accord. Je vais faire un effort.

Ce soir-là, ils dînèrent ensemble. Dylan égaya l'atmosphère en racontant quelques anecdotes sur son dernier séjour en Nouvelle-Zélande, qui eurent finalement raison de l'air maussade d'Eloik. Il était temps, car Janika en avait assez de le voir faire la gueule. Ned et lui n'étaient pas les meilleurs amis du monde, mais ce soir, ils iraient tous dans le Rêve et on ne pouvait se permettre d'y aller en nourrissant des pensées négatives envers l'un des membres du groupe. C'était justement le genre de chose qui était capable de leur faire rater leur translation dans l'autre monde.

Vers 19 h 30, Nilianna les quitta pour se rendre à la serre. Après avoir débarrassé la table et lavé la vaisselle, les quatre adolescents se dirigèrent vers la Chambre des rêves et commencèrent à se préparer pour la mission. Ned alla chercher ses deux sacs de papier et en exposa enfin le contenu.

— Où as-tu déniché des costumes pareils ? s'exclama Janika. Ça doit coûter une fortune !

Ned déposa quatre uniformes SS sur les couches inclinées de la Chambre des rêves. Eloik n'était pas un expert, mais son flair lui disait que ce n'était pas du toc. Il avait devant lui d'authentiques uniformes ayant servi durant la Seconde Guerre mondiale.

— Fonds spéciaux d'urgence débloqués par l'Institut. Vous avez devant vous de véritables pièces de collection.

Eloik ne put s'empêcher de sentir un frisson de malaise lui traverser le corps en regardant les costumes militaires. Ces trucs avaient appartenu à de vrais nazis.

— Qu'est-ce que l'on va faire avec ces fringues ? demanda-t-il en lançant un drôle de regard à Ned.

— À ton avis ?

— Quoi ? Tu veux dire que je vais devoir porter ça ? Je suis pas sûr d'en avoir très envie.

Janika s'approcha de lui.

— Il le faut, Eloik. Si on veut maximiser nos chances d'atteindre notre objectif, il faut être en contact physique avec quelque chose de concret ayant appartenu à l'époque que l'on vise.

— Un casque ou une décoration n'aurait pas pu faire l'affaire ? Je déteste l'idée de devoir me glisser à l'intérieur de ça.

— Le tissu de ces vestes a été en contact avec la peau de ces soldats, avec leur sueur et toutes leurs émotions. Elles sont chargées de l'énergie qui va nous guider jusque dans les cauchemars que l'on recherche. Tu comprends ?

– Oui, mais ça ne veut pas dire que ça me plaît.

– Bon Dieu, MacMillan ! s'emporta Ned, qui commençait à en avoir assez d'entendre Eloik se plaindre. Ce n'est que du tissu ! Arrête de faire le difficile. J'ai seulement eu vingt-quatre heures d'avis pour dénicher ces costumes. Alors, excuse-moi, mais je n'ai pas vraiment eu le temps de trouver un petit quelque chose spécialement pour toi. Il va falloir te contenter de cet uniforme. Que ça te plaise ou non.

– OK, Ned. C'est pas la peine de t'énerver comme ça, répondit Eloik, qui tentait d'appliquer les conseils de Nilianna sur la façon de se comporter avec son ancien tortionnaire. C'est seulement que je trouve ça un peu dérangeant. C'est tout.

Pendant ce temps, Dylan, qui avait mis en marche les optimiseurs de sommeil des couchettes, referma le panneau de contrôle intégré à la poutre et se pencha pour examiner les uniformes nazis.

– Ned, lâcha-t-il, en palpant le tissu un peu élimé, on peut dire que t'as fait un excellent boulot. Avec ces uniformes, on va se rendre directement en plein cœur de notre objectif.

– Qui est quoi, au juste ? l'interrogea Janika. Tu nous as parlé ce matin du Quadrant Sud, de l'enceinte de la Division Paranormale, de la Pologne et des cauchemars nazis, mais je ne me souviens pas t'avoir entendu prononcer le nom de l'objectif de translation.

– J'ai attendu jusqu'à la dernière minute par souci de sécurité, mais aussi parce que je voulais attendre de pouvoir constater par moi-même l'état de conservation de ces uniformes avant de vous l'annoncer. Si Ned nous avait ramené des copies, comme on en retrouve souvent sur le marché, on ne serait pas allés bien loin.

Eloik trouvait cette explication plutôt boiteuse, mais il n'osa pas le lui faire remarquer. Il vit la moue de Janika et comprit aussitôt qu'elle n'était pas plus convaincue que lui. Dylan avait l'air d'un gars qui tourne autour du pot, ce qui ne lui ressemblait pas. Visiblement, il avait de la difficulté à cacher son malaise. Ils le regardèrent prendre l'une des vestes et l'enfiler en silence comme si de rien n'était.

– Tu ne nous as toujours pas dit où nous nous rendons, remarqua Eloik après un moment.

– J'y arrive, j'y arrive. J'aime autant vous avertir tout de suite : ça ne va pas vous plaire.

– Personne n'a jamais prétendu que ce serait une partie de plaisir, observa Janika. Allez, crache le morceau que l'on enfile enfin ces vieilles loques.

Dylan hésita encore un instant.

– Daraam. La Cité des Damnés.

L'annonce de l'objectif de translation fit son petit effet sur Ned et Janika. Eloik, quant à lui, broncha à peine. Dylan aurait pu dire « Disney-land » qu'il ne s'en serait pas porté plus mal.

Comme ses deux camarades avaient visiblement blêmi, il interrogea Dylan du regard.

– La Cité des Damnés… charmant. On peut y cueillir des fleurs en juillet ?

Dylan lui rendit son regard.

– Ne fais pas de blagues, Eloik. Daraam mérite amplement son nom. On raconte que plusieurs onironautes y ont laissé la raison. Je ne veux pas vous faire peur, loin de là, mais attendez-vous au pire. Il va falloir être très disciplinés si nous voulons avoir une chance de pénétrer au cœur de cette cité et d'en ressortir sans trop d'égratignures. Tout indique, pour le moment, que la Source du Cauchemar s'y trouve.

Ned, qui avait fini par se ressaisir, y alla de son commentaire :

– L'Institut m'a envoyé pour retrouver un grimoire volé par des agents néo-nazis. Il n'a jamais été question d'affronter la Source du Cauchemar. Vous voulez vraiment vous mesurer à elle ? Vous êtes fous ! Si vous croyez que les cauchemars que vous avez vécus jusqu'à présent étaient à la limite du supportable, votre esprit va sûrement éclater quand il sera confronté à ceux que cette Source peut produire lorsqu'elle se sent menacée.

Janika poussa un soupir de découragement. Le moral de tout un chacun était en train de fondre comme neige au soleil. Elle devait faire quelque chose pour remédier à la situation.

– Ned, ce n'est vraiment pas le temps de te laisser aller. Cette mission est trop importante. On a besoin de toi, de tes habiletés. Daraam, je te le concède, ne sera pas une promenade dans le parc, mais si on ne fait rien maintenant, les choses ne feront qu'empirer.

– C'est de la folie pure et simple. Comment comptez-vous vous y prendre pour détruire la Source ?

– J'ai passé deux semaines à préparer un plan avec les chefs de plusieurs nations oniriques, ainsi qu'avec Nilianna, Malden et Laura Coylton, intervint Dylan. On ne sera pas dépourvus de ressources. En plus, on a un atout de taille. Une arme secrète.

– Quoi ? Un tire-pois ?

– Mieux que ça : Eloik.

Ce dernier, en entendant prononcer son prénom, dévisagea Dylan sans comprendre.

– Qu'est-ce que tu racontes ? Est-ce que j'ai l'air d'une arme secrète, moi ?

– Tu verras bien. En tout cas, j'espère que ce que Nilianna m'a raconté sur toi va s'avérer exact. Si oui, je connais une Reine qui va passer un mauvais quart d'heure lorsque tu lui mettras la main dessus.

– Ah ! Parce qu'en plus, je vais devoir me taper cette vieille peau à nouveau ? Tu veux rire !

– Et si Eloik se dégonfle ? ajouta Ned. Si Nilianna se trompe à son sujet ? Peut-être que le mauvais quart d'heure, c'est nous qui allons le passer. Est-ce que ça t'a traversé l'esprit ?

Dylan s'approcha de Ned.

– Ned, je ne te promets rien. On peut recevoir une raclée comme on peut devenir des héros, mais il y a une chose dont je suis sûr, c'est qu'on ne peut pas rester ici les bras croisés pendant que Küwürsha et ses copains nazis se préparent à prendre le contrôle du Monde des rêves. Janika vient de te le dire, on a besoin de toi pour réussir cette mission. Alors, je fais appel à ton sens des responsabilités et à ton courage ; aide-nous à vaincre !

Ned poussa un soupir en hochant la tête de gauche à droite. Il était tombé sur une vraie bande de cinglés.

– Je le répète : c'est de la folie. Et je suis vraiment fou de t'écouter. Mais c'est bon, j'accepte. Ne me fais surtout pas regretter ma décision, Dylan Clarke.

Dylan lui fit signe qu'il avait compris.

– À présent, mettez vos uniformes et prenez place sur ces confortables couchettes de luxe que je vous ai préparées. On va avoir une nuit assez mouvementée.

– Oui, je n'en doute pas une minute, déclara Eloik, sans trop d'enthousiasme. Je suppose que c'est inutile de se souhaiter de faire de beaux rêves ?

Le reste de l'équipe ne lui accordait déjà plus d'attention.

Malgré cette tentative ratée de faire de l'humour, Eloik savait très bien qu'il essayait seulement de se rassurer sur ce qui s'en venait. Il s'étendit sur la couchette et essaya tant bien que mal de se détendre. L'étape la plus cruciale allait bientôt commencer.

Liste des personnages

LES HUMAINS

Dylan Clarke : Néo-Zélandais de 21 ans, recruté dan
l'Orpheus par Nilianna Kerouani. Il a un grand sen
des responsabilités, et c'est pourquoi Nilianna n'hésite
pas à lui confier certaines missions dans le Rêve.

Eloik MacMillan : âgé de 17 ans, il vit en Écosse avec sa
mère et sa tante, et fréquente l'Institut Coylton. Il joue
un rôle essentiel dans la guerre qui sévit entre le Rêve et
le Cauchemar.

Janika Onimura : meilleure amie d'Eloik et partenaire
onirique de Dylan. Âgée de 19 ans, elle est d'origine
japonaise. Ses parents sont aussi membres de
l'Orpheus et vivent en Écosse depuis plus de seize ans.

Ned Conroy : Écossais d'origine né à Ayr. Âgé de 19 ans,
il fait partie de l'Orpheus depuis environ quatre mois
au moment de son intégration à l'équipe de Dylan.

Nilianna Kerouani : descendante de la lignée royale de
l'Empereur du Sud. Onironaute très respectée à
l'intérieur de l'Ordre, elle forme des combattants
depuis près de trente ans.

Raymond Hill : psychiatre responsable des programmes
d'entraînement à l'Institut Coylton. Bien que
travaillant pour l'Orpheus, il a des vues bien arrêtées
sur la façon de former les onironautes. Il prône une approche davantage axée sur la pratique que sur la
théorie.

nde des rêves

es célestes chargées de maintenir la
...tes les forces de l'Univers. Ce sont les
des Royaumes Supérieurs qui n'ont pas
...s avec les humains.

...a Gravité : Andrevals qui se manifestent
...ers physique sous forme d'étoiles, de pla-
..., plus rarement, d'ondes gravitationnelles
...ées. Leur place dans la hiérarchie céleste est
...tionnelle à la puissance de leur champ gravita-
...el. Les Trous Noirs font partie d'une catégorie
...drevals de la Gravité qui ont accédé à des fonc-
...s supérieures.

...vals Royaux : catégorie d'Andrevals spécialisés dans
...combat spirituel. Ce sont eux qui ont enseigné
...Ansheleth'Sair aux Caméléommes, puis aux humains,
...lors de la Première Conflagration.

...semblée des Veilleurs : assemblée composée de douze
Éons. Leur création a suivi celle des Quatre Forces.
Ces douze Veilleurs ont pour mission de voir au destin
de l'humanité ; c'est pourquoi on les appelle parfois les
Maîtres du Temps. Ils sont représentés sous la forme
des douze esprits du Zodiaque. Les quatre Veilleurs
postés sur les points cardinaux (ceux associés aux
Quatre Forces) sont appelés Portails.

Avatars : les Avatars sont le produit de la fécondation des
Portails par les Quatre Forces. Les Avatars avaient
pour mission d'unir Hésed aux Royaumes Supérieurs
en façonnant le Pilier des Mondes. Après l'avoir mis en
place, ils ont vécu parmi les humains et les ont aidés à
construire un empire à la grandeur du système solaire.
Après le départ des Avatars, cet empire s'est maintenu

durant plusieurs générations, jusqu'à ce que survienne la Première Conflagration, qui s'est achevée avec le bannissement des humains sur Terre.

Bamonphé : Avatar de l'Eau. Les mythes l'ont dépeint sous les traits d'Éa, divinité aquatique sumérienne, puis, sous ceux de Poséidon.

Célestes : toute créature appartenant à la lignée des Andrevals ou au-delà.

Éons : créatures spirituelles issues de la Volonté avant le début de l'Ère Primordiale. Les Quatre Forces et les Douze Veilleurs du Cercle sont des Éons.

Fasnère : Avatar du Feu, qui devint Apollon dans la mythologie grecque.

Gardien du Seuil : Andreval Royal très puissant, qui garde l'entrée des Royaumes Supérieurs. C'est lui qui retire Eloïk du Gouffre de la mort.

Haramyah : Avatar de la Terre. Associé à Cérès et parfois à Héphaïstos.

Maîtres du Temps : nom donné aux Veilleurs du Cercle, car ils sont liés au destin de l'humanité et de la Terre.

Meggelenmorl : Portail Ouest. Il incarne la solidité et la résistance.

Mûlhi'Aanväyill : Portail Nord. Il incarne l'intellect et la vitesse.

Parèdres : lors de l'arrivée des Avatars sur Terre, ceux-ci étaient accompagnés d'Andrevals nommés Parèdres, qui agissaient comme des divinités secondaires. Ces Andrevals spéciaux servaient d'intermédiaires entre les humains et les Avatars. L'un de ces Parèdres nommé Azetner se rebella contre l'autorité et prit femme. Celle-ci donna naissance à Armodh, le premier hybride.

Portail Est : le huitième Veilleur. Celui qui veille sur l'Eau : Vyllindri'Scerzöl.

Portail Nord : le onzième Veilleur. Celui qui veille sur l'Air : Mûlhi'Aanväyill.

Portail Ouest : le deuxième Veilleur. Celui qui veille sur la Terre : Meggelenmorl.

Portail Sud : le cinquième Veilleur. Celui qui veille sur le Feu : Urûliol'Ampherosh.

Premiers-Nés : créatures nées avant l'Ère Primordiale. Synonyme d'Éons.

Quatre Éléments : le Feu, la Terre, l'Eau et l'Air. Semblables aux Quatre Forces, mais moins puissants, ils montent la garde autour du trône de la Source du Rêve.

Quatre Familles : la première humanité s'est naturellement divisée en Quatre Familles. Au début, elles furent parrainées par les Avatars respectifs auxquelles elles étaient liées, mais ceux-ci furent remplacés par des Empereurs lorsque les Avatars remontèrent vers At'Silût. Aujourd'hui, le clivage entre les Familles a disparu, mais leurs connaissances relatives au Rêve sont conservées par des Sociétés secrètes telle l'Orpheus ou dans la tradition orale de sociétés tribales.

Quatre Portails : les quatre Veilleurs du Cercle directement liés aux Quatre Forces.

Urûliol'Ampherosh : Portail Sud. Il incarne l'audace et l'ardeur.

Veilleurs du Cercle : les douze Éons responsables de notre système solaire et qui, sur le plan physique, se confondent avec les douze constellations du Zodiaque.

Vyllindri'Scerzöl : Portail Est. Il incarne la beauté et la persuasion.

Entités oniriques

Caméléommes : l'une des quatre races fondatrices du Rêve. Amphibiens dont le corps luisant est recouvert d'écailles multicolores et chatoyantes qui changent d'aspect selon leurs émotions. Les Caméléommes sont les gardiens de l'Ansheleth'Sair. Les armes qu'ils fabriquent sont réputées chez toutes les nations oniriques. Ils vivent aujourd'hui en exil.

Conseil des Puissances : regroupement de douze entités oniriques formé à l'origine par les Avatars afin de maintenir le lien entre le Rêve et la Terre. Les membres du Conseil sont choisis parmi les nations oniriques les plus sages.

Laura Coylton : petite fille décédée en 1851. Elle guide Eloik à travers les périls du Rêve.

Malden : chef de guerre et diplomate northmen. Ami de longue date de Nilianna. Il prend part à l'élaboration du plan de la Bataille du Mur de Foudre et assume le commandement des troupes northmen.

Northmen : peuple d'apparence humaine. Pisteurs réputés, ils vivent en nomades dans les plaines du Nofolhost.

Prince Mathraël : chef actuel des Caméléommes. Il vit en exil. Il a offert les boomlights à Eloik.

Skaard : guerrier northmen appartenant au clan de Sönvers.

Sönvers : chef de clan northmen.

Therakiel : Premier Prince Caméléomme à avoir pris les armes contre le Cauchemar lors de la Première Conflagration. Ses actions ont permis de repousser les troupes d'Armodh et de libérer plusieurs régions du Quadrant Est.

Le Monde des cauchemars

Divinités

Azetner : Andreval rebelle banni des Royaumes Supérieurs qui s'est établi sur Terre avec deux cent vingt et un de ses semblables. Azetner a fondé la plus puissante des dynasties hybrides en procréant avec une femme appartenant à l'une des Quatre Familles. De cette union est né Armodh.

Samyäzah : Avatar né de l'union entre l'Air et Mûlhi'Aanväyill, le Portail Nord. Samyäzah a reçu en lui la haine féroce qu'entretenait secrètement

Mûlhi'Aanväyill envers Hésed. Il a semé les germes de cette haine dans le cœur d'un héritier spirituel digne de ce nom : Armodh.

Demi-dieux

Armodh : fils d'Azetner. Prêtre thaumaturge qui excellait dans la manipulation des puissances aériennes. Il était l'héritier et le gardien de la Mûdrahti, la Gemme de Savoir, qui conférait aux humains le pouvoir de rêver et de raisonner. Il devint si gonflé d'orgueil et si sûr de ses connaissances, qu'il se crut capable de créer un Univers apte à surpasser celui que les Royaumes Supérieurs avaient créé. Dans sa folie, il détourna le pouvoir de la Mûdrahti pour percer la cohésion de l'Univers et projeta sa science sur un terrain vierge. La Déchirure fit alors son apparition et le Chaos put se répandre au sein de la réalité. Armodh réalisa avec horreur qu'il ne pouvait lutter contre cette force et fut instantanément englouti par celle-ci. Le Chaos prit possession de la Mûdrahti pour amplifier sa puissance et s'élancer dans le Rêve.

Grand Ensorceleur : nom par lequel Khéômon était connu parmi les nations oniriques.

Héritière du Cauchemar : titre officiel de Küwürsha.

Khéômon : père de Küwürsha. Les nations oniriques le connaissent surtout sous le nom de Grand Ensorceleur. Dixième descendant en ligne directe d'Armodh. Khéômon est passé à l'Histoire pour avoir placé les Quatre Empereurs agonisants dans des sarcophages protégés par des défenses à replis. Ces tombeaux, complètement isolés du continuum espace-temps, sont munis de serrures thaumaturgiques qui ne s'ouvriront qu'au moment où le Pilier des Mondes sera réactivé sur Terre.

Küwürsha : reine du Cauchemar et onzième descendante directe d'Azetner. En elle, tous les pouvoirs des précédents Thaumaturges du Cauchemar sont réunis.

Mahawë : Didyme du troisième Secteur siégeant au Conseil des Puissances. Seule survivante du massacre d'Aquilonia. Les Dydimes sont dotés d'une double personnalité et possèdent aussi des aptitudes limitées de métamorphose.

Ombre du Rêve : l'un des nombreux noms de Küwürsha. On l'utilise rarement.

Reine Noire : nom usuel de Küwürsha, qui permet de ne pas prononcer son nom véritable. On dit aussi Reine du Cauchemar.

Uriyah : membre du Conseil des Puissances assassinée lors de l'attaque contre le Palais du Conseil par Nikraïll et ses Aviliths. Uriyah était une alliée secrète de Küwürsha et de Mahawë.

Veuve-aux-Mille-Visages : nom honorifique que les Narkhys donnent à Küwürsha lorsqu'ils la vénèrent.

Entités oniriques

Atkalob : chef de section avilith apte à commander un Pénétrateur.

Aviliths : démons ailés couverts d'écailles. Ils sont moins nombreux que les Narkhys, mais compensent par une intelligence supérieure. Nikraïll est leur chef.

Clones aryens : il existe trois types de clones aryens : les Intendants, les Chefs de section et les SS. Ils proviennent tous des cellules clonées de trois soldats nazis. Ces clones demeurent à l'état proto-humains dans des caissons amniotiques enfouis sous les glaces de l'Antarctique, de la Patagonie et des montagnes de la Bavière. Ils ne font que rêver et n'existent en tant qu'humains que sous leur forme onirique.

Corsherosh : chef de section avilith. Il commande un Pénétrateur.

Didymes : créatures élancées dont l'épiderme semble recouvert de nacre. Les Didymes sont gracieux dans leurs mouvements et ils ont la capacité de moduler le son de leur voix pour subjuguer les esprits faibles. Ils possèdent deux esprits compartimentés dans un seul corps, ce qui les rend très rusés. Certains d'entre eux sont aussi capables de modifier légèrement l'apparence de leur corps onirique durant de courtes périodes.

Narkhys : serviteurs des Thaumaturges depuis l'époque d'Armodh. Ils sont entièrement soumis au Cauchemar et vénèrent ses souverains et souveraines avec une dévotion totale. Les Narkhys sont apparentés aux Sans-visages par leur physionomie particulière (capacité de faire disparaître les traits de leur face), mais là s'arrête la ressemblance.

Imkatho : général en chef des armées de Küwürsha. Il appartient à la race des Samatobryn.

Nikraïll : lieutenant du général Imkatho et chef des Éclaireurs aviliths. Nikraïll commanda les troupes du Cauchemar lors de l'attaque du Palais du Conseil.

Pénétrateurs : araignées géantes formées par la fusion d'Aviliths et des symbiotes contenus dans les cocons de stase qu'ils portent sur le dos. La fusion a lieu pendant une opération du Rite particulièrement sanglante. Les Pénétrateurs sont utilisés le plus souvent à la guerre comme chars d'assaut, mais ils excellent aussi dans la création de portails de translation.

Samatobryns : race provenant des profondeurs du Cauchemar. Ils possèdent un corps massif, bardé de plaques osseuses. Leur mâchoire ressemble à celle d'un requin. Les Samatobryns sont l'une des races les plus anciennes du Cauchemar. Leur société est refermée sur elle-même, ce qui les rend encore plus mystérieux. Le général Imkatho, chef des armées de Küwürsha, est un Samatobryn.

Table

Réalisation des Éditions Vents d'Ouest (1993) inc.
Gatineau
Impression : Imprimerie Gauvin ltée
Gatineau

Achevé d'imprimer en février
deux mille sept

Imprimé au Canada